GABRIELE KEISER

Kaltnacht

MÖRDERISCHE SILVESTERNACHT Die Welt draußen ist in Schnee gehüllt. Ewig könnte Yvonne Aslan das Fallen der Flocken beobachten und sich dabei vorstellen, wie alles Dunkle und Verletzende umhüllt wird, bis es weich und strahlend weiß ist und niemandem mehr weh tut. Doch am Neujahrsmorgen ist sie tot, auf bestialische Weise ermordet, ebenso wie ihr Mann, der deutschtürkische Polizist Cem Aslan. Ihr kleiner Sohn Erol ist verschwunden und wird fieberhaft von einem Mantrailer-Trupp gesucht. Der rätselhafte Doppelmord stellt die Koblenzer Polizei unter enormen Zugzwang und verfolgt die Kriminalkommissarin Franca Mazzari bis in ihre Träume. Was ist geschehen? Gibt es einen ausländerfeindlichen Hintergrund? Stammt der Täter gar aus den eigenen Reihen? Oder hat Cems älterer Bruder, der sich den türkischen Traditionen in großem Maße verpflichtet sieht, etwas damit zu tun? Auch in diesem Kriminalroman spinnt Gabriele Keiser ein dichtes Geflecht um starke Gefühle, Liebe und Tod.

Geboren wurde Gabriele Keiser 1953 in Kaiserslautern. Schon früh verspürte sie den Wunsch, das Leben in Geschichten zu bannen. Nach Lehr- und Wanderjahren im In- und Ausland lebt die studierte Literaturwissenschaftlerin heute als freie Schriftstellerin und Lektorin in Andernach am Rhein. Ihre Krimis um die sympathische Koblenzer Kriminalkommissarin Franca Mazzari sind eine gute Kombination aus Spannung und Wissensvermittlung – denn es geht immer um mehr als um die Frage nach dem Täter.

Gabriele Keiser war etliche Jahre Vorsitzende des Verbandes deutscher Schriftsteller (VS) in Rheinland-Pfalz. Sie ist Mitglied im »Syndikat«, der Vereinigung deutschsprachiger Krimiautoren. 2014 wurde sie mit dem Kulturförderpreis des Landkreises Mayen-Koblenz ausgezeichnet.

Bisherige Veröffentlichungen im Gmeiner-Verlag:
Goldschiefer (2015)
Vulkanpark (2013)
Engelskraut (2011)
Gartenschläfer (2008)
Apollofalter (2006)
Puppenjäger (2006, mit Wolfgang Polifka)

GABRIELE KEISER

Kaltnacht

Kriminalroman

GMEINER SPANNUNG

Besuchen Sie uns im Internet:
www.gmeiner-verlag.de

Im Ehnried 5, 88605 Meßkirch
Telefon 07575/2095-0
info@gmeiner-verlag.de

1. Auflage 2017

Lektorat: Claudia Senghaas, Kirchardt
Herstellung: Mirjam Hecht
Umschlaggestaltung: U.O.R.G. Lutz Eberle, Stuttgart
unter Verwendung eines Fotos von: © Christoph Adel / fotolia.com
Druck: CPI books GmbH, Leck
Printed in Germany
ISBN 978-3-8392-2130-3

In deiner Seele ruht ein Geheimnis,
wie eine Quelle, die deine Sehnsucht bewacht.

Karat
Magisches Licht

PROLOG

»Es ist spät«, murmelt sie.

»Ist es nicht«, widerspricht er.

»Du weißt, dass ich Lügen hasse.« Ihre Stimme klingt träge.

»Wer lügt hier denn?« Er rückt näher zu ihr. »Ich weiß nur, dass es unglaublich aufregend ist, wenn du in meiner Nähe bist.«

Sie liegen dicht beieinander in einer Kuhle am Rand einer hügeligen Wiese, die Hände ineinander verschlungen. Es ist nichts zu hören als ihrer beider Atemzüge. Als sie die Augen öffnet, blendet sie ein Sonnenstrahl, der hinter einer Schäfchenwolke hervorblitzt. Der Wetterbericht hat ein Regendurchzugsgebiet angekündigt, davon ist jedoch nichts zu spüren. Wilder Klatschmohn lässt die Wiese vor ihnen rot erglühen. Ein faszinierendes Bild, das sie in ihrem Kopf gespeichert hat und das die vibrierende Stimmung wiedergibt, die sie in diesem Moment empfindet.

»Wie auf dem Gemälde von Monet«, sagt sie.

Als er nicht antwortet, fährt ihr durch den Kopf, dass er das Gemälde wahrscheinlich gar nicht kennt. Für Gekleckse interessiert er sich nicht, hat er ihr einmal unmissverständlich erklärt.

Was macht das schon, redet sie sich ein, dafür kennt er andere atemberaubende Dinge.

Sie richtet sich auf, rückt ein wenig ab von seinem erhitzten Körper, beugt sich zur Seite, und pflückt eine der

Mohnblumenknospen, die noch geschlossen ist. Gedankenverloren streicht sie über die grünsilbrig behaarten Blätter, öffnet die Knospe und zieht behutsam die Außenblätter nach unten, bis kräftiges Rot erscheint. Die knittrigen Blütenblätter faltet sie vorsichtig auseinander.

»Schau mal.« Sie hält ihm die schlaffe Mohnblüte hin, die wie der Seidenrock eines Püppchens in ihrer Handfläche liegt. »So was haben wir als Kinder gemacht!«

Er hebt eine Augenbraue.

»Findest du nicht gut, oder?«

Er antwortet nicht. Damals hatte sie nicht über die Auswirkung dieser Spiele nachgedacht. Heute denkt sie, dass das nicht in Ordnung war, hatte sie doch die Blüten vorzeitig zerstört. Aber es war die reine kindliche Neugier, in das Wesen der Dinge eindringen und ihnen auf den Grund gehen zu wollen, das sie zu solchem Tun veranlasste.

Schnuppernd hebt sie die Nase. »Hier riecht's wie früher bei meiner Oma auf dem Land.«

»Es ist deine Haut, die so gut riecht.« Er nimmt ihr die knittrige Blume aus der Hand, lässt sie neben sich in die Wiese fallen, wo sie im dichten Gras verschwindet. »Nach Sonne und Sommer und Lust. Ich könnte deinen Geruch stundenlang in mich hineinsaugen.« Seine Nase berührt ihr Gesicht. Geräuschvoll atmet er ein.

Sie lächelt und streicht mit beiden Händen über sein kurz geschorenes Haar. Spürt knochige Konturen unter dem Schädel. »Wenn ich nur wüsste, was da drunter vor sich geht«, flüstert sie.

»Du kannst doch ganz leicht erraten, was ich jetzt denke.« Seine Hand greift nach ihrer und führt sie in seinen Schritt. Sofort zieht sie ihre Hand zurück.

»Was ist?« In seinen Augen liegt ein merkwürdiger Ausdruck, halb lächelnd, halb lauernd.

»Man kann es auch übertreiben.«

»So was niemals.« Seine Finger tasten nach ihrem Busen, umspannen ihn.

»Bitte!« Sie zerrt an seiner Hand, die sich nur widerwillig von ihrem Körper löst. »Wir haben doch schon zwei Mal …«

»Na und? Ich hatte durchaus den Eindruck, dass dir das sehr gut gefallen hat.«

Sie lächelt etwas verlegen und sieht an ihm vorbei in den Himmel. Sie will keine Höchstleistungen vollbringen, sie will lieber reden. Sie dreht den Kopf zu ihm hin. »Erzähl mir von dir.«

»Was willst du denn wissen?«

»Alles. Wie deine Kindheit war. Wie du dir deine Zukunft vorstellst. Wie du deinen Kaffee trinkst.«

»Wie ich meinen Kaffee trinke – das interessiert dich?« Er lacht laut auf.

»Na ja, solche Dinge eben. Wir haben schließlich noch nie miteinander Kaffee getrunken.« Weil du immer nur Sex im Kopf hast!, denkt sie, sagt es aber nicht laut.

»Das ist also wichtig? Miteinander Kaffee trinken?« Er macht ein merkwürdiges Geräusch durch die Nase. Sie betrachtet sein Profil. Bis jetzt ist ihr noch nicht aufgefallen, dass seine Nase ein wenig gebogen ist, was seinem Gesicht etwas Vogelhaftes verleiht.

»Und wenn ich dir sage, dass ich überhaupt keinen Kaffee trinke?«

»Nicht?«, fragt sie erstaunt. »Ohne Kaffee könnte ich den Morgen nicht überstehen.« Sie verzieht die Mundwinkel. »Du trinkst also keinen Kaffee. Was gibt es noch von dir zu berichten?« Sie stützt sich auf ihren Arm, sieht ihn erwartungsvoll an. »Im Grunde genommen weiß ich fast gar nichts von dir.«

Er schweigt eine Weile. »Wenn du mir zuhören würdest, wüsstest du eine ganze Menge.«

»Ich hör dir zu!«

Sie betrachtet ihn eingehend. Sein Gesicht ist ebenmäßig, etwas kantig, trotz der leicht gebogenen Nase sehr attraktiv, er könnte mit einem Model mithalten, besonders, wenn er sich nicht jeden Tag rasiert und der Bartschatten ihm etwas Verwegenes verleiht. Manchmal hat er etwas sehr Rätselhaftes an sich, wie gerade eben. Wenn er solche Behauptungen in den Raum wirft, die sie nicht richtig einordnen kann. Dann wiederum kommt er ihr etwas melancholisch vor, als ob er um etwas unwiederbringlich Verlorenes trauern würde. Das hat sie von Anfang an gerührt und hat diese fast ein wenig beängstigende Anziehungskraft, die er auf sie ausübt, verstärkt.

Noch immer wundert sie sich darüber, wie schnell sie Vertrauen zu ihm gefasst hat. Und wie es ihr in seiner Gegenwart gelingt, ihr anderes Leben auszublenden. Sie denkt daran, dass sie drauf und dran gewesen war, alles hinter sich zu lassen und Hals über Kopf mit ihm einen Neuanfang zu wagen. Weil er in ihrem tiefsten Inneren etwas angestoßen hat, das sie so noch nie erlebte. Inzwischen hat dieses anfangs so sichere Gefühl Risse bekommen. Obwohl sie ihn noch immer atemberaubend findet. Sogar in ihre nächtlichen Träume hat er sich geschlichen. Auch der Sex mit ihm ist sagenhaft, jedoch der allererste Rausch ist vorüber und langsam, ganz langsam klopft die Vernunft wieder an.

Aber daran will sie jetzt nicht denken, sie will den Augenblick hier auf dieser Sommerwiese genießen, bevor sie wieder von der unerbittlichen Realität eingeholt wird.

Sie pflückt einen Grashalm und kitzelt ihn im Gesicht. Er verzieht den Mund, lächelt. Mustert sie durch schmale Schlitze.

»Was ist?«

»Deine rechte Brust ist ein kleines bisschen größer als die linke, wusstest du das?«

Sie schüttelt den Kopf. Lacht etwas verunsichert. »Nein, ist mir noch nie aufgefallen.«

»Siehst du? Ich schau dich eben ganz genau an.«

Er stützt sich auf seine Unterarme, hebt den Kopf ein wenig an, bis sein Gesicht dicht vor dem ihren ist.

Sie blickt auf ihre Armbanduhr und seufzt. »Ich denke, wir sollten jetzt wirklich gehen.«

»Erzähl mir mehr von deiner Kindheit«, bittet er sie.

Natürlich will er mich nur zurückhalten, denkt sie. Aber es ist so schön. Dieses Gefühl, ihm ganz nah zu sein. Sie spürt seinen Atem in ihrem Gesicht, seine Wärme. Sie schmiegt sich an ihn, während Bilder aus ihrem früheren Leben in ihrem Kopf vorbeiziehen.

»In den Ferien durfte ich immer zu Oma und Opa aufs Land«, beginnt sie mit verträumter Stimme. »Die hatten einen kleinen Bauernhof. Dort waren viele Tiere, Katzen, Kaninchen, zwei Schweine. Es gab Eier von frei laufenden Hühnern zum Frühstück und Milch von glücklichen Kühen. Im Garten wuchsen Himbeeren, Erdbeeren und Kirschen, solche Zwillingsfrüchte, weißt du, die haben wir uns über die Ohren gehängt. Und es gab eine kleine süße Apfelsorte, die ich nie wieder seitdem gegessen habe. Zuckerapfel wurde sie genannt.«

Die Welt um sie herum verschwimmt. Sie ist ins Anderswo ihrer ureigenen Vergangenheit eingetaucht, läuft durch das hohe Gras der Wiesen, in dem man sich gut verstecken kann, schmeckt die Süße der Früchte im Garten, sieht die hügelige Landschaft in der Westpfalz, das Dorf, mittendrin die Kirche mit dem hohen Turm, wohin die Großmutter jeden Sonntagmorgen zum Gottesdienst aufbricht, während Großvater zu Hause bleibt. Er hat aufgehört, an einen Gott zu glauben, der zwei Weltkriege und unendliches Leid über die Menschen zugelassen hat. Aber darüber hat Opa erst mit ihr gesprochen, als sie älter und verständiger war. Jetzt hört sie das Ticken der alten Standuhr im gemütlichen Wohnzimmer mit dem weinroten Plüschsofa und den Häkeldeckchen auf den Armlehnen. Darüber hängen gerahmte Schwarz-Weiß-Fotos von ernst blickenden Männern in Soldatenuniform und Hochzeitsfotos ihrer Urgroßeltern, die sie nicht mehr kennen gelernt hat.

Ihr Blick schweift weiter durch die Räume ihrer Vergangenheit. Deutlich sieht sie den Keller der Großmutter vor sich. Bleiche Birnenschnitze, die niemand mehr essen will, weil sie bereits braun an den Rändern sind, stehen in hohen Einmachgläsern in ausgedienten Küchenschränken. Aber Großmutter bringt es nicht übers Herz, sie wegzuwerfen. Zu präsent ist noch die Hungerzeit. Daneben stehen wenige kleinere Gläser eingeweckter Heidelbeeren, die Zunge und Zähne blau färben und die Oma als etwas ganz Besonderes preist, weil Opa im Wald eine Stelle weiß, wo sie wachsen und wo sie beide regelmäßig im Sommer mit den Fahrrädern hinfahren, um die blauen Beeren zu sammeln.

»Klingt wie Schlaraffenland«, hört sie eine Stimme. Sie blinzelt und braucht einige Bruchteile von Sekunden, um zu wissen, wer da spricht.

»War es auch«, bestätigt sie. »Aber das Häuschen gibt es leider nicht mehr. Oma und Opa sind schon lange tot.«

»Es geht eben alles vorbei. Nichts bleibt wie es ist. Das ist der Lauf der Zeit.« Er zieht ihren Kopf zu sich hin, reibt seine Nase an ihrer. Es kitzelt.

»So küssen Eskimos.«

»Ach ja?«

Sein Mund berührt sacht ihre Lippen. Seine Zunge sucht ihre Zunge. Einen Moment lang gleitet sie zurück in ihren Tagtraum und glaubt, die Süße der Zuckeräpfel und Kirschen von damals zu schmecken.

»Erdbeermund«, murmelt er und saugt sich an ihr fest. Plötzlich gräbt er seine Zähne tief in ihre Unterlippe.

»Aua!« Erschrocken stößt sie ihn von sich weg. Leckt sich vorsichtig über die Lippen.

»Ach komm«, flüstert er an ihrem Ohr. »Ich weiß, dass du das magst.«

»Nicht, wenn du derart fest zubeißt.« Prüfend streicht sie mit der Fingerkuppe über die Unterlippe, meint, sie sei bereits ein wenig geschwollen. Das hat ihr gerade noch gefehlt. Dass man ihr ansieht, wo sie herkommt.

Seine Hand liegt auf ihrer bloßen Schulter. Der Träger ihres Kleides ist hinuntergerutscht. Mit sanftem Druck streichelt er ihre gebräunte Haut. Vom Hals bis zum Brustansatz. Dann hievt er seinen Körper auf ihren. »Ich kann doch nichts dafür«, flüstert er. »Du machst mich völlig verrückt.«

Zwischen zwei Küssen sagt sie: »Ich muss jetzt wirklich nach Hause.«

»Ich weiß«, raunt er mit seinem Mund an ihrem Ohr.

Ihre Erregung steigt, sie spürt das Kribbeln unter der Haut, zwischen den Beinen. Und plötzlich ist sie wieder da, ihre unbändige Lust.

»Ich hätte nicht gedacht, dass ich das noch kann. Einen Mann völlig verrückt machen«, keucht sie.

Er streift ihr Kleid hoch, darunter ist sie nackt. Er küsst sie am ganzen Körper auf ihre sonnenwarme Haut. Sanft nimmt er die Haut zwischen seine Lippen. Drückt ihren Körper an seinen. Bis sie bettelt: »Komm. Bitte komm in mich.«

Sie krallt sich in der Haut seines Rückens fest, hebt sich ihm entgegen und seufzt laut, als er in sie eindringt. Das dünne Kleid ist bis zum Hals hochgerutscht. Seine Hände umfassen fest ihre Handgelenke.

»Was ist für dich Glück?«, stößt sie atemlos hervor, dicht bei seinem Gesicht.

»Das«, stöhnt er, während er in sie dringt. »Und das. Und das.« Er drückt ihre Arme fest ins Gras. Sie schreit auf, während er röchelnd über ihr zusammenbricht und reglos auf ihr liegen bleibt.

Nach einer Weile sagt sie leise: »Langsam wirst du mir zu schwer.«

»Entschuldigung.« Er rollt von ihr herunter, bleibt eng an ihren Körper geschmiegt liegen. Ermattet. Heftig atmend.

Plötzlich nimmt sie oben am Rand der Wiese einen dunklen Schatten wahr. Kein Tier, da ist sie sich sicher. Ein Mann. Die Silhouette verschwindet hinter der Hügelkuppe. Erschrocken zieht sie ihr Kleid über ihren Schoß.

»Was ist?«

»Ich glaub, da war jemand. Vielleicht hat er uns beobachtet.«

»Du siehst Gespenster. Hierher verirrt sich niemand.«

»Außer uns, meinst du wohl.«

»Außer uns.«

»Aber wenn …«

»Selbst wenn uns jemand gesehen hat.« Er knabbert an ihrem Ohrläppchen. »Hier kennt uns doch keiner.«

»Und das Auto?« Sie schreit es fast.

»Was ist mit dem Auto?« Er tut unschuldig.

Sie schluckt. Er weiß genau, was sie meint. Die Sache mit dem Auto hat sie sehr erbost. Das kann ihm nicht verborgen geblieben sein.

»Mach dir mal darüber keine Sorgen.«

»Tu ich aber.«

Er hebt seinen Oberkörper hoch und dirigiert ihr Gesicht vor das seine. »Sieh mich an!«

Am Anfang dachte sie, dass etwas mit seinen Augen nicht stimmt, so irritierend wirkten sie auf sie. Doch mittlerweile hat sie sich daran gewöhnt und findet seine Augen nicht mehr ganz so ungewöhnlich. So wie einem das Vertraute mit der Zeit selbstverständlich erscheint. In seinen Pupillen erkennt sie sich selbst. Als ob ihr Gesicht wie eine winzige Miniatur darin eingebrannt sei. Für immer und ewig.

»Du hast mich vorhin gefragt, was Glück ist«, flüstert er. »Glück ist, wenn du bei mir bist. Ganz bei mir bist. Ich wünsch mir nichts mehr, als dass du bei mir bleibst.«

»Ach, das sagst du nur so.«

Er lächelt auf sie herab, geht auf ihren spielerischen Ton ein. »Gib zu, dass du das hören wolltest.«

»Ja!«, ruft sie aus. »Ja! Ja! Ja!« Und dann küsst sie ihn mit einer Leidenschaft, die sie selbst überrascht.

Die Zweifel sind wie weggewischt. Kein Gedanke mehr daran, dass die Zeit alles ändert. Kein Gedanke, dass alles vergeht. Auch dieser gestohlene Augenblick, den sie am liebsten festgehalten hätte.

1. KAPITEL

Franca Mazzari schob den Einkaufswagen durch den Supermarkt und war ständig darauf bedacht, dass sie ihn niemandem über die Füße rollte oder in die Seite rammte. Mann, was für ein Betrieb! Jedes Mal, wenn ein Feiertag im Kalender erschien, meinte man, die Welt müsse sich für eine Hungersnot rüsten.

Gern hätte sie vermieden, mitten im Silvestergetümmel einzukaufen, doch bisher hatte sie noch keine Zeit gehabt, und so fand sie sich zusammen mit anderen Nachzüglern im Gedränge kurz vor Ladenschluss wieder.

In ihrem Wagen lagen neben einigen Lebensmitteln des täglichen Bedarfs für ihren Single-Haushalt ein Sack

Kartoffeln, ein Ring Fleischwurst, Mayonnaise und zwei Gläser Party-Gürkchen. Diese Zutaten wollten noch schnell zu einem Kartoffelsalat verarbeitet werden, bevor es zur Silvesterparty ging. Karin von der Prävention hatte zu einem Silvesterabend unter Kolleginnen eingeladen, jede hatte sich bereit erklärt, etwas zum Büffet beizusteuern. Eine Übriggebliebenen-Party, wie Karin es nannte. »Wir Mädels müssen schließlich zusammenhalten!«

Die Mädels, das waren Frauen im fortgeschrittenen Alter ohne männlichen Anhang. Davon gab es etliche bei der Koblenzer Polizei, was vielleicht etwas mit dem Beruf zu tun hatte. Die vielen Überstunden. Die vielen Wochenenddienste. Welchem Mann gefällt sowas schon? Da sucht er sich eben eine pflegeleichtere und weniger anstrengende Neue.

David hatte offensichtlich so eine Frau in Bianca gefunden. Franca hatte die Neue ihres geschiedenen Gatten noch nicht kennengelernt, die inzwischen gar nicht mehr so neu war. Aber sie verspürte keinerlei Lust auf ein Kennenlernen. Ihre gemeinsame Tochter Georgina zumindest fand Bianca nett. Georgina war jederzeit herzlich willkommen in Davids und Biancas Haus in Moselweiß, wo ihr Vater sogar ein eigenes Zimmer für sie eingerichtet hatte. Es brauchte eben nicht viel, um das Herz eines Teenagers zu erobern. Aber darüber wollte Franca keine weiteren Gedanken verlieren. Die Dinge waren wie sie waren, und man musste in irgendeiner Form damit umgehen.

Natürlich hatte es nach der Trennung von David in Francas Leben noch einige Versuche mit Männern gegeben, die jedoch allesamt kläglich scheiterten.

Macht sich nicht jeder seine eigene Vorstellung vom idealen Partner, mit dem man alles teilen kann? Und wenn man merkt, dass alles nur eine Illusion ist, beendet man besser die Sache, bevor es allzu wehtut. Außerdem ist es ehrlicher, wenn man für sich bleibt und versucht, die Anforderungen, die man an das Leben stellt, bei sich selbst zu erfüllen und sich nicht von einem Partner abhängig zu machen. Wirklich glücklich ist nur der, der sich mit dieser Tatsache arrangiert hat. Zumindest ab einem gewissen Alter.

Erfreut bemerkte sie, dass in dem Regal mit den Sonderaktionen Päckchen mit Baci lagen. Sofort packte sie zwei der blauen Schachteln in ihren Einkaufswagen. Diese italienischen Schoko-Nuss-Pralinen, die sie an ihren Vater und sein Feinkostgeschäft im Koblenzer Entenpfuhl erinnerten, gab es nicht oft beim Discounter.

Als sie weiter durch die Gänge mit den Lebensmitteln strich, sah sie die »Übriggebliebenen«, mit denen sie am Abend feiern wollte, im Geiste vor sich: Zusammen mit Franca war die Gruppe um Karin zu fünft. Irmgard vom Betrug war zwar alles andere als eine Stimmungskanone, aber jeder hatte Mitleid mit ihr, wahrscheinlich, weil sie immer so traurig guckte, sodass sie auf fast keiner Übriggebliebenen-Feier fehlte. Die vierte im Bunde war Hildegard, eine robuste Dicke, die glaubte, die Gerechtigkeit dieser Welt für sich gepachtet zu haben – was sie stets lautstark durch die Gegend trompetete. Dann war da noch Helga, eine Streifenpolizistin, die Franca nur flüchtig kannte und nicht richtig einschätzen konnte.

Im Grunde genommen stellte Franca sich diesen Mädelsabend ziemlich dröge vor – außer Karin kannte sie keine der anderen näher. Aber war nicht alles lustiger, als zu Hause allein auf dem Sofa der Jahreswende entgegenzublicken?

Im Gang mit den Teigwaren kam ihr eine Frau im langen schwarzen Gewand entgegen. Von Kopf bis Fuß verhüllt, schob sie einen Einkaufswagen vor sich her. Ihr Mann stolzierte neben ihr und zischte ihr in hart klingenden gutturalen Lauten etwas zu. Offensichtlich bestimmte er, was eingekauft wurde.

Franca suchte die Augen der Frau, außer ihren Händen das einzige Lebendige an ihr, das durch den Schlitz in ihrem Nikab sichtbar war, doch die Frau blickte an ihr vorbei. Sie hatte nur Augen für ihren Mann und ihren Einkauf.

Franca dachte daran, dass bei der eigentlichen Burka, wie sie Afghaninnen trugen, sogar die Augen durch ein Stoffgitter verdeckt waren. Sie fragte sich, ob man solch ein Kleidungsstück freiwillig tragen konnte, das ganz und gar die eigene Person samt Gesicht und Augen verhüllte, sodass man selbst darunter unsichtbar blieb. Sie hatte gelesen, dass der Koran nirgendwo vorschreibe, Frauen müssten sich vollständig verschleiern. Schon öfter hatte sie versucht, sich vorzustellen, wie man eine solche Frau vernehmen sollte. In der Stadt waren ihr bisher nur vereinzelt Burkaträgerinnen begegnet. Aber aufgrund der ständig steigenden Flüchtlingszahlen konnte es durchaus sein, dass sie irgendwann in die Verlegenheit kam. Dann würde sie auf jeden Fall darauf bestehen, dass die Frau den Gesichtsschleier abnahm. Gerade bei Vernehmungen war es wichtig, die Mimik des Gegenübers zu beobachten, die viel über einen Menschen preisgibt.

Vor allen Kassen standen lange Schlangen. Franca entschied sich für die mittlere, doch bald musste sie feststellen, dass dies die langsamste war. Hier kam man lediglich im Schneckentempo voran. Jetzt ging der Kassiererin auch noch die Kassenrolle aus und musste gewechselt werden. Francas Blick wanderte genervt über die üblichen Eye-Catcher und blieb an einer Packung mit Utensilien zum Bleigießen hängen. Normalerweise vermied sie, sich in ihrem Kaufverhalten derartig beeinflussen zu lassen, doch heute machte sie eine Ausnahme. Sollten die Mädels ruhig ihren Spaß beim Deuten der Zukunft haben. Bei den Silvesterknallern direkt daneben hielt sie sich zurück. So was konnte kaufen, wer wollte. Doch eine Flasche Sekt würde sich noch gut als Mitbringsel eignen. Obwohl der Sekt ebenfalls verkaufsfördernd neben der Kasse aufgebaut war, stellte sie eine Flasche in ihren Einkaufswagen.

Warum ging das denn nur so langsam? Die Kassiererin hatte doch längst ihre Papierrolle gewechselt.

Wie man wohl in Australien Silvester feiert, dachte Franca, während sie einen weiteren Schritt vorankam. Georgina, ihre Tochter, war momentan in Sidney, wo sie vorübergehend in einem Youth Hostel wohnte. Stunden und Tage hatte sie zu Hause damit verbracht, die richtigen Informationen für »Work and Travel« zusammenzusuchen, um dieses Abenteuer, das ihr schon so lange im Kopf herumspukte, zu verwirklichen. Unterstützt wurde sie dabei hauptsächlich von ihrem Vater, der meinte, dass ein junger Mensch gar nicht genug reisen könne, es gebe so viel Interessantes in der Welt zu sehen. Eine Einstellung, die seine Neue offensichtlich bekräftigte.

Dieser Haltung war Franca im Grunde genommen nicht abgeneigt, doch je näher die Stunde des Abschieds gekommen war, umso mehr hatte sie versucht, ihre Tochter noch umzustimmen und ihr dieses Vorhaben auszureden, zumal sie alles selbst organisieren und partout keine Agentur einschalten wollte. »Viel zu teuer«, hatte sie abgewinkt. »Das Geld kann ich sparen.«

Im Grunde wusste Franca, dass Georgina gnadenlos durchzog, was sie sich einmal in den Kopf gesetzt hatte. Da halfen keine noch so gut gemeinten Argumente. Das arme Kind war schließlich doppelt belastet: Den Sturkopf hatte sie sowohl von ihrem Vater als auch von ihrer Mutter geerbt.

Am Ende hatte alles gut geklappt. Das Visum erlaubte, zwölf Monate im Land zu reisen und zu arbeiten. Und jetzt war sie bereits drei Wochen in Down Under und berichtete begeistert via Skype und WhatsApp über ihre Unternehmungen. Franca kam es äußerst merkwürdig vor, wenn sie von Hitzewellen über die Weihnachtstage berichtete, von schwitzenden Santa Clauses bei 30 Grad im Schatten. Ein Foto zeigte sie im Sommerkleidchen beim Weihnachtsessen, während auf der anderen Seite des Erdballs eine vergleichbar herbstliche Witterung geherrscht hatte. Nach den Feiertagen jedoch hatte es in Deutschland einen regelrechten Temperatursturz gegeben. Inzwischen hatte es zu schneien begonnen.

Endlich war Franca an der Reihe. Schnell legte sie ihre Einkäufe aufs Band, bezahlte und rollte den Wagen aus dem Supermarkt. Draußen lag eine dünne Schneedecke, die stetig wuchs. Gut, dass sie kürzlich die Winterreifen auf ihren Alfa hatte aufziehen lassen. Da in diesem Jahr lange Zeit kein Winter in Sicht gewesen war, hatte sie sich eigentlich den Reifenwechsel sparen wollen. Doch dann meldete der Wetterbericht Schnee.

Als sie den Kofferraum aufschloss, klingelte ihr Handy. Karin meldete sich mit verschnupfter Stimme. »Franca. Mich hat's total erwischt. Wird nix bei mir heute Abend.

Hab sogar Fieber bekommen. Tut mir echt leid.« Ihre heisere Stimme wurde begleitet von einem Schniefen.

Franca ließ fast den Sack Kartoffeln fallen. »Aber ich hab grade alles eingekauft«, sagte sie unglücklich.

»Ich kann nix dafür. Hab gedacht, es wird wieder. Aber es wird immer schlimmer. Bedank dich bei dem da oben, der mir diese Scheiße geschickt hat. Meinst du, mir macht es Spaß, den Silvesterabend vergrippt im Bett zu verbringen?«

Franca hütete sich, etwas dazu zu sagen, zumal auf der anderen Seite der Leitung ein gefährlich klingender pneumatischer Hustenanfall ertönte.

»Kannst dich ja mit den anderen zusammentun«, krächzte Karin, als der Anfall einigermaßen vorüber war. »Mich braucht ihr doch nicht unbedingt.«

Diese Aussicht begeisterte Franca weniger. Soweit sie wusste, lebten die anderen alle außerhalb von Koblenz. Und bei dem Schnee war das kein Spaß. »Mal sehen. Dann wünsch ich dir jetzt erst mal gute Besserung.«

Sie setzte sich hinter das Steuer. Rammte den Rückwärtsgang rein und wollte aus dem Parkplatz preschen. Da hörte sie ein hässlich knirschendes Geräusch. O nein!

Sie stieg aus, um den Schaden zu begutachten. Ein junger Mann, dessen silberfarbener Audi gefährlich nah am rechten Kotflügel ihres roten Alfa stand, grinste sie schief an. »Na, Rückwärtsfahren ham wer nicht so richtig gelernt, was?«

2. KAPITEL

Die Welt draußen war in Schnee gehüllt. Bäume und Büsche schienen wie von Künstlerhand geformte skurrile Skulpturen, mit sanften Konturen ohne scharfe Ränder. Mitten auf dem weißen Rasen stand ein Schneemann, den Cem und Erol gebaut hatten. Drei Kugeln unterschiedlicher Größe aufeinandergesetzt, die Augen Schottersteine, die Nase eine Mohrrübe. Auf dem Kopf trug der Schneemann eine Polizeimütze, im angedeuteten Arm hielt er einen Besen.

Schnee bedeckte auch den kleinen Teich, den ihr Mann im letzten Sommer angelegt hatte mit den drei schwimmenden Silberkugeln darauf, die im dünnen Eis festgefroren waren. Es schneite bereits den ganzen Tag und noch immer schwebten einzelne Flocken herab, blitzten kurz auf im Licht der Gartenlaterne, um dann taumelnd zur Erde zu sinken.

Ein schönes Bild war das. Ein friedliches Bild.

»*Schneeflöckchen, Weißröckchen*«, begann Yvonne leise zu summen. Mit dem Kinderlied verband sie zahlreiche angenehme Erinnerungen.

Ewig hätte sie so stehen können, um das Fallen der Flocken zu beobachten und sich dabei vorzustellen, wie alles Dunkle und Verletzende umhüllt wurde, bis es weich und strahlend weiß war und niemandem mehr weh tat. Die Wahrheit ist dem Menschen zumutbar, diese Parole hatte sie immer verfochten. Ehrlich sein zu sich selbst und zu anderen, ein hehres Credo. Bis sie erkennen musste, wie schwer das einzuhalten war und wie sehr die Wahrheit verletzen konnte. Und dass es manchmal vielleicht doch besser war, genau abzuwägen, was man seinen nächsten Angehörigen zumuten konnte. Inzwischen war sie der Meinung, dass manche Dinge besser ungesagt blieben.

»Ist noch Wein da?«, hörte Yvonne Otto, den Lebensgefährten ihrer Mutter im Hintergrund fragen.

»Gibt doch gleich Sekt«, antwortete ihre Mutter.

»Du weißt, dass ich diese Knallbrause nicht mag.«

»Ich hätte euch ja gern Champagner angeboten …«, meinte Cem, »auch weil Yvonne den so gern trinkt, aber …« Er schaute zerknirscht und zuckte mit den Schultern.

»Ich merk da sowieso keinen Unterschied«, sagte Yvonnes Mutter. Dann wandte sie sich an ihren Lebensgefährten: »Und einmal im Jahr kann man sich doch mal fügen, Otto. Und mit den anderen mittun. Auch wenn's nicht ganz den eigenen Geschmack trifft.«

Yvonne wunderte sich noch immer über solche Sätze, die ihre Mutter niemals zu ihrem Vater gesagt hätte. Da war sie immer diejenige gewesen, die sich still fügte, die eigenen Wünsche hintanstellte und auf selbstverständliche Weise tat, was man von ihr erwartete. Interessant, wie sich manche Dinge veränderten.

Asta kam auf Yvonne zugetrippelt und stupste sie mit ihrer weichen Schnauze an. Automatisch glitt ihre Hand hinunter auf das Fell der Hundedame. Vier Jahre lebte sie nun schon bei ihnen und war ein Teil ihrer Familie geworden. Die Hündin hatten sie damals aus dem Tierheim geholt. Niemand konnte sagen, was für einer

Rasse sie angehörte, aber das war Cem und ihr sowieso egal gewesen. Wahrscheinlich steckte ein wenig Schäferhund in ihr, ein wenig Pudel und irgendwas Größeres dazwischen. Asta hatte sie beide angesehen, war auf sie zugelaufen und hatte sofort ihr Herz erobert. Von diesem Zeitpunkt an wich sie nicht mehr von ihrer Seite. Auch ihr Söhnchen Erol war von der Hundedame begeistert. Allerdings – ein Wachhund war sie nicht. Sie rannte auf jeden Fremden zu, leckte ihm die Hand und wollte gestreichelt werden.

Im kleinen Kreis hatten sie vorhin beim Abendessen zusammengesessen, ihre Mutter und deren Lebensgefährte Otto, Cem, Erol und sie. Es gab Fleischfondue mit einigen pikanten Soßen, die Yvonne selbst zubereitet hatte, dazu Salat und Baguette. Sie hatten sich nett unterhalten und etliche Gläser Wein getrunken. Dabei immer wieder auf die Uhr gesehen, damit man den Zeitpunkt nicht verpasste, wenn das neue Jahr eingeläutet wurde. Nun war es bald so weit.

Asta lief schwanzwedelnd und hechelnd im Wohnzimmer herum. Sie ahnte offensichtlich, dass bald etwas Aufregendes passieren würde.

»Mama, wann ist denn endlich Feuerwerk?«, ertönte das piepsige Stimmchen ihres Sohnes.

»Gleich, mein Schatz. Dauert nicht mehr lange.« Yvonne unterdrückte ein Gähnen, sah in Erols übermüdetes Gesicht und musste unwillkürlich lächeln. Genau wie sie früher.

Natürlich wollte er unbedingt aufbleiben, um das Spektakel da draußen anzuschauen. Nur ja nichts verpassen! Auch wenn seine Augen schon ganz klein und gerötet waren und er sich eigentlich nach seinem Bett sehnte. Zumal er momentan in einem besonderen Bett schlafen durfte.

Zu Weihnachten hatte er von seiner Oma ein Zelt bekommen, das er mit Cems Hilfe in seinem Zimmer aufgebaut hatte. Da hinein hatten sie die ausgediente Luftmatratze und einige Kissen und Decken gelegt. Dort schlief Erol seit dem Heiligen Abend und kam sich dabei vor wie ein kleiner Indianer.

Yvonne war gespannt, wie lange es dauerte, bis er wieder in seinem richtigen Bett liegen wollte, das viel bequemer war als die provisorische Liegestatt – aber eben nicht so abenteuermäßig. Auch in diesem Verhalten erkannte sie Züge von sich selbst. Zumindest früher war sie derart gepolt gewesen: Immer musste irgendwo etwas los sein und was Spannendes passieren. Mit zunehmendem Alter hatte sich dies zwar gelegt, doch ab und an meldete sich eine nagende Sehnsucht nach dem besonderen Kick. Unterwegssein ins Abenteuerland. Sich auf Schatzsuche begeben. Ach ja.

Dass sie nie einen wirklichen Schatz gefunden hatte, tat nichts zur Sache, Hauptsache, man blieb in Bewegung und verlor nichts von der Neugierde, die einen vorantrieb.

Unwillkürlich beugte sie sich zu ihrem Sohn hinab und drückte ihn an sich. »Hab dich ganz doll lieb«, flüsterte sie ihm ins Ohr. Sie spürte, wie er den Bruchteil einer Sekunde versucht war, sich ebenfalls an sie zu schmiegen, dann aber siegte das Mannhafte in ihm. Gefühle zeigen war Mädchenkram!, das hatte er in letzter Zeit öfter geäußert. Wo er diesen Blödsinn wohl aufgeschnappt hatte?

Kurzerhand befreite er sich aus ihrer Umarmung und lief hinüber zu seinem Vater. »Papa, können wir jetzt eine Rakete loslassen?«

»Ein bisschen Geduld musst du schon noch haben«, antwortete Cem lächelnd und strich ihm über die lockigen dunklen Haare, die er seinem Sohn vererbt hatte. Genau wie die leicht oliv getönte Haut und die braunen Augen.

Yvonne ließ ihren Blick durch das Wohnzimmer schweifen, streifte die Luftschlangengirlanden an der Decke, mit denen sie das Wohnzimmer dekoriert hatte und blieb schließlich an Monets Seerosenteich haften. Giverny, dachte sie sehnsüchtig. Ob ich da jemals hinkomme? In diesen wunderschönen Garten. Doch auch für solch kurze Reisen war kein Geld da. Sie hoffte so sehr, dass sich das bald wieder änderte, doch momentan sah es nicht danach aus. Ihr Blick wanderte weiter zu der kleinen Versammlung in der anderen Ecke des Wohnzimmers. Mit einem Mal wurde ihr bewusst, dass sie außerhalb dieser Gruppe stand, die Asta hechelnd umkreiste. Yvonne fühlte sich wie auf Beobachtungsposten. Nicht ganz dazugehörig. Aber vielleicht empfand nur sie dies so – es lag ja an ihr, sich auf die Gruppe zuzubewegen und wieder Teil davon zu sein.

Asta bellte aufgeregt und hechtete zur geschlossenen Terrassentür. Am Himmel zerplatzte eine einzelne Rakete. Silberglimmer zerstob und rieselte herab. Gut, dass die Hündin keine Angst hatte vor dem Krach, der bald draußen zu erwarten war.

Frühere Silvester fielen Yvonne ein. Als sie klein war, ungefähr so alt wie Erol jetzt, und ihr Vater noch lebte. Weit vor Mitternacht hatten ihre Eltern für sie und ihren Bruder ein Feuerwerk gezündet. Einerseits, damit die Kinder in dem guten Glauben ins Bett gehen konnten, dem Ritual zum Jahresende gebührende Beachtung geschenkt zu haben. Andererseits, weil ihr Vater ein Frühaufsteher gewesen war und selten bis Mitternacht durchgehalten hatte. Mit den Hühnern schlafen gehen und mit ihnen aufwachen, das war seine Devise. Und die wurde das ganze Jahr über eingehalten. Ihre Mutter hatte sich immer gefügt, obwohl sie vielleicht auch mal gerne länger aufgeblieben wäre, gerade an einem solchen Tag. Aber sie folgte brav ihrem Gatten ins Ehebett.

Zwar hatte Yvonne sich immer ein bisschen gewundert, dass sie an diesem letzten Dezembertag die einzige Familie waren, die Feuerwerkskörper in den Himmel schossen, aber allzu viele Gedanken hatte sie sich nicht darum gemacht. Erst viel später hatte sie verstanden, wie sich die Dinge wirklich verhielten. Doch nur allzu gern dachte sie an kalte Silvesterabende zurück, wie ihre kleine Familie hinaus in die Dunkelheit und in den Schnee gestapft war, und sie erinnerte sich an die Freude, die sie empfunden hatte angesichts der feurigen Funkenregen und der surrenden Sonnenräder, die ihr Vater am Zaun befestigt und angezündet hatte.

Papa, dachte sie mit einem Ziehen in der Brust. Lass es dir gut gehen da oben. Vielleicht bist du an Silvester ja jetzt nicht mehr so müde und kannst das Himmelsspektakel ein wenig genießen.

Sie schielte zu ihrer Mutter hinüber, die sich lebhaft mit Cem und Otto unterhielt. Offensichtlich ist es manchmal ganz gut, wenn die Dinge sich verändern, dachte sie. Wenn bei ihren Eltern auch notgedrungen. Nachdem ihr Vater mit 67 Jahren überraschend an einem Herzinfarkt gestorben war, hatte ihre Mutter sich noch einmal neu orientiert. Nicht zu ihrem Schlechtesten, wenn man sah, wie sie vor Lebenslust regelrecht sprühte. Sie trug ein äußerst vorteilhaftes Kleid aus blauem Samt und wirkte viel jünger und attraktiver als jemals an Vaters Seite.

Überhaupt hatten sich alle für diesen Abend schick gemacht. Yvonne trug eine schwarze Samthose und ein türkisfarbenes Paillettentop, das ihre schlanke Figur gut zur Geltung kommen ließ. Die blonden Haare hatte sie locker hochgesteckt, weil Cem diese Frisur besonders mochte. Auch ihr Mann sah sehr gut aus in seiner dunklen Anzughose, dem hellblauen Hemd und der silber- und blaugestreiften Seidenkrawatte. Dies fiel auf, da sie ihn hauptsächlich in seiner Polizeiuniform zu sehen bekam. Oder an seinen freien Tagen in eher legerer Kleidung. Ihr zuliebe trug er heute den Anzug.

»Noch fünf Minuten«, sagte ihre Mutter. Ihre Blicke irrten suchend umher, blieben schließlich auf ihrer Tochter haften. »Yvonne, komm her zu uns«, rief sie und wedelte heftig mit den Armen. Ihre Wangen waren gerötet, ihre Augen strahlten.

Cem war bereits in die Küche gegangen und brachte die Flasche mit dem gekühlten Sekt. »Sind die Gläser gerichtet?«

»Schon längst«, ließ Yvonnes Mutter verlauten und zeigte auf das Tablett, das auf dem Esstisch stand. »Für Erol gibt's Apfelschorle aus dem Sektglas. Dann kann er auch mit uns anstoßen. Sieht ja fast aus wie Sekt, nicht wahr?«

Wieder begann Asta heftig zu bellen. Yvonne öffnete die Terrassentür und ließ die Hündin hinaus. Ein Schwall kalter Luft stob herein. Asta sprang wie toll im Schnee herum, wälzte sich in der weißen Pracht und hinterließ überall Pfotenabdrücke.

»Die schießen schon!« Erol wollte ebenfalls in den Garten.

Seine Oma hielt ihn zurück. »Zieh dir was über, Kind, bevor du dich erkältest«, mahnte sie.

Der Satz hätte auch von mir sein können, dachte Yvonne und ging in den Flur, um Erols Jacke zu holen, in die der Junge mit ungeduldigen Bewegungen schlüpfte. Noch den Reißverschluss zu, und schon lief er hinaus zu Asta.

»Neun – acht – sieben …«, zählte Otto laut rückwärts. »Beeil dich, Junge«, feuerte er Cem an, der den Metallüberzug von der Sektflasche entfernte. Der Korken knallte. Cem füllte die bereitstehenden Kelche mit der perlenden Flüssigkeit.

Draußen hörte man Astas aufgeregtes Gebell. Ein mehrfarbiger Funkenregen erhellte den nächtlichen Himmel. Gleichzeitig begannen die Glocken zu läuten.

»Ist das schön«, rief Erol, den Kopf in den Nacken gelegt.

Cem hatte einige Raketen in leeren Flaschen bereitgestellt, die er eine nach der anderen anzündete. Nur Erol zuliebe tat er das, denn eigentlich war er gegen die Knallerei, er spende lieber für einen guten Zweck, als Geld sinnlos in der Luft zu verballern, sagte er immer. Ja, er war schon ein Korrekter, ihr Cem.

»Mama, Oma, kommt auch raus«, rief Erol voller Begeisterung und hüpfte in die Höhe.

»Wir können es auch von hier drinnen gut sehen.«

Nachdem die aufgestellten Raketen abgeschossen waren, kam Cem zur Tür herein, trat zu Yvonne und stieß mit ihr an. Die Gläser klirrten leise. »Auf dass das nächste Jahr besser wird als das vergangene«, sagte er und sah ihr tief in die Augen. »Und dass wir im nächsten Jahr wieder mit Champagner anstoßen können.«

Einen Moment war sie versucht wegzuschauen. Doch dann hielt sie seinem Blick stand. Sie wusste, dass sie Cem einiges zugemutet hatte. Er ihr allerdings auch. Im Grunde nahmen sie sich beide nichts. Zumindest hatten sie versucht, miteinander zu reden. Aber ob er ihr alles erzählt hatte? Wahrscheinlich nicht. Genau wie sie die Dinge nur an der Oberfläche gestreift und vieles von dem verschwiegen hatte, was ihn allzu sehr verletzt hätte. Allerdings wusste sie es zu schätzen, dass er nicht nachtragend war. Zumindest ließ er sich das nicht anmerken. Und sie glaubte, ihn so gut zu kennen, dass er sie mit dem Gesichtsausdruck eines aufrichtigen Menschen betrachtete, der liebt und der sich geliebt fühlt.

»Auf dass das nächste Jahr das schönste unseres Lebens wird«, sagte sie und küsste ihn. Es war ein langer, zärtlicher Kuss, der ein fast vergessenes Prickeln in ihrem Inneren wieder aufleben ließ. Ein Gefühl, für einen kurzen Moment aus der Welt zu fallen und zu schweben.

»Darf man stören? Otto und ich wollen euch schließlich auch ein schönes neues Jahr wünschen.«

»Ausnahmsweise.« Yvonne lachte und löste sich aus den Armen ihres Mannes.

»Es freut mich sehr, euch so glücklich zu sehen«, flüsterte ihre Mutter ihr ins Ohr.

»Das Gleiche kann ich nur zurückgeben«, erwiderte Yvonne.

»Wisst ihr, dass Yvonne früher ein richtiges Feuerteufelchen war?«, platzte Mutter laut in die Runde. »Einmal hat sie fast die Bude abgefackelt.«

»Mama, das muss doch nicht jeder wissen.« Yvonne tat verlegen.

In letzter Zeit gab ihre Mutter immer öfter einige von Yvonnes Eskapaden zum Besten, die wirkten, als ob sie stolz gewesen sei auf die lebhafte Tochter. Damals hatte sich das ganz anders angehört. Da war sie andauernd ausgeschimpft worden.

Eigentlich hat man mir immer erzählt, ich sei ein richtiger Feger gewesen, dachte Yvonne. Komisch, dass ich das zeitweise ganz vergessen habe.

Draußen knallte und böllerte es weiter in regelmäßigen Abständen. Zischend stiegen Raketen auf, sprühten Funken und malten bunte Sternenregen in den Nachthimmel. Asta sprang wild im Schnee hin und her, als ob sie die Raketen fangen wollte. Die Nachbarn ringsum hatten sich offenbar reichlich mit Feuerwerksbatterien und Chinaböllern eingedeckt, es wollte gar nicht mehr aufhören zu sprühen, zu zischen und zu knallen.

Yvonne genoss das Spektakel. Sie teilte nicht unbedingt die Auffassung ihres Mannes, für derart Kurzlebiges kein Geld auszugeben. Sie fand, dass man sich ab und an funkelnde Momente schaffen musste, allein schon deshalb, um sie später bei Bedarf abzurufen. Man gab so viel Geld für unnütze Dinge aus, da kam es auf ein paar Feuerwerkskörper auch nicht mehr an – man musste es ja nicht übertreiben.

Nebenan knallten ein paar besonders laute Böller.

»Mama. Warum ist das so laut?«, fragte ihr Sohn, der zurück ins Zimmer gekommen war, sich an sie drückte und ihre Hand suchte.

»Die freuen sich halt, weil ein neues Jahr beginnt.«

»Aber warum muss man dann so einen Krach machen? Raketen allein sind doch schön.«

Sie hob die Schultern. »Weil man das schon immer so gemacht hat.«

Sie wusste, dass das die dümmste Antwort war, die man einem Jungen wie Erol geben konnte. Einem wissbegierigen Kind, das den Dingen auf den Grund gehen wollte. Der sich nicht mit einfachen Antworten zufrieden gab. Aber etwas Schlaueres wollte ihr partout nicht einfallen.

»Das macht man, um die bösen Geister zu vertreiben. Eine alte germanische Tradition.«

Überrascht sah Yvonne in Cems Gesicht. »Woher weißt du das denn?« Manchmal kam es ihr richtig unheimlich vor, wie viel ihr Mann mit seinen türkischen Wurzeln über germanische Bräuche und Deutschtum wusste.

»Ich les eben aufmerksam Zeitung.« Er lächelte und beugte sich zu seinem Sohn hinab. »Weißt du, die Germanen glaubten an einen bösen Kriegsgott. Wotan hieß er. Vor allem in den Wintermonaten trieb er sein Unwesen. Und in der Nacht zum Jahreswechsel will er besonders viel Unheil anrichten, davon waren sie überzeugt. Um das zu verhindern, musste man ihn und sein Gefolge mit ganz viel Krach vertreiben.«

»Ehrlich wahr?« Erol rieb sich die Augen.

»Ehrlich wahr.«

Yvonne sah ihren Mann lächelnd an.

Allmählich verebbte das Geböllere und Gezische, und es erschienen nur noch vereinzelt Raketen am Himmel, der völlig rauchverhangen war.

»So, nun ab mit dir ins Bett, kleiner Mann«, sagte Yvonne. »Komm, ich bring dich.« Sie fasste ihn an der Hand und zog ihn in sein Zimmer. Dort half sie Erol beim Ausziehen. An seinen trägen Bewegungen merkte sie, wie müde er war. Zähneputzen durfte heute Abend ausfallen. Ausnahmsweise. Sie streifte ihm den hellblauen Schlafanzug mit den orangefarbenen Teddybären über, den sie eigentlich schon längst hatte ausrangieren wollen. Zum einen, weil Teddybären nicht mehr angesagt waren und zum anderen, weil das Teil schon reichlich zerschlissen war.

»Ins Bett?«, fragte sie. Erol schüttelte den Kopf.

»Also wieder ins Zelt.«

Er nickte mit halbgeschlossenen Augen. Mit einem ratschenden Geräusch zog sie den Reißverschluss auf und schob das Kind auf die Luftmatratze. Kaum dass Erol flach lag, fielen ihm die Augen zu. Sie zupfte die Decke über ihm zurecht, schloss den Reißverschluss und richtete sich wieder auf.

Einen Augenblick lang blieb sie stehen, sah sich im Zimmer um und prägte sich diesen Anblick ein. Das Bett mit seinem Gestell aus Holz, auf dem Plüschtiere saßen, die Sternenlampe, den etwas krakeligen Regenbogen, den Cem mit viel Mühe und wenig Talent auf die weiße Wand gemalt hatte. Das hellblaue Zelt, in dem Erol friedlich schlummerte. All diese Eindrücke nahm sie in sich auf. Dann löschte sie das Licht.

»So, ich glaube, für uns ist es Zeit, nach Hause zu gehen.« Ihre Mutter stand bereits mit dem Mantel in der Tür, als Yvonne ins Wohnzimmer zurückkam.

»Danke für die Einladung, nächstes Jahr feiern wir alle bei uns«, sagte Otto, der seine Jacke vom Kleiderbügel in der Garderobe nahm.

»Vorausgesetzt, ich habe keinen Dienst.« Cem trat neben seine Frau und legte den Arm um ihre Schultern.

Yvonne neigte leicht den Kopf zu ihm hin. »Schicksal des Polizeibeamten«, sagte sie. »Immer im Dienste der Allgemeinheit. Ein Wunder, dass du heute mit uns feiern durftest.«

»Ach komm, ab und an hab ich durchaus frei.«

Diese verbalen Kabbeleien gehörten zu ihnen, sie waren nicht weiter ernst zu nehmen.

Yvonnes Mutter und ihr Lebensgefährte hatten es nicht weit. Sie wohnten nur ein paar Straßen entfernt im selben Ort. Das war praktisch, weil sie auf diese Weise unkompliziert auf Erol aufpassen konnten, wenn Yvonne oder Cem etwas vorhatten. Umgekehrt konnte Yvonne schnell zur Stelle sein, wenn ihre Mutter oder Otto sie brauchten.

»Und wir?«, fragte Cem, als Stille eingekehrt war. Asta lag sichtlich erschöpft in ihrem Körbchen im Flur.

»Wir machen's uns noch ein bisschen gemütlich«, antwortete Yvonne. Sie griff nach der halb gefüllten Sektflasche und goss ihre beiden Gläser voll.

»War ein schöner Abend, oder?« Mit dem Sektkelch in der Hand kuschelte sie sich an ihren Mann.

»Hm. Erstaunlich, wie sich deine Mutter verändert hat«, meinte er.

»Find ich auch. Ich hätte nie gedacht, dass sie sich auf einen neuen Mann einlässt, so wie sie immer geredet hat.«

»Wer weiß, worauf wir uns noch alles einlassen. Wenn man bedenkt, welche Überraschungen das Leben für uns noch bereithält.« Cem prostete ihr zu.

Wieder war sie versucht, seinem Blick auszuweichen, auch weil sie nicht genau einschätzen konnte, ob seine Bemerkung eine Anspielung auf die turbulenten letzten Monate war oder einfach nur so dahingesagt.

»Hab ich dir eigentlich schon gesagt, dass du hinreißend aussiehst?«, fragte Cem und küsste sie auf die Nasenspitze.

»Nein, hast du nicht.« Yvonne lachte. »Und du weißt, dass ich so was immer wieder gern höre. Aber nur, wenn es der Wahrheit entspricht.«

»Ich schwöre, es ist nicht gelogen, dass du die schönste Frau in diesem Raum bist.« Sie sahen sich an und begannen beide wie auf Kommando loszuprusten. Dann veränderten sich seine Gesichtszüge. »Ich möchte noch viele Silvester mit dir verbringen, Yvonne. Ich finde das Leben mit dir schön und … äußerst anregend.«

»Ach, Cem.« Sie umarmte ihn stürmisch und drückte ihn an sich. »Trotz allem?«, fragte sie leise.

»Trotz allem!«, sagte er mit fester Stimme.

In diesem Moment klingelte es. Asta in ihrem Körbchen richtete sich auf.

»Das sind sicher die Nachbarn, die wollen uns ein gutes neues Jahr wünschen.« Yvonne zuckte mit den Schultern und erhob sich. »Tja, wird wohl nichts mit der trauten Zweisamkeit.« Sie zwinkerte Cem zu und lächelte ein wenig anzüglich.

Asta sprang bellend zur Haustür.

»Die Nacht ist noch lang. Und die werden ja nicht ewig bleiben«, hörte sie Cems Stimme in ihrem Rücken.

3. KAPITEL

Mit bloßen Händen wischte er den Schnee von den Scheiben. Wollte die Tür öffnen, doch sie gab nicht nach. Zugefroren. Auch das noch! Voller Zorn schlug er mit der flachen Hand auf die Seitentür des Škoda. Versetzte ihr einen Tritt.

Verdammt, verdammt, verdammt. Ging denn alles schief? Maßlose Wut überflutete ihn. Bestimmte jede seiner Handlungen. Dann gemahnte er sich zur Räson. Sah sich vorsichtig im morgendlichen Dämmerlicht um. Alles war ruhig, keine Menschenseele zu sehen.

Ungeduldig rüttelte er an der Tür. Noch mal und noch mal. Endlich gab sie nach und ließ sich knarrend öffnen. Erleichtert sank er auf den Fahrersitz. Im Inneren des Škoda war es eiskalt. Die Fensterscheiben waren rundum zugefroren. Er schaltete das Gebläse ein bis zur höchsten Stufe. In das Rauschen hinein knarrten die Scheibenwischer, doch sie bewegten sich nicht.

Er stieg wieder aus, löste vorsichtig die Wischer von der Glasscheibe und scharrte mit dem Eiskratzer rundum kleine Gucklöcher. Zwischendurch steckte er die klammen Finger in seine Manteltaschen, um sie zu wärmen. Schnell stieg er wieder ein, knallte die Tür zu und startete den Škoda.

Als er losfahren wollte, drehten die Reifen durch und der Motor erstarb. Seine Hände zitterten. Schweiß stand ihm auf der Stirn. Er streifte die Strickmütze ab, warf sie auf den Rücksitz. Eine Melodie, begleitet von Gitarrenriffs, drängte in seinen Kopf.

Mich zwingt keiner auf die Knie.

Seine Finger fühlten sich taub an. Er hauchte sie an. Legte sie zurück auf das Lenkrad. Langsam, ganz langsam, mahnte er sich. Alles andere bringt nichts. Also noch mal von vorn. Das Fahrzeug begann, sich gemächlich in Bewegung zu setzen.

Hier in diesem abgelegenen Wohngebiet waren noch keine Streufahrzeuge durchgekommen. Dass die Autoreifen nicht mehr die besten waren, hatte er auf der Herfahrt zu spüren bekommen. Also lieber nicht zu schnell fahren. Keine unbedachte Bewegung machen, damit das Auto nicht ausbricht. Und vor allem einen klaren Kopf bewahren.

Langsam glitt der Wagen auf der Schneedecke vorwärts, während sein Herz wie wild hämmerte.

In seinem Kopf rotierten die Gedanken. Er verstand nicht, was abgegangen war. Ganz nah hatte er sich bereits am Ziel gesehen. Seine Worte hatte er sich genau zurechtgelegt. Klare Ansage. So, dass es auch der Dümmste verstehen musste. Aber dann war die Sache völlig aus dem Ruder gelaufen. Und jetzt, im Nachhinein betrachtet, kam ihm alles nur noch dumm und töricht vor. Was war er nur für ein Trottel gewesen! Wenn er ehrlich war, musste er zugeben, dass er sich auch ein wenig schämte. Darüber, dass ihn sein Verstand so sehr im Stich gelassen hatte, dass er einfach nicht mehr Herr der Lage gewesen war.

Nein, solche Gedanken durfte er gar nicht erst zulassen. Er musste aus dieser Sache raus. Egal wie. Und so schnell wie möglich. Er fuhr nicht den direkten Weg zurück, sondern bog in eine schmale Seitenstraße ein. Sicher war sicher.

Mich zwingt keiner auf die Knie.

Das war sein Credo. Das durfte er niemals vergessen. Heftig schüttelte er den Kopf und versuchte die hässlichen Bilder loszuwerden, die sich in seinem Kopf überschlugen und sich mit früheren Episoden vermischten. Dinge, die auf ganz blöde Weise schiefgegangen waren. Er sah verzerrte Münder, die ihn fürchterlich ausschimpften. Vater, der mit dem Finger auf seine Stirn zeigte und brüllte: »Bist du noch ganz dicht? Was geht bloß da drin vor, hä? Kannst du mir das mal erklären?« Während Mutter stumm daneben stand und ihn mit weit aufgerissenen Augen anblickte.

Er fror. Das Hemd unter dem Mantel klebte auf seiner Haut. Ihm war kalt und heiß zugleich.

Die Gitarre. In solchen Momenten hatte oft die Gitarre geholfen. Doch die war zu Hause.

Das Guckloch in der Frontscheibe wurde größer. Auch die Heizung tat nun ihre Dienste. Er fuhr sich über die Stirn und wischte den Schweiß ab.

Vorsichtig kroch er auf der geschlossenen Schneedecke dahin, stets versucht, schneller zu fahren. Die Reifenspur, die er hinterließ, schien die einzige an diesem Neujahrsmorgen zu sein. Plötzlich endete die Straße. Er war in einer Sackgasse gelandet. Scheiße!

Es blieb ihm nichts anderes übrig als umzukehren. Zwei, drei Mal setzte er an, kam kurz ins Schlingern, und fuhr so lange vor und zurück, bis er in umgekehrter Richtung stand. Dann war er wieder auf dem Weg, den er gekommen war. Geradewegs fuhr er weiter bis zur nächst größeren Straße.

Alles wirkte menschenleer. Regelrecht unbewohnt.

Die liegen wohl alle noch im Tiefschlaf. Nur dieser Alte mit seinem Köter war unterwegs, der unentwegt die Raketenfetzen am Straßenrand beschnüffelte.

Die Frontscheibe war jetzt vollkommen frei. Trotzdem sah er draußen immer noch alles undeutlich. Es änderte sich kaum etwas, wenn er die Augen zusammenkniff. Diese blöden Sehstörungen! Der Gang zum Augenarzt würde ihm nicht erspart bleiben.

Vielleicht war es auch nur die Müdigkeit? Schließlich steckte ihm die lange Nacht ordentlich in den Knochen. Angestrengt hielt er Ausschau nach einem Wegweiser, der ihn auf dem schnellsten Weg nach Hause führte.

Da vorn war eine größere Kreuzung. Endlich: Die B9. Hier waren bereits Räumfahrzeuge unterwegs gewesen.

In gleichmäßigem Tempo glitt das Auto durch den Ort. Sein Atem ging jetzt gemäßigt.

Plötzlich nahm er ein Martinshorn wahr. Er zuckte zusammen, spürte das Adrenalin. Gemahnte sich, Ruhe zu bewahren! Das durchdringende Geräusch rückte immer näher.

Schon sah er ein Feuerwehrauto, das ihm entgegenkam. Dicht gefolgt von einem Notarztwagen. Beide Fahrzeuge rasten an ihm vorbei in die Richtung, aus der er gekommen war.

Hinter dem Ortsausgang verwies ein Schild auf die Fähre nach Bad Hönningen. Kurz entschlossen bog er in die Zufahrt ein. Den Škoda stellte er im Parkbereich ab. Ein Fußgängerweg führte am Rhein entlang über den Vinxtbach. Hinter der Brücke verließ er den asphaltierten Weg und lief weiter auf einem Trampelpfad, der zum Fluss hinunterführte. Er ging bis nah ans Wasser.

Abwartend stand er eine Weile dort am Ufer. Beobachtete die kleinen Wellen, die über die Steine schwappten. Dann holte er aus und warf einen Gegenstand mit Schwung ins Wasser. Der Rhein hat schon so vieles verschluckt, dachte er, was nie wieder ans Tageslicht gekommen ist.

Dann ging er zurück zu seinem Auto, stieg ein und fuhr wieder auf die B9. Bis Koblenz waren es noch 29 Kilometer.

Er atmete tief durch und trat nun ordentlich aufs Gas. So schnell wie möglich wollte er jetzt von hier wegkommen. Weg von den Bildern der Nacht, die mit Erinnerungsfetzen aus der Vergangenheit verklebten und in seinem Kopf umhergeisterten.

Hinter der nächsten Ortschaft war die Bundesstraße autobahnähnlich ausgebaut.

Er spürte, wie seine Spannung nachließ. Er war nur einer von vielen Verkehrsteilnehmern, die irgendwohin unterwegs waren. Aber musste man derart langsam fahren? Er ärgerte sich über kriechende Sonntagsfahrer, die beide Spuren blockierten. Seinem Vordermann rückte er so nah auf die Pelle, dass er erschrocken ausscherte und den neben ihm fahrenden Wagen schnitt. Ein Hupkonzert war die Folge. Das kümmerte ihn wenig. Sein rechter Fuß drückte das Gas durch. Er überholte und jagte seinen Wagen vorwärts über die Bundesstraße. Verbissen und ohne sich auch nur einmal umzublicken.

4. KAPITEL

Sie öffnete die Augen. Fasste neben sich, aber da lag niemand. Die Bettdecke war zurückgeschlagen.

»Otto?«, rief Hedwig.

Schläfrig streifte ihr Blick den Wecker auf ihrem Nachttisch. Acht Uhr vorbei. Draußen war es noch dunkel. Ach, dieser Frühaufsteher. Noch nicht mal am Neujahrsmorgen konnte man gemütlich mit ihm kuscheln.

Sie nahm ein Buch vom Nachttisch, in dem ein Lesezeichen steckte und schlug es auf. Vertiefte sich in die Lektüre und genoss noch ein wenig diese ruhigen Minuten vor dem Aufstehen.

Kurze Zeit später hörte sie, wie sich die Haustür öffnete, danach rumorte es in der Küche. Bald darauf stand Otto in der Tür.

»Frühstück ist fertig. Geruhen Madam aufzustehen?« Er grinste breit.

»Was bist du denn schon so geschäftig in aller Herrgottsfrühe?« Sie legte ihr Buch zur Seite.

»Ich bin zum Bäcker gelaufen. Die Schneeluft ist toll. Macht einen klaren Kopf.«

Sie lächelte. Dass Otto am Abend ein wenig zu tief ins Glas geschaut hatte, hatte sie durchaus bemerkt.

»War schön gestern Abend, nicht?«, fragte sie.

Otto setzte sich zu ihr auf die Bettkante und streichelte ihre Wange. »Du hast wirklich eine sehr nette Familie. Und einen goldigen Enkel.«

Sie schaute ihn liebevoll an und drückte seine Hand. Im Grunde freute sich Hedwig, dass Otto ihre kleine Familie ins Herz geschlossen hatte. Das beruhte auf Gegenseitigkeit, wie ihre Tochter ihr versichert hatte, und auch der Kleine mochte seinen Opapa sehr, wie er Otto nannte.

Otto beugte sich zu ihr und gab ihr einen Kuss auf die Nase. »Na, was ist? Willst du den ersten Tag im neuen Jahr im Bett verbringen?« Mit einem schelmischen Blick zog er ihr die Decke weg.

»Hey!«, wehrte sie sich lachend. »Ich steh ja schon auf.«

Als Hedwig in Nachthemd und Bademantel die Treppe herunterkam, durchdrang klassische Musik den Raum. Früher hatte sie sich nichts aus Klassik gemacht, doch seit Otto seine beeindruckende CD-Sammlung in ihren Haushalt eingebracht hatte, gehörte diese Musikuntermalung zum sonn- und feiertäglichen Frühstück. Man brauchte eben nur die richtigen Leute, die einen an solche Dinge heranführten. Zwar hatten ihr Mann und sie ebenfalls gute Zeiten gehabt, doch wenn man es recht bedachte, war Yvonnes Vater eher ein Einzelgänger gewesen, der Tätigkeiten liebte wie Angeln oder stundenlanges Stehen auf dem Nürburgring. Das war seine Welt gewesen, zu der Hedwig keinerlei Zutritt fand. Von musischen Dingen hatte er nicht so viel gehalten. Mit Otto hingegen war sie sogar in der Oper gewesen. Und es hatte ihr gut gefallen, auch wenn sie kaum etwas verstand.

Sie schenkte Kaffee ein. Rührte ein wenig Milch hinein. Hob die Tasse zum Mund.

Mit einem Mal zerrissen Sirenen die Stille. Der Lärm kam immer näher. Verstärkte sich in der Nähe ihres Hauses und ebbte wieder ab.

»Was ist denn da los?«, fragte Otto, stand auf und schob den Vorhang zur Seite. »Offenbar die Feuerwehr. Ob es da einer mit den Böllern übertrieben hat?«

»Komm, sei nicht so neugierig. Wir frühstücken jetzt erst mal in aller Ruhe.« Hedwig liebte es, gemütlich zu frühstücken, und wenn sie eins nicht leiden konnte, dann waren es neugierige Gaffer. Eine Unsitte, die immer mehr um sich griff, wie entsprechende Zeitungsberichte kritisch vermeldeten. Obwohl es sie durchaus interessieren würde, was da in ihrer unmittelbaren Nähe los war. Aber das würde sie sicher früh genug erfahren.

Schon ertönten weitere Martinshörner. Kurz darauf brach der Lärm der Sirenen ab.

Die fuhren doch nicht etwa … Etwas wie eine dunkle Ahnung umklammerte ihren Brustkorb. Nein, das kann nicht sein, beruhigte sie sich. Nicht Yvonnes Haus. Komisch, dass einem immer zuerst die eigene Familie in den Sinn kam, wenn etwas passierte. Sie biss in ihr Brötchen mit Orangenmarmelade, kaute, trank einen Schluck Kaffee. Doch es wollte ihr nicht so recht schmecken.

»Was darf ich dir denn noch reichen?«, fragte Otto, der zurück an den Tisch gekommen war. »Ein Croissant?«

»Nein, danke«, sagte sie und versuchte zu lächeln.

»Wie, du bist schon satt?«

Sie nickte. »Ich geh hoch und zieh mich an.«

»Nun sei doch nicht so ungemütlich«, meinte Otto.

Doch sie hatte keine Ruhe mehr. Sie wollte wissen, wohin die Einsatzfahrzeuge gerufen worden waren.

5. KAPITEL

»Na, mein Schatz, freust du dich auf die Oma?« Tatjana Herold hob ihre kleine Tochter hoch, die leicht war wie eine Feder, und schnallte sie im Kindersitz fest.

»Ja. Die schenkt mir bestimmt was Schönes.«

»Ganz sicher.« Tatjana seufzte und ließ sich auf den Fahrersitz des Polo fallen. Als sie den Zündschlüssel drehte, ertönte ein krankes Röhren. Sie versuchte es noch mal. Wieder dasselbe Geräusch.

»Oh nein!« Nicht jetzt, bitte bitte, dachte sie. Das Auto war alt und hatte seine Schwächen, aber bisher hatte es sie noch nie im Stich gelassen. Diese Fahrt war so wichtig. Sie hatte ihre Mutter nicht zu Weihnachten besuchen können, weil sie nicht frei bekommen hatte. Pia war fast die ganzen Feiertage über bei Leonies Familie gewesen. Ein Glück, dass es die Freundin mit dieser unkomplizierten Mutter gab, die es offenbar für selbstverständlich hielt, dass Pia mit ihnen zusammen Weihnachten verbrachte.

Natürlich war alles ganz anders geplant gewesen. Tatjana hatte Urlaub beantragt und auch bewilligt bekommen. Aber dann waren gleich zwei Kolleginnen krank geworden – bei der dünnen Personaldecke im Krankenhaus eine Katastrophe. Also warf Tatjana ihre Pläne wieder einmal über den Haufen und sprang ein. Weil sie ein gutmütiger und sozial eingestellter Mensch war. Auch wenn bisweilen das Gefühl an ihr nagte, dass diese Einstellung manchmal ganz schön ausgenutzt wurde.

An diesem Morgen war sie extra früh aufgestanden, um beizeiten bei ihrer Mutter zu sein. Und nun sollte ihr das altersschwache Auto einen Strich durch die Rechnung machen?

Noch einmal drehte sie den Zündschlüssel. Das kranke Röhren verwandelte sich stotternd in ein annähernd normales Zündgeräusch. Dann rollte das Auto an. Erleichtert trat sie auf das Gas und betätigte die Kupplung.

Ihre Mutter lebte in Mülheim-Kärlich, wo Tatjana aufgewachsen war. Eigentlich keine weite Strecke von Waldbreitbach aus gesehen. Aber wenn man alleinerziehend war und einen stressigen Schichtdienst hatte, bedeutete dies manchmal ein unüberwindliches Hindernis. Ihre Mutter hatte in letzter Zeit körperlich etwas abgebaut und war nicht mehr so beweglich wie früher. Geistig war sie noch sehr fit, aber wegen ihrer Beschwernisse blieb sie am liebsten zu Hause. Einen Führerschein hatte sie nie besessen. Da lag es an Tatjana, die Zeit für Besuche einzurichten. Obwohl sie nicht immer Verständnis für diese Haltung hatte. Dann wiederum sagte sie sich, dass sie vielleicht auch bequemlich werden würde, wenn sie erst einmal das Alter ihrer Mutter erreichte, obwohl die mit Anfang 70 eigentlich noch gar nicht so alt war.

Am gestrigen Abend hatten sie miteinander telefoniert. Sie hatte Tatjana beschworen, nicht bei diesem Wetter zu fahren. Sie wisse doch, wie tückisch die Strecke durch den Westerwald sein konnte. Aber bereits in der Nacht hatte es aufgehört zu schneien. Wenn auch ihr Auto alt war, aber die Winterreifen waren neu. Sicher war nicht allzu viel Verkehr an diesem Neujahrsmorgen. Außerdem war Tatjana eine erfahrene Autofahrerin.

Sie fuhr langsam, den Witterungsbedingungen angemessen. Aus den Augenwinkeln sah sie links und rechts die verschneite Landschaft vorbeigleiten. Was für ein Winterbild, dachte sie. So etwas hatte man lange nicht gesehen, so selten wie es in den letzten Jahren geschneit hatte.

Das Auto schnurrte dahin. Hoffentlich machte es der Polo noch eine Weile, sie hatte momentan absolut nichts auf der hohen Kante. Für ein neues Auto müsste sie einen Kredit aufnehmen. Um in der ländlichen Gegend, in der sie lebte, täglich zur Arbeit zu fahren, war sie auf ein eigenes Auto angewiesen. Und bei ihren unregelmäßigen Dienstzeiten konnte sie unmöglich öffentliche Verkehrsmittel benutzen.

»Mama, mir ist langweilig«, ertönte es laut vom Rücksitz. Sie lächelte. Das hatte diesmal etwas länger gedauert als sonst. Aber sie war vorbereitet.

»Pippi Langstrumpf?«, fragte sie.

»Au ja!«, freute sich das Mädchen. »Pippilotta …«

»Viktualia …«

»Rollgardina Schokominza …«

»Nein, ich! Schokominza …«

»Efraimstochter …«

»Langstrumpf.«

Lächelnd schob Tatjana die CD, die griffbereit in der Ablage lag, in den Schlitz und schaltete den Player ein.

»Ich mach mir die Welt, widdewidde wie sie mir gefällt«, ertönte Pippis Stimme. Es war ein Lied, das Tatjana schon als Kind geliebt hatte und auswendig kannte. Pia und sie sangen lauthals mit.

Inzwischen hatten sie Neuwied erreicht. Tatjana fuhr über die an Schrägseilen befestigte Brücke, die über den Rhein führte. Hier, auf der einzigen Rheinbrücke zwischen Koblenz und Bonn, herrschte wie immer dichter Verkehr. Auf der anderen Seite des Flusses lag Weißenthurm, dort fuhr sie auf die B9. Nun war es nicht mehr weit. Ihre Mutter würde sich freuen, wenn sie schon so früh kamen.

Links von ihr tauchte das Kernkraftwerk auf, dessen hoher Kühlturm noch immer das malerische Neuwieder Becken verschandelte. Zwar hatte man längst beschlossen, das monströse und völlig unnütze Bauwerk abzureißen, doch der Rückbau zog sich hin.

Was für eine immense Verschwendung, dachte sie jedes Mal, wenn der Kühlturm, der höher war als der Kölner Dom, in ihrem Blickfeld erschien. Der Meiler, dessen Bau trotz heftiger Bürgerproteste durchgesetzt worden war, war damals der teuerste in ganz Deutschland gewesen. Irgendwo hatte sie gelesen, dass der Bau des AKW Mülheim-Kärlich über drei Milliarden Euro verschlungen hatte. In den 70er- und 80er-Jahren war ihre Mutter eine engagierte Atomgegnerin gewesen, die bei vielen Demonstrationen mitmarschiert war. Nicht nur eine Anzeige wegen Landfriedensbruch hatte sie sich deswegen eingehandelt, sogar in Beugehaft war sie genommen worden.

»Die wollten uns richtig spüren lassen, was es heißt, sich mit einem Atomkonzern anzulegen«, lauteten die harten Worte ihrer Mutter. Zusammen mit zahlreichen anderen Atomkraftgegnern hatte sie damals Klage eingereicht. In Erzwingungshaft kam sie, weil sie sich geweigert hatte, die vom Energieriesen RWE auferlegten Rechtsanwaltskosten in immenser Höhe zu zahlen.

Oft hatte sie Tatjana von diesen erbitterten Kämpfen erzählt und sich jedes Mal aufs Neue ereifert. »Versuchskaninchen wollte man aus uns machen. Gucken, was der Mensch so an Strahlenbelastung verträgt. Das kann man sich doch nicht gefallen lassen! – ›Kernkraftwerke sind umweltfreundlich, sicher und unschädlich!‹, wollten sie uns weismachen. Ja, hat man ja gesehen in Tschernobyl, aber unsereins verarschen bis zum geht nicht mehr. Abgebrannte Brennstäbe seien nichts weiter als ein Abfallprodukt, wie Kartoffelschalen oder Kaffeesatz, eben Müll, den der Mensch produziert und der halt irgendwo deponiert werden muss. Das muss man sich mal vorstellen!«

Unverantwortlich war der Standort Mülheim-Kärlich von Anfang an gewesen, denn dass es sich hier um Vulkangebiet handelte, wusste jedes Kind – dennoch wurde diese Tatsache von den Bauherren verharmlost, bis sich herausstellte, dass man zu pfuschen versucht hatte. Nach zahlreichen Gerichtsprozessen wurde schließlich beschlossen, das Kernkraftwerk, dessen Bau unter der Ära Kohl begonnen und länger als zehn Jahre gedauert hatte, wieder abzuschalten. Ganze dreizehn Monate war es in Betrieb gewesen. Ein Sieg für die Kernkraftgegner, den ihre Mutter zünftig gefeiert hatte. Dennoch war es ein zermürbender Kampf gewesen, der nicht spurlos an ihr vorübergegangen war.

»Wenn's ums Geld geht, gibt's kein Pardon. Früher wie heute versucht man den kleinen Mann zu verarschen.« Das war der Spruch ihres Vaters gewesen, der ihre Mutter in vielem unterstützt hatte. Als ihm die rebellische Art seiner Frau schließlich doch zu viel wurde, hatte er sich eine jüngere und weniger anstrengende Frau gesucht.

Das liebe Geld, davon hatte Tatjana eindeutig zu wenig. Ihr Gehalt als Krankenschwester war nicht gerade üppig, dann die teure Miete. Da blieb nicht viel übrig. Und von Pias Vater konnte sie schon gar nichts erwarten. Deshalb waren die Weihnachtsgeschenke für ihre Tochter wieder einmal sehr knapp ausgefallen. Da würde die Oma sicher mit ein bisschen mehr aufwarten können.

Eine Weile rollte sie auf der rechten Fahrspur dahin. Pipi Langstrumpf sang jetzt das Lied vom Reisen.

»*So will ich immer reisen, wenn Sommerwinde wehn …*« Auch diesen Text konnte Pia auswendig. Tatjana drehte kurz den Kopf nach hinten und lächelte anerkennend. Als sie wieder nach vorn sah, merkte sie, dass sie sich dem Heck eines blauen Mercedes näherte, der vor ihr herkroch. Na, so langsam brauchst du auch nicht zu fahren, dachte sie. Die Straße ist frei, geräumt und gestreut. Und mit deinem Mercedes solltest du doch allemal schneller sein als ich mit meinem kleinen Polo.

Plötzlich bremste der Wagen abrupt und zwang sie ebenfalls, auf die Bremse zu steigen. Ein Hupkonzert ertönte.

Was macht der denn für einen Scheiß? Der hinter mir hängt mir auch schon fast auf der Stoßstange. Sie schüttelte den Kopf, blinkte, scherte auf den linken Fahrstreifen der in diesem Abschnitt autobahnähnlich ausgebauten B9 aus und sah im nächsten Moment ein Fahrzeug frontal auf sich zurasen.

Nein!, dachte sie noch. Wo kommt der denn her? Das gibt es doch gar nicht. Ich bin doch auf der richtigen Spur.

Sie spürte ein gefährliches Vibrieren in der Luft, einem Stromstoß gleich. Links von ihr war die Mittelleitplanke, rechts von ihr der Mercedes. Dicht gefolgt von einem Peugeot. Sie brauchte nur Bruchteile von Sekunden, um ihre Ausweglosigkeit zu begreifen. Im nächsten Moment krachte es auch schon. Ein tosender, alles übertönender Knall traf sie wie eine heftige Ohrfeige. Etwas in ihrem Kopf blitzte schmerzhaft und hell. Der Airbag explodierte. Glas knirschte berstend, Blechteile flogen. Ihr Bewusstsein flackerte. Ihre Füße traten ins Leere. Das Kind auf dem Rücksitz schrie mit unnatürlich hoher Stimme. Ein reißender Sog nahm sie mit sich. Die Welt um sie herum verzerrte sich und begann sich zu drehen. Augenblicke ihres Lebens zischten an ihr vorbei wie Sternschnuppen. Wie in einer Waschmaschinentrommel wurde sie herumgeschleudert, während Pippi Langstrumpfs fröhliches Trällern abrupt verstummte.

6. KAPITEL

Nika blinzelte in das diffuse Morgenlicht, das durch den halb geschlossenen Vorhang ins Zimmer drang. Ihre Augen brannten und waren dick geschwollen. Sie hatte die halbe Nacht geheult. Sie stand auf und ging ins Bad. Unangenehm spürte sie den kalten Boden unter ihren Füßen. Den Blick in den Spiegel vermied sie. Nach dem Toilettengang legte sie sich nochmals zurück ins warme Bett und deckte sich zu. Doch Ruhe fand sie keine mehr.

Im nächsten Monat wurde sie 40. 40! Ein Alter, das sie sich in jüngeren Jahren nie hatte vorstellen können, vor allem nicht derart, dass sich sämtliche ihrer Träume zerschlagen würden. Das Kinderkriegen konnte sie nun endgültig vergessen. Der Mann, von dem sie geglaubt hatte, dass er sie liebe und mit dem sie den Rest ihres Lebens verbringen wollte, hatte sie am gestrigen Morgen verlassen. Mit verlegen lächelndem Gesicht hatte er ihr eröffnet, dass er den Abend mit seiner neuen Freundin verbringen wolle und nicht, wie abgesprochen, mit ihr. Nika hatte ihn erst ungläubig angesehen, weil sie einen Scherz vermutete. Doch als sie erkannte, wie ernst er es meinte, begann sie hektisch auf ihn einzureden und beschwor ihre schönen Zeiten herauf.

»Welche schönen Zeiten?«, hatte er gefragt, während er ihren Wohnungsschlüssel von seinem Schlüsselbund löste und auf den Tisch legte. »Du hast doch selbst gemerkt, dass das mit uns schon lange keinen Sinn mehr hat.« Noch einmal hatte er sie bedauernd angesehen. Dann war er wirklich gegangen.

Wie ein begossener Pudel hatte sie dagestanden und nicht gewusst, ob sie losheulen oder laut vor Wut schreien sollte.

Schon wieder brannten Tränen in ihren Augen, die sie ärgerlich wegwischte.

Nach einer Weile sah sie blinzelnd auf die Uhr. Kurz nach halb neun. Ob man da schon bei Yvonne anrufen konnte? Die wusste schließlich noch von nichts. Gestern hatte sie die Freundin nicht mit ihrem Unglück behelligen wollen. Nein, es war viel zu früh. Sie wollte noch eine halbe Stunde warten.

Yvonne und sie waren Freundinnen von Anfang an. Nachbarskinder waren sie gewesen, nur ein paar Häuser voneinander entfernt in Namedy aufgewachsen, einem Stadtteil von Andernach. Sie hatten miteinander Fahrradfahren gelernt, waren gemeinsam zur Schule gegangen, im Herbst hatten sie selbst gebastelte Drachen steigen lassen. Nur schwimmen gingen sie nicht zusammen. Yvonne war eine Wasserratte und Nika war ausgesprochen wasserscheu. Damit hat die Freundin sie oft aufgezogen. Genauso wie Nika über Yvonne und ihre kleinen Geheimnisse Bescheid wusste, war Yvonne in Nikas Leben eingeweiht und erfuhr es als Erste, wenn es eine gravierende Veränderung gab.

Kater Dores kam auf ihr Bett gehüpft, rollte sich neben sie, wärmte ihren Bauch und wollte sich gleichzeitig seine Streicheleinheiten abholen. »Wenigstens du bleibst mir treu«, flüsterte Nika dem schnurrenden Bündel ins Ohr und fuhr ihm sanft über das schwarzglänzende Fell.

Nach einem weiteren Blick auf die Uhr nahm sie das Telefon vom Nachttisch und wählte nun doch Yvonnes Nummer. Die Freundin war schließlich keine Langschläferin. Doch niemand nahm ab.

Sie stand auf, ging ins Bad und ließ sich kühles Wasser über die geschwollenen Augen laufen. Furchtbar seh ich aus, dachte sie, als sie in ihre rotunterlaufenen Augen im Spiegel blickte.

Dann wählte sie noch einmal. Wieder ertönte lange das Freizeichen. Dann sprang der Anrufbeantworter an.

»Schönes neues Jahr wünsch ich euch dreien«, sprach Nika auf das Band. »Ich hoffe, ihr seid gut reingekommen.« Gedankenverloren streichelte sie ihren Kater. »Tja, schade, Süße, dass du nicht da bist. Wir sollten uns bald treffen. Gibt einiges zu erzählen … Du wirst dich wundern … Melde dich einfach, wann es dir passt. Bis dann.«

7. KAPITEL

Die dichte Schneedecke, in die die Landschaft eingehüllt war, war schön anzusehen für Urlauber. Für Autofahrer, noch dazu wenn sie einen Dienst ausüben mussten, war das weniger schön. Wie immer nach einem heftigen Schneefall waren bereits einige kleinere Unfälle gemeldet, doch auf der B9 von Koblenz Richtung Bonn kam Franca gut voran.

Während des Fahrens ging ihr die vergangene Silvesternacht durch den Kopf. Nach Karins Absage hatte sie sich entschlossen, zu Hause zu feiern – wobei das Wort »feiern« für die von ihr ausgeübte Tätigkeit leicht übertrieben war. Mit einer Flasche Sekt und einer Tüte Chips hatte sie sich vor den Fernseher gesetzt, das obligatorische »Dinner for One« angesehen und zum tausendsten Mal über Miss Sophie, Butler James und Mister Winterbottom gelacht. Danach hatte sie herumgezappt, hampelnden Menschen in Glitzerkostümen vor gemalten Bilderbuchkulissen zugesehen, wie sie sich zu Schlagermusik verrenkten. Die unvermeidliche Helene Fischer schien auf allen Kanälen präsent zu sein – aber im Grunde hatte Franca nur darauf gewartet, bis es zwölf Uhr war. Um Mitternacht hatte sie sich ans Fenster gestellt und hinausgeschaut auf die bunt zerplatzenden Funkenregen, dieses Getöse, das Knallen und Zischen, das das kommende Jahr begrüßte. Dabei hatte sie sich inständig gewünscht, dass diese Welt eine bessere werden sollte, obwohl sie sich dessen bewusst war, wie absurd dieser Wunsch war, und wie weit entfernt von der Realität. Weil gleichzeitig in anderen Ländern schreckliche Kämpfe stattfanden, von ebensolchen oder ähnlichen Geräuschen begleitet wie in der deutschen Silvesternacht, die zahllose Menschen in die Flucht schlugen. Zwischendurch hatte sie an ihre Tochter in Australien gedacht, versucht, ihr eine WhatsApp-Nachricht zu schicken, die ewig nicht durchging, und sich irgendwann selbstkritisch gefragt, weshalb sie sich von diesem Datum derart terrorisieren ließ. Aber der Mensch war ein Gewohnheitstier und sie wäre sich merkwürdig vorgekommen, hätte sie den 31. Dezember vorüberziehen lassen wie einen ganz gewöhnlichen Tag.

Sie hatte inzwischen Mülheim-Kärlich mit seinem Gewerbegebiet passiert, das sich zu den zehn größten in Deutschland etabliert hatte, war an Andernach vorbeigefahren und erreichte schließlich die Ortseinfahrt von Bad Breisig.

Das Kurstädtchen war früher, als Bonn noch Hauptstadt war, ein bevorzugter Alterswohnsitz von Politikerwitwen gewesen. Die Rheinpromenade, wo man nett flanieren und gut essen konnte, war ihr wohlbekannt. Im letzten September hatte sie nach langer Zeit wieder einmal den traditionsreichen »Zwibbelsmaat«, den Zwiebelmarkt, besucht und dort die berühmte Forelle ohne Gräten gegessen.

Sie fuhr durch den Ort hindurch, bog schließlich nach links ab und erreichte bald ein Wohngebiet, in dem sich eingezäunte moderne Häuser mit 50er- und 60er-Jahre-Bauten abwechselten, bis sie die angegebene Adresse erreichte. Hier hatte sich eine kleine Menschenansammlung gebildet. Neugierige Blicke starrten ihr entgegen.

Als sie aus dem Auto ausstieg, bemerkte sie sofort den Brandgeruch, der die Schneeluft überlagerte. Feuerwehrautos flankierten den Weg sowie mehrere Polizeifahrzeuge und der Notarztwagen. Blaulichter warfen im Stakkato blaue Blitze auf die umliegenden Häuser.

»Ist Ihnen da einer reingefahren?«, fragte eine uniformierte Polizistin mit blonden Kringellöckchen und deutete auf den Alfa. »So ein schönes Auto.«

Franca seufzte. Sie zuckte die Schultern, vermied es aber, die näheren Umstände, die zu dieser unschönen Beule geführt hatten, zu erläutern.

Vor dem Haus waren Gehsteig und Straße von Reifenspuren übersät. In der Einfahrt war der Schnee von zahlreichen Fußtritten zertrampelt. Davor herrschte hektische Geschäftigkeit.

Von außen war dem Haus, in dem der Brandschaden entstanden war, kaum etwas anzusehen. Außer dass die Fenster sperrangelweit offenstanden, damit der Rauch abziehen konnte.

»Das ist schon unser dritter Einsatz für diese Schicht.« Der Leiter der Feuerwehr hustete lange. »Meine Lunge fühlt sich an wie frisch geteert. Langsam reicht's!« Seine Stimme klang krächzend und müde. In dem dunklen Schutzanzug mit den Reflexionsstreifen sah er aus wie ein zu groß geratenes Playmobil-Männchen. Das Visier seines Helms, das von innen beschlagen war, hatte er nach hinten geschoben. Sein Haar war nass verschwitzt. Die Atemschutzmaske hielt er in der Hand.

Franca Mazzari sah ihn mitleidig an. Eigentlich hatte sie an diesem ersten Januar keinen regulären Dienst, doch weil es in der Nacht so viele Einsätze gegeben hatte und die Kollegen allesamt unterwegs waren, hatte man sie gerufen.

Sie erfuhr, dass der Brand im Wohnzimmer ausgebrochen war. Ein lokal begrenzter Schwelbrand, der sich glücklicherweise nicht weiter ausgebreitet hatte. Eine unmittelbare Nachbarin hatte das durchdringende Piepsen des Rauchmelders gehört und die Feuerwehr verständigt, nachdem sie vergeblich versucht hatte, mit den Bewohnern in Kontakt zu treten. Der Feuerwehr war es innerhalb kürzester Zeit gelungen, den Brandherd unter Kontrolle zu bringen.

Nach Beendigung der notwendigen Maßnahmen und nachdem feststand, dass das Haus gefahrlos betreten werden konnte, hatte man im Inneren zwei Leichen und einen toten Hund entdeckt.

Der Einsatzleiter der Feuerwehr sah Franca eindringlich an. »Erschrecken Sie nicht allzu sehr.«

Franca wollte ihm gerade entgegnen, dass sie im Laufe ihrer Dienstjahre schon vieles gesehen hatte, darunter auch etliche Brandleichen, als eine ältere Frau auf die Gruppe zugelaufen kam.

»Um Gottes willen«, rief sie völlig außer Atem. »Was … was ist denn hier passiert?«

Franca hielt die Frau auf, die an ihr vorbei ins Haus rennen wollte. »Wer, bitte, sind Sie?«

»Ich bin die Mutter …«, keuchte sie.

»Wessen Mutter?« Franca sah sie fragend an.

»In diesem Haus lebt meine Tochter mit ihrer Familie. Mein Lebensgefährte und ich wohnen dort.« Sie zeigte mit der Hand vage die Straße hinunter. »Was ist denn hier los?«

»Wer gehört alles zu der Familie Ihrer Tochter?«, fragte der Einsatzleiter der Feuerwehr. Seine Stimme klang alarmiert.

»Ihr Mann und ihr kleiner Sohn, mein Enkel«, stammelte die Frau. »Und Asta, der Hund.«

Franca warf dem Feuerwehrmann einen entsetzten Blick zu. Er hatte von zwei leblosen Erwachsenenkörpern gesprochen. Auch den toten Hund hatte er erwähnt. Von einem Kind war jedoch nicht die Rede gewesen.

Der Gesichtsausdruck des Feuerwehrmannes wurde immer betretener. »Drei Personen?«, vergewisserte er sich. »Zwei Erwachsene und ein Kind? Sind Sie sicher?«

»Natürlich bin ich sicher.« Die Augen der Frau flackerten ängstlich. »Bitte lassen Sie mich jetzt da rein«, bat sie flehentlich.

»Moment.« Franca versperrte ihr den Weg. »Wissen Sie genau, dass der Junge im Haus war?«

»Warum fragen Sie mich das denn?« Ihre Stimme klang schrill. »Wir haben gestern alle miteinander Silvester gefeiert. Meine Tochter hat Erol noch in unserem Beisein zu Bett gebracht.« Die Frau stockte. »Wo ist meine Tochter …« Entsetzt riss sie die Augen auf. Angst leuchtete darin. Panik. »Lassen Sie mich sofort nachsehen.«

Nur mit Mühe konnten Franca und der Feuerwehrmann die Frau daran hindern, weiter die Einfahrt entlang der Haustür zuzustreben.

»Sie können da jetzt nicht rein«, sagte Franca bestimmt und hielt die Frau fest.

Mit einer unwirschen Bewegung wand sie sich aus Francas festem Griff. »Aber ich muss doch …«

»Wir kümmern uns um alles«, sagte Franca sanft.

»Wie alt ist der Junge?«, fragte der Einsatzleiter der Feuerwehr.

»Fünf. Er wird bald sechs. Bitte sagen Sie mir doch endlich, was hier los ist.« Ihre Stimmlage war unnatürlich hoch. Der Ausdruck in ihrem Gesicht wurde immer panischer.

In diesem Moment fuhr Hinterhubers blauer Golf vor. Kurz überlegte Franca, wie alt dieses Fahrzeug sein musste. Hinterhuber fuhr diesen Wagen, solange sie ihn kannte. Aber ihr Alfa war schließlich schon genauso lange in ihrem Besitz, oder sogar länger.

Francas Kollege stieg aus und kam direkt auf die Menschengruppe zu. Sie bemerkte, dass er eine neue Brille trug. Die Goldrandbrille hatte er gegen ein schwarzes, modernes Modell eingetauscht, das ihn richtig intellektuell aussehen ließ. Einen Moment lang kam er ihr etwas fremd vor. Doch sein Lodenmantel mit den Hirschhornknöpfen deutete unverkennbar auf den Bernhard Hinterhuber mit den bayrischen Wurzeln hin, den sie kannte. Ein loyaler Kollege, immer an ihrer Seite, wenn er gebraucht wurde.

Der Einsatzleiter der Feuerwehr winkte einigen seiner Kollegen, die vor dem Haus warteten. »Wir müssen da noch mal rein. Ein Kind wird vermisst.«

Franca wandte sich an die Frau. »Gehen Sie nach Hause. Sobald ich hier fertig bin, komme ich zu Ihnen und wir reden über alles.«

»Aber …« Plötzlich begann die Frau am ganzen Leib zu schlottern und schlang die Arme um ihren Körper.

8. KAPITEL

Bäume und Sträucher ringsum waren über und über bedeckt mit weißen, kurzlebigen Kristallen. Wehmütig dachte sie daran, wie bald der Schnee wieder verschwunden sein würde, während sie gierig die Winterluft einatmete. Sie mochte ausgedehnte Spaziergänge über den Höhen von Bad Breisig, zumal bei solch idealem Wetter.

Ganz in der Nähe gab es einen liebevoll ausgestatteten Märchenwald mit kleinkindgroßen Figuren, deren Arme sich beim Sprechen bewegten. Den Märchenwald, der im Winter geschlossen, aber im Sommer ein bevorzugtes Ziel von Hilde war, hatte sie öfter mit ihrer Nichte besucht, als diese noch klein war und man unbedingt beim Knusperhäuschen der Hexe vorbeigehen musste, die Hänsel und Gretel gefangen hielt. Verena hatte jedes Mal völlig fasziniert gelauscht, wenn sie das Märchen vorgelesen bekam.

Früher als Kind hatte Hilde das Märchen ebenfalls gemocht, doch als sie sich als Erwachsene den Inhalt von »Hänsel und Gretel« noch einmal so richtig vergegenwärtigte, fand sie es ziemlich schlimm. Da gab es einen guten Vater, der auf Anraten der bösen Stiefmutter seine Kinder im Wald aussetzte. Diese wurden Opfer einer Hexe, die sich als Menschenfresserin entpuppte. Doch diese Hintergründe bemerkten Kinder offenbar gar nicht. Besonders hatte sich Verena am Ende über die List von Hänsel und Gretel gefreut: Dass die Hexe elendiglich im Ofen verbrennen musste, während die Geschwister glücklich wieder mit ihrem Vater vereint waren.

Im Märchen werden die Guten belohnt und die Bösen bestraft, daran können Kinder ihren Gerechtigkeitssinn orientieren, sagte man gemeinhin. Dass dies sich im wahren Leben oftmals vollkommen anders verhält, lernten Kinder früh genug.

Doch im Grunde kennt jeder diese erfundenen Geschichten, die zum deutschen Kulturgut gehören und von Generation zu Generation weitergereicht werden. Eigentlich fand Hilde es schön, dass Märchen es auch heute noch vermochten, Kinder zu verzaubern in dieser von Computern und Spielekonsolen beherrschten Welt. Vielleicht gerade deswegen, weil sie einerseits so drastisch waren, aber andererseits die Welt eindeutig in Gut und Böse einteilten. Außerdem vermittelten Märchen die Zuversicht, dass Wünschen manchmal hilft und die Schwachen ungeahnte Stärken entwickelten.

Verena war inzwischen 16 Jahre alt und wollte von Märchen natürlich nichts mehr wissen. Sie rümpfte regelrecht die Nase, wenn ihre Tante sie an ihre früheren Vorlieben erinnerte.

Es hatte Hilde gewundert, dass ihre Nichte ihre Mutter, Hildes jüngere Schwester, auch dieses Jahr beim Weihnachtsbesuch begleitete. Natürlich hatte sich Hilde gefreut, Weihnachten war schließlich ein Familienfest, das auch die Jugend als solches ansah und respektierte. Doch diesmal war es nicht einfach gewesen mit Verena, die den Kopf voller pubertärer Gedanken hatte und für die es offenbar nichts Wichtigeres gab als Frisuren, Make-up und äußerst merkwürdige Musik. Alles Dinge, bei denen Hilde nicht mitreden konnte. Sie hatte noch nie irgendwelches Make-up benutzt und ihre Frisur war ihr herzlich egal. Sie ließ das graue Haar wachsen und ging nur alle paar Monate zum Friseur. Aber diese hektische Musik mit den abgehackten, fremd klingenden Rhythmen – nein, da waren ihr deutsche Schlager lieber. Da verstand man wenigstens jedes Wort.

An Heilig Abend hatte sie jedoch darauf bestanden, ihre geliebten traditionellen Lieder aufzulegen, auch wenn Verena maulte. Doch sie hatte sich gefügt und war sogar mit in den Gottesdienst nach Maria Laach gegangen. Obwohl sie alle evangelisch waren, bedeutete dieser Gottesdienst, der von den Mönchen der Benediktinerabtei ausgerichtet wurde, eine feierliche Einstimmung auf den Weihnachtsabend.

Ihre Schwester und sie hatten geredet, gelacht, manche Anekdoten hervorgeholt, aber auch manche Spitzen verteilt, genau wie früher. Seit ihre wesentlich jüngere Schwester plötzlich Witwe geworden war, hatten sie es so gehalten. Ein Familientreffen wenigstens einmal im Jahr, sonst kam man kaum dazu, einander zu besuchen. Zwar wohnten beide nicht allzu weit auseinander, aber jede hatte ihr Leben. Und ihre Gewohnheiten.

Hilde war Rentnerin, aber noch immer sozial engagiert, was ihr das gute Gefühl gab, gebraucht zu werden. Sie half im Krankenhaus bei den Grünen Damen, bot älteren Patienten und Patientinnen Abwechslung, indem sie an ihren Sorgen Anteil nahm, sich mit ihnen unterhielt und ihnen kleinere Wünsche erfüllte.

So sehr sie sich auf den Besuch von Schwester und Nichte gefreut hatte, umso mehr wusste sie jetzt wieder die heimelige Stille zu schätzen, die nach der Abreise der beiden in ihrer Wohnung herrschte. Aus dem Radio ertönten deutsche Schlager, so wie sie es mochte.

Das Einzelkind war Verena immer deutlicher anzumerken. Egoistisch beharrte sie auf ihren Wünschen und Vorstellungen, und wenn es nicht nach ihrem Kopf ging, wurde sie schnell unleidlich. Gern hätte Hilde ihre Schwester drauf aufmerksam gemacht, dass sie ihrer Tochter nichts Gutes tat, wenn sie sie allzu sehr verhätschelte und ihr alles durchgehen ließ. Doch Hilde hielt sich zurück. Zumal sie die Antwort kannte: »Du hast gut reden, du hast ja keine eigenen Kinder. Dann würdest du die Dinge ganz anders sehen.« Eine Antwort, die eine tiefe Wunde berührte.

Richtig, sie hatte keine eigenen Kinder, was niemand mehr bedauerte als sie. Doch als ehemalige Kinderkrankenschwester konnte sie mit dem Nachwuchs sehr gut umgehen und wusste genau, wie manipulativ die Kleinen sein konnten, wenn sie was durchsetzen wollten. Aber es hätte nichts genutzt, wenn sie dieses Thema angeschnitten hätte.

Dass sie gut kochen konnte, nutzte ihre Schwester ein wenig aus, so glaubte Hilde zumindest. Doch sie hatte Spaß am Kochen und Backen, aß gerne, und freute sich, wenn es auch anderen schmeckte.

Nach den Feiertagen rächte sich jedes Mal der opulente Genuss und es mussten etliche Pfündchen abgearbeitet werden, damit sie wieder in ihre Kleider passte. Auch aus diesem Grund hatte sie sich vorgenommen, sich regelmäßiger zu bewegen. Die Römertherme im Ort wollte sie auch wieder öfter besuchen.

Hilde war wohlgerüstet. Sie trug Zwiebellook, das bedeutete Unterhemd, T-Shirt und Pullover unter der

Daunenjacke, eine lange Unterhose, zwei Paar Socken übereinander, einen warmen, selbstgestrickten Schal und Handschuhe. Das graue Haar hatte sie unter eine Wollmütze geschoben. Sie schritt weit aus. Kam ordentlich ins Schwitzen. Vielleicht war sie doch ein wenig zu warm angezogen.

Mitten auf dem Waldweg blieb sie stehen und schaute sich um. Ließ die Schneelandschaft auf sich wirken, im Ohr das schöne Lied, gesungen von Peter Alexander. »*Glockenklang aus der Ferne … Wandern durch den weißen Winterwald.*« Herrlich, diese Stille und die gute Luft, die sie tief einatmete. Hie und da war ein Knacken und ein Rascheln zu hören. Ansonsten schien es, als ob sie allein auf der Welt sei.

Lange hatte es keinen Schnee mehr gegeben und Weihnachten war auch in diesem Jahr eher herbstlich ausgefallen. Nun war es über Nacht kalt geworden. Die Äste knarrten unter der weißen Last, ab und an staubte der Schnee wie Puderzucker herunter.

Hilde setzte sich wieder in Bewegung. Sie war ein gutes Stück gegangen und wollte gerade umkehren. Plötzlich stutzte sie. Eine einzelne Spur führte zwischen den Bäumen hindurch quer über den Weg weiter ins Dickicht. Sie folgte der Spur mit den Augen. Konnte das sein? Neben Abdrücken, die offensichtlich von einem Hasen und von Vögeln stammten, sahen diese aus wie von kleinen Füßen. Nackte Kinderfüße. Nein, das war ja wohl nicht möglich. Bei diesem Wetter kam doch niemand auf die Idee, barfuß durch den Schnee zu laufen. Aber sie war neugierig geworden, was es damit auf sich hatte. Sie folgte der Spur und ging ein paar Schritte tiefer in den Wald hinein.

9. KAPITEL

Franca lief durch den Flur und betrat das Wohnzimmer. Der Mundschutz, den sie bis weit über die Nase gezogen hatte, verdeckte ihr halbes Gesicht. Dennoch stieg ihr der Brandgeruch, der schwer in der Luft lag, unangenehm in die Nase. Sie versuchte, so flach wie möglich zu atmen.

»Hat's dich auch am Feiertag erwischt?«, fragte sie Frank Stein, dessen weißer Schutzanzug dunkel war von Rußflecken, und der wie sie einen Mundschutz trug.

»Die haben sonst keinen Dummen gefunden, wie immer«, antwortete er, während er vorsichtig Magnetpulver auf eine Champagnerflasche pinselte, die er schließlich gegen das Licht hielt.

»Fingerspuren?«

Er sah kurz hoch und nickte. So lange sie denken konnte, versah der Leiter der Spurensicherung seinen Dienst bei der Koblenzer Polizei. »Einmal Spusi, immer Spusi«, sagte er oft. Etwas in die Breite war er gegangen, der gute Frankenstein, wie er unter Kollegen genannt wurde, aber sonst war er ganz der Alte geblieben: Gewissenhaft, gründlich und mit entsprechendem Know-how versah er seinen Job, den er als Handwerk ansah. Er konnte sich mitunter fürchterlich darüber aufregen, wie sein Berufsbild in bestimmten Fernsehserien dargestellt wurde: Jeder Depp glaube, genau zu wissen, wie so etwas gehe. Er habe schon öfter erlebt, wie ihm Laien seine Arbeit erklären wollten und sich verwundert darüber zeigten, wenn er nicht sofort einen Täter präsentieren könne, zu dem die gesicherten Fingerabdrücke oder DNA, die am Tatort gefunden wurden, passten. Der lange Norbert, sein stetiger Begleiter, lief herum und schoss die notwendigen Fotos.

Schon oft hatte Frankenstein ein Auge für besondere Details bewiesen, im Verstehen und Auswerten bestimmter Bilder. »Jeder Mensch hinterlässt Spuren, das kann man gar nicht vermeiden, und wir von der Spusi sind nun mal die Frontschweine«, sagte er oft lachend. Seine Aufgabe sei es, diese Spuren zu finden und richtig einzuordnen.

Es war ein mondänes, hübsch eingerichtetes Wohnzimmer, doch unter den Auswirkungen des Schwelbrandes sah es wenig einladend aus. Franca blickte über einige kleinere, angekokelte Kunststoffmöbel hinweg durch das Panoramafenster, das zum Garten hinausführte. Auf dem verschneiten Rasen stand ein Schneemann, der eine alte grüne Polizeischirmmütze auf dem Kopf trug. Dann wandte sie sich dem zu, was sie bisher ausgeblendet hatte. Zuerst sah sie den toten Hund, dessen erschlaffter Körper in einer Blutlache vor einer geschlossenen Tür lag. Ihr Blick wanderte weiter zu dem Bild über dem Sofa, dem in anmutigen Pastellfarben gehaltenen Seerosenteich von Monet. Sie wollte sich einen Augenblick an dieser Wasserlandschaft festhalten. An der freundlichen Stimmung, die die Blätterinseln, Seerosen und deren Spiegelungen im Wasser mit dem flimmernden Licht darüber ausströmten. Für Bruchteile von Sekunden weigerte sie sich zu sehen, was sich darunter auf dem schwarzen Ledersofa befand. Doch sie musste sich diesem Anblick stellen. Da ging kein Weg dran vorbei.

Der Körper des Mannes hing über der Rückenlehne, den Kopf auf groteske Weise in den Nacken gebogen. Unwillkürlich dachte sie an ein besiegtes Tier, das seinem Feind ungeschützt die Kehle zum Todesbiss hinhielt. Der Mann trug einen dunklen Anzug, darunter ein hellblaues Hemd und eine gestreifte Krawatte, die am Hals gelockert war. An Händen und Füßen war er mit Panzertape gefesselt, über dem Mund klebte ein breiter Silberstreifen. In der Stirn hatte er ein kleines blutiges Loch, das umgeben war von einer sternförmigen Stanzmarke. Seine Augen waren weit aufgerissen. Es sah aus, als sei er regelrecht hingerichtet worden.

»Er ist schon ziemlich steif«, hörte sie den Notarzt sagen, der sich an ihm zu schaffen machte. »Er muss bereits seit Stunden tot sein.«

Der Anblick der Frau traf Franca mit voller Wucht. Sie lag etwas weiter von ihrem Mann entfernt auf dem Marmorboden, nackt, ebenfalls mit Panzertape an den Händen gefesselt. Die Fingernägel glänzten in einem perlmuttfarbenen Rosa. Die Beine waren auf obszöne Weise gespreizt. Um sie herum verstreut lagen ein zerrissenes türkisfarbenes Paillettentop, eine zusammengeknuddelte schwarze Samthose sowie ihre Unterwäsche. Beim näheren Hinsehen bemerkte Franca, dass der Verschluss des BHs mit einem Messer aufgeschlitzt worden war. Auch das hautfarbene Spitzenhöschen wies Schnitte auf. Doch auf dem nackten Körper waren keine Schnitte zu sehen. Das blonde lange Haar der Frau war aufgelöst und verdeckte ihr malträtiertes Gesicht.

Bei ihrem Anblick hatte Franca ein Déjà-vu. Sie meinte, schon einmal eine tote Frau in einer solch entwürdigenden Position gesehen zu haben, aber es war kein Fall, den sie selbst bearbeitet hatte. Dazu war die Erinnerung zu unscharf. Dennoch war es ein Bild, das in regelmäßigen Abständen blitzartig vor ihrem geistigen Auge auftauchte.

Sie konzentrierte sich weiter auf den Tatort. Im Zimmer waren kleinere Möbelstücke umgekippt. Einige Schubladen und Schranktüren waren aufgerissen, ihr Inhalt lag verstreut auf dem Marmorboden. Insgesamt war der Sachschaden nicht so groß, wie sie es von anderen Brandstellen her kannte. Einiges war angekokelt, aber nicht richtig verbrannt. Auf sämtliche Gegenstände hatte sich eine feine Rußschicht gelegt. Auch auf die Glasscherben, die offensichtlich von zerbrochenen Sektgläsern herrührten, denen Frankenstein sich nun eingehend widmete. Von einem gläsernen Beistelltisch, der zwischen den beiden Sofas stand, war eine Blumenvase heruntergefallen, darunter lagen verstreute Rosen.

Sie trat vor die männliche Leiche und betrachtete sie eingehend. Der Tod sprang sie an. Krampfte ihren Magen zusammen, ihr Herz. Den Mann, der zeitlebens sicher ziemlich gut aussehend gewesen war, schätzte sie auf Mitte 40.

Der Tod hatte immer etwas Beklemmendes, etwas, das sie bis ins Mark traf. Das hatte sich auch im Laufe vieler Dienstjahre nicht verändert. Aber beim Anblick dieser beiden Leichen war ihre Beklemmung gewachsen. Stärker als sonst. Sie konnte nichts dagegen tun.

Sie blinzelte heftig. Eine Frau, ein Mann, ein Hund. Allesamt tot. Und ein Kind, das verschwunden war. Was hatte sich hier vor wenigen Stunden abgespielt?

Franca stand sofort ein äußerst realistisches Bild vor Augen: Die Frau, wie sie malträtiert wird. Missbraucht, vergewaltigt. Wahrscheinlich hat sie geschrien und gefleht. Ihr Mann, der geknebelt und gefesselt auf dem Sofa sitzt, ist dem Geschehen hilflos ausgeliefert. Er kann seine Frau nicht beschützen. Muss mit ansehen, was der oder die Täter mit ihr anstellen.

Franca hörte förmlich die Schreie, den hyperventilierenden Atem. Und sie sah die Panik, die in den Augen der Opfer leuchtete.

Sie mahnte sich zur Räson. Gerade in solch angespannten Situationen war es wichtig, die Nerven zu behalten und sich nicht von Emotionen überfluten zu lassen.

Sie beobachtete Frankenstein, der sich kopfschüttelnd über den toten Hund beugte. Er richtete sich auf und ließ seine Blicke schweifen, trat ein paar Schritte nach vorn, bückte sich und hob etwas metallisch Glänzendes auf, das er kurz an die Nase hielt und dann in eine Asservatentüte gleiten ließ.

»Patronenhülsen?«, fragte Franca.

»Neun Millimeter.« Er nickte. »Auch ein Klappmesser haben wir gefunden. Mit Damastklinge und Holzgriff. Ziemlich scharf und nicht ganz billig.«

»Mit dem hat er offensichtlich die Wäsche der Frau zerschnitten.«

»Komm mal her, Franca«, rief Hinterhuber, der neben der nackten Toten hockte und, wie alle Polizisten im Raum, einen Mundschutz und Latexhandschuhe trug. »Siehst du das?«

Fast widerwillig ging sie zu ihrem Kollegen hin. Schritte, die ihre Beine schwer wie Blei anfühlen ließen. Dann sah sie, was seine Aufmerksamkeit erregt hatte: Um den Hals der Toten war ein Hundehalsband geschlungen. Ein rotes gummiertes Band mit einer

Durchzugskette. Soweit sie informiert war, hießen diese Dinger Drossel- oder Chokebänder und waren dazu gedacht, Hunde zu erziehen.

»Mann, ist die zugerichtet worden.« Mit einer fast zärtlichen Bewegung strich Hinterhuber der Frau das Haar aus dem malträtierten Gesicht. Aus seiner Bemerkung hörte Franca Abscheu und zugleich Unverständnis. Auch ihn schienen diese beiden Toten stark zu berühren.

Sie beugte sich näher über die Frau. Zwang sich, genau hinzuschauen. Auf ihrer hellen Haut, dem gesamten Oberkörper, an Armen und Bauch und im geschwollenen Gesicht zeichneten sich zahlreiche Hämatome und Quetschungen ab. Ebenso auf den Innenseiten der Oberschenkel. Die Oberlippe war aufgeplatzt, das Blut darauf verkrustet.

Wieder hatte Franca eine Schreckensvision. Sie sah einen Mann, wie er die Frau am Arm packte, sie auf den Boden warf, auf sie eintrat, bevor er sich auf den Brustkorb der nackten Frau kniete. Wie er wie von Sinnen auf sie einschlug, mit voller Wucht ins Gesicht, bis Kopf und Haare zur Seite flogen.

Sie schüttelte das Bild ab, wollte nicht sehen, was ihr Geist an schlimmen Bildern produzierte.

»Wir sollten sofort der Rechtsmedizin Bescheid geben, damit das alles hier so schnell wie möglich korrekt festgehalten wird«, sagte Hinterhuber.

Sie nickte. Verletzungsmuster an einer Leiche konnten sich sehr schnell verändern. Je eher sie dokumentiert wurden, umso besser.

»Hoffentlich kommt nicht wieder dieser schnöselige Küppersbusch«, sagte sie. Von diesem unangenehmen

Menschen, der die Position der ruhigen und besonnenen Irene Seiler eingenommen hatte, fühlte sie sich jedes Mal seltsam vorgeführt.

Ein Streifenbeamter betrat das Wohnzimmer. »Die Identität der beiden Toten ist geklärt«, sagte er, seine Miene wirkte besorgt.

»Die Bewohner des Hauses?«

Der Kollege nickte, eine rasche, knappe Bewegung. In seinen Augen standen Unsicherheit und Trauer. »Yvonne und Cem Aslan.« Er kreuzte die Arme vor der Brust, stockte. Schluckte hart.

Franca sah ihn fragend an. »Kannten Sie die beiden?«

»Cem ist … ein … Kollege.«

»Ein Kollege? Wie meinen Sie das?« Franca war verdutzt. Der Name sagte ihr nichts. Auch Hinterhuber schaute irritiert.

»Er ist Polizist. Ich meine … er war Polizist. Bei der PI Andernach.«

10. KAPITEL

Hedwig Mattheis trug eine dunkle Stoffhose und einen altrosa Pullover, was ihr gut stand. Ihr blond gefärbtes Haar war zu einer flotten Kurzhaarfrisur geschnitten, das jetzt ordentlich gekämmt war. Sie lief herum wie in Trance. Ihr Gesicht war kreidebleich. Ihre Stimme klang rau und schwach und hörte sich heiser an. »Ich werd noch ganz verrückt. Sagen Sie mir doch bitte, was mit meiner Tochter ist. Und mit …« Hier versagte ihr die Stimme. Noch wusste sie nicht, dass ihre Tochter und ihr Schwiegersohn tot waren, aber ihre Körpersprache drückte ihre schlimmsten Befürchtungen aus.

Was mit dem Kind geschehen war, war völlig unklar. Im Haus befand sich der Junge mit Sicherheit nicht, sämtliche Räume waren akribisch durchsucht worden, in jeder Nische oder Ecke hatte man nachgeschaut. Inzwischen marschierte ein Suchtrupp durch den Schnee.

Mitfühlen, aber nicht mitleiden, befahl sich Franca wieder einmal aufs Neue. Eine belastende Bürde, die durch die gewisse Routine ihrer vielen Berufsjahre nicht einfacher wurde. Wenn man in einem solchen Fall überhaupt von Routine sprechen konnte.

Den Schmerz des Verlusts konnte dieser Mutter niemand nehmen. Franca vermochte sie allenfalls zu stützen und vielleicht ein wenig zu trösten. Aber die Situation war für alle furchtbar belastend. Sie hoffte, dass sie die richtigen Worte fand, die den Schock zumindest ein wenig milderten.

Todesnachrichten zu überbringen war eine der furchtbarsten und unbeliebtesten Aufgaben in ihrem Beruf. Sicher, jeder Mensch reagierte anders. Während die einen ihren Schmerzen oder auch ihren Aggressionen freien Lauf ließen, versteinerten andere regelrecht. Aber am Ende stand immer unfassbarer Kummer.

»Es tut mir leid, Frau Mattheis, aber ich muss Ihnen sagen, dort im Haus Ihrer Tochter sind zwei Menschen zu Tode gekommen.« Francas Stimme war leise.

Der Gesichtsausdruck ihres Gegenübers war verständnislos. »Zwei … Tote?«, keuchte Hedwig, als fiele ihr das Atmen schwer.

Einen entsetzlichen Moment lang herrschte völlige Stille, als ob die Bedeutung der Worte noch nicht in ihrem Hirn angekommen war. Dann schlug die Frau die Hände vor den Mund. Der Aufschrei war fürchterlich. »Wer ist es? Wer, sagen Sie mir bitte, wer?«

»Wir haben die Bestätigung, dass es sich um die Bewohner handelt. Ihre Tochter und Ihr Schwiegersohn.« Der sachliche Tonfall fiel Franca äußerst schwer.

»Yvonne ist tot? … Und Cem auch? Nein, das kann doch gar nicht sein … Wir haben doch gestern noch …« Sie rang nach Luft. Tränen begannen über das Gesicht der älteren Dame zu strömen.

Franca ließ nichts über die Auffindesituation verlauten. Über Details zu sprechen, war noch zu früh. Zunächst musste die Mutter die Todesnachricht verarbeiten. Nach und nach würde sie die weiteren schrecklichen Einzelheiten erfahren, das würde ihr nicht erspart bleiben.

»Auch ein toter Hund wurde gefunden.«

»Asta!« Hedwig Mattheis schrie es. Dann sagte sie leise: »Sie haben sie aus dem Tierheim geholt. Ein so anhängliches Tier, das keinem etwas zuleide tat. Sie war besonders Erols Liebling.« Plötzlich schreckte sie auf. »Und Erol? Was ist mit dem Jungen? Ist er etwa auch …«

»Ihn haben wir nicht gefunden«, gestand Franca zögerlich ein.

»Was heißt das: ›nicht gefunden‹?« Hedwigs Stimme kippte.

»Er war definitiv nicht im Haus. Wir haben alles durchsucht. Auch den Keller und den Dachboden.«

»Ja, aber das gibt es doch gar nicht … wo soll er denn sein? Der Junge hat sich ganz sicher irgendwo versteckt. Das macht er öfter. Da muss man eben ganz genau gucken.« Die schrille Stimme der Frau schmerzte in Francas Ohren.

Frau Mattheis schüttelte unentwegt den Kopf. Ihr Mund stand offen, in den Augen lag ein undefinierbarer Ausdruck. Sie konnte sich gar nicht beruhigen.

Ihr Lebensgefährte trat hinter sie und legte ihr eine Hand auf die bebende Schulter.

Franca hatte schon oft beobachtet, dass Männer in solchen Situationen Ruhe bewahrten. Zumindest äußerlich. Aber Otto Braunhage war nicht unmittelbar betroffen, obwohl man ihm sein Mitgefühl ansah. Der Mann hatte sich ihr als der Lebensgefährte von Hedwig Mattheis vorgestellt. Er war nicht der Vater der verstorbenen Yvonne Aslan.

»Warum suchen Sie ihn nicht?«, Hedwig Mattheis' Stimme stieg in weinerliche Tonhöhen. »Warum sitzen Sie hier herum und tun nichts?«

»Die Suche ist bereits angelaufen. Viele Kollegen sind vor Ort«, antwortete Franca und berührte sanft den Arm der Frau. »Die tun alles Menschenmögliche, glauben

Sie mir. Ich bin hier, um mich um Sie zu kümmern.« Ihr Blick ruhte mitleidig auf der aufgebrachten Frau, die nicht wusste, wie sie mit ihrem Kummer umgehen sollte. »Möchten Sie mir ein wenig von Ihrer Tochter erzählen? Was war sie für ein Mensch?«

Nach einer schlimmen Mitteilung half es den Hinterbliebenen oft, über den geliebten Menschen, den man verloren hatte, zu sprechen. Auch das gehörte zu Francas Erfahrungen.

Die Schultern der Frau sanken herab. Sie schluckte ein paar Mal, öffnete den Mund. Dann schüttelte sie den Kopf. Aus ihren Augen leuchtete eine tiefe, verstörte Traurigkeit.

Es kamen keine Worte.

Franca drängte sie nicht. Sie ließ den Raum auf sich wirken. Ein behagliches, weihnachtlich geschmücktes Wohnzimmer. Blümchentapete an der Wand, ein in Blautönen gemustertes Plüschsofa, zwei passende Sessel, auf dem Parkett ein Perserteppich. In der Ecke leuchtete der geschmückte Weihnachtsbaum mit Silberkugeln und Lametta, unter dem etliche ausgepackte Geschenke lagen. Auf dem niedrigen gekachelten Wohnzimmertisch stand eine Schale mit Weihnachtsplätzchen, die selbst gebacken aussahen.

Die furnierte Schrankwand und die Polstermöbel wirkten etwas altmodisch, aber hier konnte man sich durchaus wohlfühlen. Blühende Orchideen auf den Fensterbänken zeugten von einer liebevollen Pflege. An den Wänden hingen Fotos von jungen Menschen. Eine kleine Familie mit einem lachenden Kind in der Mitte.

»Yvonne ist … war so ein liebenswerter Mensch«, begann Frau Mattheis mit tonloser Stimme. »Immer war sie für alle da. Für die Familie, für mich. Als mein Mann so plötzlich starb, da war sie die Starke, hat mir bei allen Formalitäten geholfen, hat mir alles abgenommen …«

Mit einer fürsorglichen Geste reichte Hedwig Mattheis' Lebensgefährte ihr ein Taschentuch. Sie nahm es, wischte sich über die Augen und schnäuzte geräuschvoll hinein.

»Wir haben gestern zusammen Silvester gefeiert. Alles war in Ordnung. Es war so harmonisch. Wir hatten so viel Freude miteinander. Es war ein gutes Zusammengehörigkeitsgefühl, wissen Sie. Und jetzt …« Wieder versagte Hedwigs Stimme.

»Waren sonst noch Gäste da außer Ihnen?«, fragte Franca.

»Nein, nur wir vier Erwachsene und mein Enkel.«

»Wie lange haben Sie denn gefeiert?«

»Otto … mein Lebensgefährte und ich sind nach Mitternacht nach Hause gegangen. Nachdem das Feuerwerk vorbei war. Das mag gegen halb eins gewesen sein.« Sie hob den Kopf, sah Franca in die Augen. »Wie konnte das denn passieren? Meine Tochter war sehr vorsichtig, hat immer noch mal extra kontrolliert, wenn eine Kerze brannte. Oder war es ein technischer Defekt? Ich kann mir das überhaupt nicht erklären.« Sie schüttelte den Kopf. »Von außen sah man doch gar nicht viel. Wieso sind die denn beide gestorben?«

»Die Todesursache war offensichtlich nicht der Brand«, sagte Franca vorsichtig.

»Nicht?« Ruckartig hob Hedwig den Kopf. »Was denn dann?«

»Frau Mattheis, so wie es aussieht, ist Ihr Schwiegersohn erschossen worden. Genau wie der Hund.«

»Wie bitte? Erschossen?« Voller Entsetzen riss sie die Augen auf. »Das ist doch … Nein.«

Noch hat sie nicht begriffen, was das bedeutet, dachte Franca. Sie kannte einen solchen Blick mit dieser Mischung aus Unglaube, Panik und der Hoffnung, alles könne sich um einen Irrtum handeln.

»Und meine Tochter? Ist sie auch … erschossen worden?«

»Nein. Woran Ihre Tochter gestorben ist, wissen wir noch nicht genau. Das wird die Obduktion bald klären.«

»Obduktion«, sagte die Frau, deren Stimme nun klang wie die eines Roboters.

»Das wird immer gemacht bei einem Verbrechen.«

»Verbrechen …« Frau Mattheis wiederholte kopfschüttelnd das Wort, als ob ihr dessen Bedeutung nicht geläufig sei.

»Der Brand. Sollte da etwas vertuscht werden?«, fragte der Mann. Es klang sachlich.

Franca hob die Schultern. »Bis jetzt wissen wir noch überhaupt nichts Konkretes. Die Kollegen vom Erkennungsdienst sind noch vor Ort. Es werden sämtliche Spuren gesichert, damit nichts verloren geht. Auch einen Gutachter haben wir bereits einbestellt. Wenn es Brandstiftung war, werden wir dies bald wissen. Aber das alles braucht seine Zeit, wie Sie sich sicher denken können.«

»Was ist mit dem Jungen? Was glauben Sie? Meinen Sie, er hat alles beobachtet?« Die Stimmlage von Otto Braunhage verriet, dass er darüber nachdachte, ob der Täter das Kind entführt haben könnte.

Franca sah ihn lange an. »Wie ich bereits erwähnte, ein großer Trupp ist ausgeschwärmt. Der Suche nach dem Kind gilt oberste Priorität.« Sie hoffte nicht, dass jemand fragte, ob man mit dem Schlimmsten rechnen müsse. Obwohl sie darauf bereits eine Antwort vorbereitet hatte. Franca blickte auf die lächelnden Gesichter der kleinen Familie an der Wand gegenüber. Sie würde sagen, dass es eine Chance gab, dass die Sache gut ausging. Obwohl sie absolut nichts wusste.

»Wie hat sie ausgesehen?«, fragte Hedwig Mattheis plötzlich.

Franca schluckte. Auf diese Frage war sie nicht vorbereitet.

Blitzartig tauchte der geschundene nackte Körper von Yvonne Aslan vor ihrem geistigen Auge auf. »Das kann ich Ihnen nicht …«

»Sie haben meine Tochter doch gesehen, oder? Sagen Sie mir, wie sie ausgesehen hat. Warum haben Sie mir nicht erlaubt, zu ihr zu gehen, als ich dort war? Jetzt schneiden die sie auf und ich werde sie nie mehr …«, krähte sie vor Verzweiflung und schlug die Hände vors Gesicht. Ihr Lebensgefährte streichelte unbeholfen ihren Arm.

Francas Handy klingelte. Es war Hinterhuber.

»Und?«, fragte sie voller Erwartung. Doch ihre Hoffnung auf eine gute Nachricht wurde enttäuscht.

»Wir haben überall in der unmittelbaren Umgebung nach dem Jungen gesucht«, sagte er. »Aber er ist wie vom Erdboden verschluckt. Jetzt haben wir einen Mantrailer-Trupp angefordert. Clarissa macht mit denen weiter.«

11. KAPITEL

Neben einer borkigen Eiche, deren Stamm sich dunkel von der Schneelandschaft abhob, schimmerte etwas zartblau und orange, Farben, die nicht in dieses Gebüsch gehörten.

»Hallo?«, rief Hilde. »Ist da jemand?« Sie schaute angestrengt ins Dickicht, die Gestalt bewegte sich nicht.

Sie ging näher ran. Erkannte ein Kind, das die Hände schützend über den bloßen Kopf mit den wuscheligen dunklen Haaren gelegt hatte und dessen Atem schnell ging. Der Junge trug weder Strümpfe noch Schuhe, nur einen Schlafanzug mit Teddymuster.

»Wer bist du denn?«, rief sie verwundert aus. Er hob kurz den Kopf, blinzelte verschreckt und versteckte sein Gesicht sofort wieder hinter seinen verschränkten Armen.

»Darf ich zu dir kommen?«, fragte sie leise. »Ich tu dir nichts.«

Das total verängstigte Kind schien sich immer mehr in sich zu verkriechen. Wie eine Schnecke in ihr Schneckenhaus.

»Wolltest du in den Märchenwald?«, fragte sie. Der Junge reagierte nicht. Eine törichte Frage, das war ihr klar. Aber woher sollte sie wissen, was in seinem Kopf vorging?

Vorsichtig näherte Hilde sich dem Kind, setzte einen Fuß vor den anderen. »Du brauchst keine Angst zu haben. Ich will dir helfen.«

Jetzt nahm der Junge die Arme langsam herunter und starrte die fremde Frau an. Er zitterte am ganzen Leib. Sein Gesichtsausdruck war starr. Die Lippen leuchteten blau. Er war so winzig, so verletzlich.

Hilde zog ihre Jacke aus und hängte sie dem Kind um die Schultern. Sie spürte, wie sein Herz stark klopfte. »Jetzt wird dir gleich wärmer«, sagte sie. Die Daunenjacke reichte ihm bis weit über die Knie. Sie bückte sich, öffnete ihre Wanderschuhe und zog ein Paar Socken aus. Die streifte sie dem Kind über die blau gefrorenen Füße.

Der Kopf, fiel ihr ein. Bei Unterkühlung musste man insbesondere Hals und Kopf warm halten. Sie nahm ihren Schal ab und wickelte ihn dem Jungen um.

»Besser?«, fragte sie.

Er antwortete nicht. Stumm starrte er vor sich hin.

»So, wir gehen jetzt ins Warme. Am besten trage ich dich ein Stück. Mit den Socken macht es ja keinen Spaß im Schnee. In Ordnung?«

Der Junge blieb weiterhin apathisch. Beherzt fasste sie ihn an und hob ihn hoch. Er wehrte sich nicht. Blieb bleischwer in ihren Armen hängen.

Bis zu ihrer Wohnung waren es etliche hundert Meter. Sie spürte deutlich das Gewicht des Jungen. Einige Male musste sie stehen bleiben und innehalten, weil er ihr zu schwer geworden war. Sie verschnaufte kurz, verlagerte sein Gewicht, um ihn wieder weiter zu tragen. Vor ihrer Haustür setzte sie ihn kurz auf den Boden, um die Tür aufzuschließen.

Sie trug den zitternden Jungen ins Wohnzimmer, legte ihn aufs Sofa und wickelte ihn in eine Wolldecke. Aus dem Schlafzimmer holte sie ihr warmes Federbett und legte es über die Wolldecke. »So, und jetzt mach ich dir erst mal eine Tasse heiße Schokolade und dann erzählst du mir, warum du barfuß im Wald herumgelaufen bist, ja?«

Er reagierte nicht, aber das hatte sie auch nicht erwartet.

Sie ging in die Küche. Als sie mit der Schokolade zurück ins Wohnzimmer kam, war der Junge eingeschlafen. Offensichtlich vor Erschöpfung.

Sie setzte sich daneben und betrachtete ihn. Seine dunklen Haare waren verschwitzt und verwuschelt. Die Wimpern warfen lange Schatten auf sein Gesicht, das langsam eine rötliche Farbe annahm.

Kind, Kind, was ist nur mit dir geschehen? Hattest du so große Angst vor deinen Eltern? Oder warum bist du weggelaufen?

In ihrem Berufsleben war ihr einiges untergekommen. Nicht selten hatte sie erlebt, dass Mütter und Väter nicht immer die Beschützer ihrer Kinder waren, wie es eigentlich sein sollte. Dass der Junge barfuß und ohne warme Kleidung aus dem Haus gelaufen war, zeugte von massiver Angst.

Einen Moment überlegte sie, die Polizei einzuschalten. Doch dann entschied sie sich dagegen. Zuerst musste das Kind aufgepäppelt werden. Und was wollte die Polizei schon mit so einem Kind am Neujahrsmorgen anfangen? Womöglich würden sie den Jungen nur noch mehr erschrecken.

Nein, er bleibt vorerst bei mir, beschloss sie. Vielleicht würde er irgendwann anfangen zu sprechen. Dann konnte sie immer noch handeln.

Liebevoll betrachtete sie das schlafende Kind. Ihr mütterlicher Instinkt regte sich. Bei seinem Anblick fühlte sie sich daran erinnert, wie gern sie eigene Kinder gehabt hätte. Ein tiefes Glücksgefühl durchströmte sie. »Du wirst es gut bei mir haben, Kleiner. Du musst keine Angst mehr haben«, murmelte sie und hauchte ihm einen Kuss auf die Wange.

12. KAPITEL

»Mann, dass es den Cem erwischt hat, kann ich immer noch nicht so richtig glauben. Er war ein prima Kumpel. Und jetzt so was. Mann … Mann.« Jörg Hiller schüttelte heftig den Kopf und ließ dabei seine Hündin nicht aus den Augen, die hin und herlief und eine lange, neongrüne Schleppleine hinter sich herzog, die an ihrem Brustgeschirr befestigt war.

Der kleine Mantrailer-Trupp stand wartend vor dem Haus der Aslans. Einfahrt, Bürgersteig und Straße waren von zahlreichen Reifen- und Trittspuren übersät, die Feuerwehr, Polizei und auch einige Schaulustige hinterlassen hatten.

Die Hände tief in der Jackentasche vergraben, trat Clarissa von einem Fuß auf den anderen und beobachtete ebenfalls die Hündin, die leise fiepte, sich um die eigene Achse drehte und sich offensichtlich nicht entscheiden konnte, welche Richtung sie anpeilen sollte.

»Angelina muss sich erst mal orientieren und die Umgebungsgerüche aufnehmen. Gleich geht's los«, erklärte Jörg Hiller, der die Leine der Suchhündin locker in der Hand hielt. Deren Geschirr war so gearbeitet, dass es nicht am Hals einschnitt, vielmehr verteilte sich der Zug über die gesamte Brustplatte. Die sieben Meter lange Leine ließ genügend Bewegungsfreiheit.

»Ich weiß noch genau, wie es war, als der Kleine auf die Welt kam. Cem platzte fast vor Stolz. Er hatte einen Stammhalter gezeugt! Er hätte wohl gern noch mehr Kinder gehabt. Aber das hat offensichtlich nicht sollen sein.« Jörg Hiller stieß beim Sprechen kleine Atemwölkchen hervor.

»Habt ihr denn über so was Privates gesprochen?«, wunderte sich Clarissa.

»Na ja. Mit der Zeit kennt man seine Pappenheimer. Dass Cem es besonders gut mit den Kleinen konnte, war nicht zu übersehen. Wenn irgendwo eine Horde Kinder auftauchte, wurde Onkel Cem von ihnen sofort umringt.« Jörg lachte.

»War Cem denn überall beliebt?«, wollte Clarissa wissen. »Wie war das mit seinem Migrationshintergrund – haben sich da manche nicht dran gestört?«

»Kann man eigentlich nicht sagen. Cem war einer von uns. Den Türken hat man in seiner Gegenwart vergessen. Gut, er sah schon ein wenig südländisch aus, aber er sprach genau wie wir. Sogar einige Andernach-typische Einsprengsel hatte er sich angewöhnt.«

»Hatte er denn gar keine Macken?«

»Die hat doch jeder.« Jörg streifte Clarissa mit einem kurzen Blick und zuckte mit den Schultern. »Manchmal konnte er mit seinen überkorrekten Moralvorstellungen ganz schön nerven.«

»Gab es Ärger mit Leuten, die ihm mal in die Quere gekommen sind?«, forschte Clarissa weiter.

»Sicher gab es einige unverbesserliche Krawallmacher. Besonders wenn es sich um Türken handelte, war Cem unerbittlich. Er konnte es nicht ab, wenn einer von seinen Landsleuten sich danebenbenahm.«

»Gab es besondere Vorfälle?«

Bevor Jörg antworten konnte, spurtete Angelina los. »Auf geht's. Orientierungsphase vorbei.«

Jörg Hiller war Polizist bei der Andernacher PI und ein Kollege des ermordeten Cem Aslan. Das Mantrailing übte er jedoch ehrenamtlich aus. Die beiden Bereiche trenne er strikt, hatte er Clarissa erklärt. Die Hündin war bereits seit fünf Jahren in seiner Staffel, die seinerzeit gegründet worden war, weil immer öfter verwirrte Patienten aus der Rhein-Mosel-Fachklinik in Andernach oder aus der psychiatrischen Fachklinik im nahe gelegenen Saffig als vermisst gemeldet wurden, und es nicht gerade einfach war, sie mit herkömmlichen Methoden aufzufinden. Mit den ausgebildeten Hunden jedoch wurde eine Erfolgsquote erzielt, die sich sehen lassen konnte.

»Mantrailing ist ein intensiver Sport, der Hunde artgerecht auslastet. Wir nutzen im Grunde nur das natürliche Jagdverhalten aus, das alle Hunde in den Genen haben. Sie werden zwar aufs Höchste gefordert und es ist eine ziemlich anstrengende Arbeit, aber man merkt deutlich, dass sie Spaß dabei haben«, hatte Jörg ihr zuvor erklärt. »Die Ausbildung ist entsprechend zeitaufwendig und umfangreich. Eine gute Beziehung zu den Tieren ist natürlich Voraussetzung.«

Mit Angelina bildete Jörg inzwischen ein eingeschworenes Team. Jede ihrer Reaktionen wusste er auf besondere Weise zu interpretieren. Die Hündin lief an ihrer langen Leine nach rechts und nach links, schnüffelte hier und da und setzte sich schließlich hin, um eine Markierung in der Nähe eines Laternenpfahls zu hinterlassen.

»Sie ist aufgeregt, deshalb macht sie das«, erklärte Jörg, wartete kurz, bis die Hündin sich wieder aufrichtete und weiterlief.

»Meinst du, Angelina findet den Jungen?« Clarissa wandte sich an Stefan Anders, einen jungen Mann aus Hillers Truppe. Beide Männer trugen auffällige Anzüge, in leuchtendem Orange und Neongrün gehalten und mit reflektierenden Streifen verblendet.

»Früh genug angefangen haben wir«, antwortete Stefan. »Die Geruchsmoleküle sind noch ganz frisch. Der Schnee könnte vielleicht ein Hindernis sein. Aber er hat auch den Vorteil, dass man eventuelle Spuren sehen kann.«

Jörg Hiller drehte den Kopf und schaute kurz zu ihnen nach hinten. »Angelina weiß, dass sie hier eine wichtige Aufgabe zu erfüllen hat. Das tut sie gewissenhaft.« Er sah wieder nach vorn und konzentrierte sich weiter auf die Arbeit mit der Suchhündin.

Stefan Anders war kein Polizist. »Ich bin ganz normaler Schichtarbeiter«, hatte er auf Clarissas Frage geantwortet. »Ich mag Hunde. Und so was ist eine schöne Aufgabe.«

Über ihnen kreiste ein Polizeihubschrauber, der ebenfalls in die Suche nach dem kleinen Erol Aslan mit einbezogen worden war.

»Was ist das eigentlich für eine Rasse?«, wollte Clarissa wissen, die Angelinas Bewegungen mit den Augen folgte. Die Hündin war relativ klein, hatte glänzend dunkles Fell, ihre Brust war hell, alle vier Pfoten waren weißgefleckt wie elegante Stiefelchen.

»Sie ist ein Pointer-Dalmatiner-Mischling«, antwortete Stefan Anders.

»Ich hab immer gedacht, Mantrailer-Hunde müssten einer speziellen Rasse angehören.«

Stefan Anders schüttelte den Kopf. »Im Grunde kann jeder Hund zu einem Rettungshund ausgebildet werden. Im Endeffekt kommt es auf das Wesen des Tiers an, es muss gesund und leistungsfähig sein. Alles andere ist Trainingssache.«

Schon länger interessierte sich Clarissa für Mantrailing und diese besondere Teamarbeit zwischen Mensch und Hund. Deshalb wollte sie unbedingt bei der Suche nach dem kleinen Erol dabei sein.

Jeder Mensch verliert ständig Tausende von Hautschüppchen und Bakterien, besonders, wenn er sich bewegt. Diese für das bloße Auge unsichtbaren Teilchen geben eine individuelle Geruchsverbindung ab. Sie werden vom Wind verteilt oder bleiben in der Luft hängen, legen sich auf die Erde oder auch auf Gegenstände. Damit hinterlässt man einen unverwechselbaren Duft, den ein entsprechend ausgebildeter Suchhund erschnuppern kann. Jedoch verteilt sich dieser individuelle Geruch und verfliegt mit der Zeit. Deshalb ist es wichtig, so früh wie möglich mit der Suche zu beginnen.

Dann ist die Wahrscheinlichkeit groß, dass die gesuchte Person gefunden wird.

Um eine intensive Duftgrundlage zu erhalten, hatte Jörg Hiller ein getragenes T-Shirt des Jungen in eine Plastiktüte gesteckt, wo sich der Geruch konzentrierte. Die Hündin ließ er an der Duftprobe schnüffeln. Angelina hatte den Geruch abgespeichert und sich dann zu orientieren begonnen.

Jörg Hiller war ein junger Polizist, vielleicht ein paar Jahre älter als Clarissa. Er war nicht sehr groß und etwas gedrungen mit rundem Gesicht und Bürstenhaarschnitt. Sein rosiger Teint erinnerte an einen, der auf dem Land aufgewachsen war und sich viel an der frischen Luft aufhielt.

Stefan Anders war das genaue Gegenteil. Er war groß und schlank, trug schulterlanges dunkles Haar, das er sich unentwegt aus dem blassen Gesicht strich.

»Die Hundenase kann so vieles, von dem wir noch nicht einmal was ahnen«, erklärte Stefan Anders, der jetzt neben Clarissa herlief. »So ein Hund verfügt über mehr als 200 Millionen Riechzellen, der Mensch hat lediglich ein Bruchteil davon. Doch obwohl Hunde über so viele Riechzellen verfügen, sind bei einem Mantrailing nur zwölf oder dreizehn ausschlaggebend. Die nämlich machen die individuelle Geruchsverbindung der gesuchten Person aus.«

Sie waren an einer Wegkreuzung angelangt. Angelina hob witternd den Kopf und tänzelte ein wenig hin und her, bevor sie sich entschied, nach rechts abzubiegen. Der kleine Trupp folgte ihr.

»Dann ist die Nase eines Hundes ein regelrechtes Hochleistungsorgan?«

»Das kann man so sagen. Aber es dauert, bis ein Hund so weit ist. Mantrailer-Hunde sollen ja nicht nur einen bestimmten menschlichen Geruch erschnüffeln, sondern auch, aus welcher Richtung er kommt und in welche Richtung er weiterführt. Außerdem lernen sie, während der Personensuche andere Umweltreize auszublenden und sich vollkommen auf ihre Aufgabe zu konzentrieren. All das erfordert kontinuierliches Training. Zwei- bis dreimal die Woche ist das bei uns der Fall.«

Clarissa hörte ihm aufmerksam zu. Sie trug ihre warme Steppjacke und hatte einen dicken Schal um das hennarote Haar geschlungen. Die Stiefel erwiesen sich jedoch nicht als das richtige Schuhwerk. Sie waren zwar modisch, aber wenig praktisch, das merkte sie jetzt, als feuchte Kälte an ihren Beinen hochkroch. Dabei waren sie erst kurz unterwegs. Lange Unterhosen unter der Jeans lehnte sie kategorisch ab, doch vielleicht wären die bei solch einem Wetter ganz praktisch gewesen.

Der Hund arbeitete sich Stück für Stück vor, indem er sich immer wieder neu orientierte, um der vorgegebenen Duftspur folgen zu können. Jetzt passierten sie die letzten Häuser der Ortschaft. Das Geräusch ihrer Schritte verursachte ein rhythmisches Knirschen auf weicher, leicht verharschter Schneedecke. Schwanzwedelnd umkreiste Angelina eine Bank am Wegesrand, beschnüffelte sie ausgiebig und setzte dann ihren Weg fort.

Kälte nagte an Clarissas überhitzten Wangen. Viel Schlaf hatte sie nicht gehabt in der letzten Nacht, aber das war es wert gewesen. Mit ein paar Freundinnen war sie nach Bonn gefahren, wo sie sich um Mitternacht das

Feuerwerk am Rhein angesehen hatten, danach waren sie durch Bonner Kneipen gezogen – überall war was los. Bis in die frühen Morgenstunden hatten sie gefeiert und dann den Vier-Uhr-Zug nach Koblenz genommen.

Kaum lag sie im Bett und hatte die Augen zugemacht, kam der Anruf. So hatte sie es jedenfalls empfunden. Es gab kein Pardon. Ihr Beruf nahm keine Rücksicht auf Feierlaune. Sie spürte ihre nassen, kalten Füße wie schwere Gewichte an ihren Beinen und wünschte sich mit einem Mal nichts sehnlicher, als zu Hause in ihrem warmen Bett zu liegen. Sie hatte auch keine Augen mehr für die wunderschöne Schneelandschaft unter strahlendblauem Himmel.

Sie liefen einen schmalen Weg bergauf, der geradewegs in den Wald hineinführte.

Plötzlich blieb Angelina mitten auf dem Weg stehen. Clarissa sah Stefan fragend an. Was bedeutete das? Doch schon senkte das Tier wieder den Kopf und weiter ging es in den Wald hinein. Stefan und Clarissa hatten Mühe, mit Jörg und der Hündin Schritt zu halten. Angelina schnüffelte und zog. Clarissa kam ziemlich außer Atem.

»Wir haben dir ja gesagt, du musst gut zu Fuß sein, wenn du mit Angelina mithalten willst.« Stefan lachte.

Im Schnee zeichneten sich deutliche Spuren ab. Abdrücke von einem Hasen oder einem Fuchs wurden durchkreuzt von einer Schlittenspur und etlichen menschlichen Fußspuren. Doch plötzlich bemerkte Clarissa, wie sich aus dem Spurengewirr vor ihnen Kinderfüße herauskristallisierten, nackte Kinderfüße.

»Oha«, meinte Jörg. »Das ist doch mal vielversprechend. So ist's brav, Angelinchen, brav. Weitersuchen.«

»Mein Gott«, sagte Clarissa atemlos. »Das sieht ja so aus, als ob der Junge mit nackten Füßen in den Wald gelaufen ist.«

Die Hündin lief hierhin, dorthin, folgte den Fußspuren. An einer Gabelung blieb sie sichtlich irritiert stehen und hob den Kopf. Wieder kreuzten hier etliche Tierspuren den Weg.

Nun schlüpfte Angelina ins schneeige Dickicht hinein. Der kleine Trupp folgte ihr. An einer borkigen Eiche blieb sie stehen und schüttelte sich. Der Schnee rund um die Eiche war zertreten. Deutliche Schuhabdrücke waren zu erkennen. Von einem Erwachsenen. Die Kinderspuren waren verschwunden.

Nach einem kurzen Aufenthalt lief Angelina weiter, immer den Schuhabdrücken nach. Die neongrüne Leine leuchtete im Schnee.

Clarissa sah Stefan fragend an. »Wieso folgt sie jetzt diesen Abdrücken?«

Jörg drehte sich zu ihr um. »Angelina weiß, was sie tut. Darauf können wir vollkommen vertrauen.«

13. KAPITEL

»Ich hab einen leichten Schlaf, wissen Sie. Und ich bin etwas ängstlich. Mein Sohn tadelt mich immer deswegen. Aber man kann doch nicht aus seiner Haut, nicht wahr. Und jetzt sehen wir ja, was alles passieren kann. Die beiden waren so nette Leute. Sie hatten immer ein freundliches Wort für unsereins.« Frau Meyer schlug die Hände über dem Kopf zusammen. Sagte immer wieder: »Nein. Nein. Nein. Was für eine Welt.«

Die ältere Dame mit den grauen Dauerwellen hatte Franca gebeten, in ihrer Wohnküche Platz zu nehmen und ihr höflich einen Kaffee angeboten, den sie dankbar annahm. Die Nachbarin der Aslans hatte ein Auto gesehen in der Silvesternacht, das nicht hierher in diese ruhige Wohnstraße gehörte. Vielleicht eine wichtige Spur.

»Man denkt sich ja nicht gleich was dabei. Ich dachte halt, die haben noch späten Besuch gekriegt.« Sie fasste nach dem Goldkreuz, das an einem zierlichen Kettchen um ihren Hals hing. »Wissen Sie, hier läuft schon mal öfter so ein Gesindel herum, weil sie glauben, dass bei uns was zu holen sei. Neulich hörte ich von so einem Drogensüchtigen, der am helllichten Tag hier herumstromerte. Geklaut wurde nichts, wahrscheinlich nur deshalb, weil wir alle aufmerksam waren und uns gegenseitig informierten. Es geht eben nichts über eine gute Nachbarschaft. Man hört ja so viel in den Nachrichten. Und ich guck auch immer Aktenzeichen XY.«

»Was genau haben Sie denn in der Silvesternacht gesehen und gehört?«, versuchte Franca auf den Punkt zu kommen.

»Ja, das war so: Am Abend war ich allein zu Hause. Und hab Fernsehen geschaut.«

Willkommen im Club, dachte Franca.

»Ich wollte gerade ins Bett gehen. Da hab ich bemerkt, wie ein fremdes Auto die Straße entlangfuhr und vor dem Haus der Aslans parkte. Ich dachte noch, wer kommt denn da so spät, aber das geht mich ja im Grunde nichts an. Und dann bin ich ins Bett.«

»Um wie viel Uhr war das?«

»Warten Sie mal, das muss so kurz vor eins gewesen sein. Vielleicht war's auch schon eins durch. Ich hab nicht auf die Uhr geschaut. Aber es war auf jeden Fall weit nach Mitternacht.«

»Haben Sie jemanden erkannt?«

»Nun ja.« Sie zögerte. »Da ist ein Mann ausgestiegen. Aber von dem hab ich nur einen Schatten gesehen.«

»Aber Sie sind sicher, dass das ein Mann war?«

»Doch. Ja. Der trug einen Mantel. Und eine Strickmütze.«

»Können das auch mehrere Personen gewesen sein?«

»Hm. Nein, ich glaube nicht. Ich hab jedenfalls nur den einen gesehen. Der ist ausgestiegen, hat die hintere Seitentür geöffnet und was von der Rückbank seines Autos geholt.«

Ein Fünftürer, konstatierte Franca.

»Konnten Sie erkennen, was das war?«

»Ach wissen Sie, ich bin nicht so eine neugierige Tante, wie Sie vielleicht denken. Ich hab nicht so genau hingeguckt. Wollte ja ins Bett.«

»Ist Ihnen an dem Mann was aufgefallen?«, forschte Franca weiter.

»Was sollte mir denn aufgefallen sein?«

»War er groß, oder eher klein? Dick, dünn?«

»Hm, wenn Sie mich so fragen.« Sie überlegte angestrengt. »Es war ja dunkel. Besonders groß war er nicht, normal eben. Und schlank. Das Auto hat jedenfalls die ganze Nacht dort gestanden. Als ich später noch mal raus musste – so um halb vier –, da war es immer noch da. Genau vor der Einfahrt der Aslans stand es. Auch noch am Morgen. Ich dachte, das sei Übernachtungsbesuch.«

»Wissen Sie denn, was es für ein Auto war?«

»Ach, so ein Kastenwagen.«

»Kastenwagen?«

»Na, die so gerade sind. Mit so einer Klappe hinten.«

»Ein Kombi?«

»Heißen die so? Ich kenn mich ja nicht mit Autos aus. Mein Sohn kann Ihnen da bestimmt mehr zu sagen. Der weiß vielleicht auch, was das für eine Marke war.«

»Ist Ihr Sohn zu sprechen?«

»Tut mir leid, der ist heute Morgen früh weg.«

»Wann kommt er denn wieder?«

»Oh, das weiß man bei dem nie. Er ist ja ein erwachsener Mann. Und er ist mir keinerlei Rechenschaft schuldig«, versicherte sie eifrig. »Er hat außerhalb bei Freunden gefeiert und kam so gegen drei Uhr morgens nach Hause. Dem ist das fremde Auto auch aufgefallen.«

»Haben Sie oder Ihr Sohn das Kennzeichen notiert?«

Sie schüttelte den Kopf. »Ich dachte halt, das ist Besuch. Weil das so lang da gestanden hat. Da merkt man sich ja nicht das Kennzeichen.«

»Und die Farbe des Wagens? Wie war die?«

Sie hob die Schultern, sah etwas ratlos drein. »Dunkel. Irgendwie …«

»Wann war das Auto denn weg?«

»So genau weiß ich das nicht. Aber als der Rauchmelder piepte, da war es nicht mehr da. Den Rauchmelder hab ich gehört, weil ich gerade durchgelüftet hab. Es wollte gar nicht mehr aufhören zu piepen. Da hab ich versucht, drüben anzurufen. Nachfragen wollte ich, ob alles in Ordnung ist. Es gibt ja schon mal Fehlalarm. Aber dort hat niemand abgenommen. Da hab ich die Feuerwehr angerufen. Die kamen dann auch ziemlich schnell.«

Franca sah die ältere Dame, die so eifrig Bericht erstattete, eindringlich an. »Haben Sie in der Nacht vielleicht Schüsse gehört?«

»Schüsse?« Sie riss die Augen auf. »Sie meinen, so richtige Pistolenschüsse? Ja … sind die Aslans denn erschossen worden?«

Franca hielt ihrem Blick stand, antwortete aber nicht.

Die Dame räusperte sich. »Nun ja, es hat die ganze Nacht immer mal wieder geknallt. Die wollten gar nicht aufhören mit ihren Böllern. Deshalb weiß ich nicht …« Sie legte die Stirn in Falten. Blinzelte. »Nein. Als das Feuerwerk vorbei war, hab ich von nebenan nichts mehr gehört.«

Franca erhob sich. »Vielen Dank, Frau Meyer. Sie haben uns sehr geholfen. Ihr Sohn möchte sich bitte melden, sobald er zurück ist.« Sie überreichte der Dame ihr Kärtchen.

Dann ging Franca zu dem Nachbarn genau gegenüber und klingelte. Der ältere Herr, er mochte um die 80 sein, schien sie bereits zu erwarten. »Die anderen schlafen alle noch. War eine lange Nacht«, meinte er entschuldigend und deutete die Treppe hinauf, die in das obere Stockwerk führte, wo sein Sohn mit seiner Frau und drei Kindern wohnte.

Auch er hatte den dunklen Wagen bemerkt, der die ganze Nacht merkwürdig vor der Einfahrt der Aslans geparkt hatte. »Schräg. So halb auf der Straße. Ich hab noch gedacht, hoffentlich will da kein Streufahrzeug vorbei. Das wird eng.« Und er wusste zu berichten, dass es sich um einen Kleinwagen mit Koblenzer Kennzeichen handelte. »Wir hier im Ort haben ja Ahrweiler Nummern«, meinte er treuherzig.

»Haben Sie das Auto vorher schon einmal gesehen hier in der Straße?«

»Nein. Noch nie.«

»Und das Kennzeichen? Haben Sie irgendwelche Nummern oder Ziffern behalten?«

»Nur eben das KO. Für Koblenz. Danach folgten zwei Buchstaben, ein C und ein D. Aber das eine könnte auch ein O gewesen sein. Warten Sie mal, in der Zahlenkombination war eine zwei, glaube ich. Aber warum wollen Sie das denn alles wissen?«

14. KAPITEL

»Na, willst du mir nicht sagen, wie du heißt?«

Der Junge sah Hilde verschüchtert mit großen Augen an. Noch immer hatte er keinen Ton von sich gegeben. Ob er vielleicht stumm war? Gab es ja alles. Aber so wie er sich benahm, wirkte er völlig verstört, regelrecht traumatisiert.

»Ich gäbe was drum, wenn ich wüsste, was man dir angetan hat«, murmelte sie und überlegte, womit sie ihn aufheitern könnte.

Nachdem er aus einem kurzen, unruhigen Schlaf aufgewacht war, hatte sie ihn gebadet, damit sein Körper, der immer noch ausgekühlt war, warm wurde. Er hatte alles willig mit sich geschehen lassen und sich auch nicht gewehrt, als sie ihm den feuchten Schlafanzug vorsichtig auszog. Sie wusste schließlich, wie man mit Kindern umging, nicht umsonst hatte sie lange Jahre als Kinderkrankenschwester gearbeitet. Argwöhnisch hatte sie seinen Körper beäugt, doch es waren keinerlei Spuren von etwaigen Misshandlungen sichtbar. Wenn sie ehrlich war, genoss sie ein wenig die Pflege und Zuwendung, die sie diesem verstörten Kind angedeihen lassen konnte.

Seinen Schlafanzug wusch sie aus, es war das einzige Kleidungsstück, das er am Leibe trug. Von sich hatte sie ihm eine Unterhose, ein Unterhemd und einen Pullover übergezogen, der ihm wie ein Kleidchen bis in die Kniekehle hing. Dann hatte sie eine Decke um ihn gewickelt.

Das Brot, das sie mit Butter und Honig bestrichen und in Würfel geschnitten hatte, rührte er nicht an. Trinken wollte er ebenfalls nichts.

Sie sah in ihrem Bücherregal nach. Kinderbücher gab es dort natürlich keine. Kinder waren schon lang nicht mehr in ihrer Wohnung gewesen. Wenn man von ihrer Nichte absah, aber die war schon lange kein Kind mehr. Früher war sie immer gern zur Tante gekommen und dafür hatte Hilde einen kleinen Fundus an Spielsachen angeschafft. Doch die Sachen hatte sie weggegeben, als Verena ins Teenageralter gekommen war.

Gab es nicht irgendwas mit Bildern, das die Aufmerksamkeit des Jungen fesseln und ihn vielleicht zum Sprechen bringen würde?

Ein Atlas mit Sonne, Mond und Sternen fiel ihr in die Hände. Vielleicht würden die geheimnisvollen Himmelsgebilde sein Interesse wecken. Sie schlug den umfangreichen Band auf. »Weißt du, was das ist?« Sie zeigte auf den Mond und auf die Sternenbilder. Einfach irgendwas erzählen, sagte sie sich. »Das ist der große Wagen, seine Sterne sind ein Teil des großen Bären. Und hier die Kassiopeia. Wenn man die Sterne miteinander verbindet, kann man ein W daraus machen. Deshalb nennt man die Kassiopeia auch das Himmels-W.« Sie überlegte kurz, ob der Junge schon zur Schule ging. Wahrscheinlich nicht, er wirkte noch sehr klein. »Das hier ist Andromeda. Diese vielen hellen Pünktchen bilden zusammen die Milchstraße. Sie ist Millionen Lichtjahre von uns entfernt. Kannst du dir vorstellen, wie weit weg das ist? Auf Englisch heißt sie Milky Way. Wie der Schokoriegel.

Hast du doch bestimmt schon mal gegessen, oder? Also ich mag den gern. Ich kann auch direkt mal gucken, ob ich so einen da hab.« Mochten nicht alle Kinder Süßigkeiten? »Was meinst du?«

Doch der Junge blieb weiter teilnahmslos in der Sofaecke sitzen, mit eingezogenen Schultern und den Armen auf der Decke.

Das Märchenbuch fiel ihr ein. Das musste noch irgendwo sein. Sie suchte erneut im Bücherregal. Da war es ja. Sie zog den alten, abgestoßenen Band heraus, den sie bereits als Kind besessen hatte. »Na, welches Märchen magst du denn am liebsten?« Sie begann zu blättern. »Hänsel und Gretel? Ja?«

Sie begann zu lesen. »*Vor einem großen Walde wohnte ein armer Holzhacker mit seiner Frau und seinen zwei Kindern …*«

Mit einem Mal kam Bewegung in den kleinen Körper. Der Junge schlug die Hände vors Gesicht, dicke Tränen kullerten über seine Wangen. »Mama«, schluchzte er heftig. »Ich will zu meiner Mama.«

15. KAPITEL

Er fliegt, höher, immer höher, fühlt den scharfen Luftzug auf seinem Gesicht. Unmittelbar danach folgt der Aufprall.

Wer hoch hinaus will, fällt tief, hört er eine Stimme, die von weither wie durch dichtes Nebelgespinst zu ihm dringt. Mühsam rappelt er sich hoch. Schwankt. Sieht sich suchend um. Wo ist das magische Licht? Es muss da sein. Irgendwo ganz da hinten. Um es zu erreichen, muss er durch diesen dunklen Schacht hindurch.

Er drängt sich an feucht glitzerndem Mauerwerk entlang, es tropft von der Decke, tok, tok, tok, er weicht Pfützen auf dem Boden aus. Die Grubenlampen an den Wänden beleuchten seinen Weg nur spärlich.

Wo ist er nur? In einem Bergwerk? In einem Stollen? In der Hölle?

Da hinten blitzt etwas. Ist das das magische Licht? Oder ein Irrlicht?

Er strauchelt, kann sich gerade noch fangen, stolpert weiter verstört und orientierungslos durch niedrige, erdig riechende Gänge. Immer nur vorwärts, dem Licht entgegen, dem Hellen, der glitzernden Höhle dort hinten. Dem Wunder.

Jemand singt: »*Die Welt ist dunkel.*« Sphärische Klänge ertönen, synthesizerproduziert. Ein anderer klopft rhythmisch auf ein Schlagzeug. Er lauscht. Er kennt die Melodie. »*Du möchtest fliegen.*« Er hat das

Lied oft gehört. Früher, in der anderen Welt. Eine Blockflöte setzt ein. »*Es brennt ein stummes Feuer.*«

Sein Körper ist ein einziger Schmerz. Sterne tanzen vor seinen Augen. Er blinzelt, kneift die Lider zusammen. Die Sterne sind sehr hell und tun weh. Aber sie sind nicht das magische Licht, nach dem er strebt. Er muss weiter. Darf nicht stehen bleiben. Überall tropft Wasser. Dort ist ein kleiner See. Ein Froschkönig sitzt am Rand. Wartet auf die Prinzessin, die ihn erlöst.

»*Glückauf, Glückauf. Der Steiger kommt.*« Los, alle mitsingen!

Die Kinder gehorchen, marschieren und singen brav das Lied. »*Und er hat sein helles Licht bei der Nacht schon angezündt … schon angezündt.*«

Und jetzt Vorsicht, sagt der Mann in der Uniform mit den blinkenden Goldknöpfen und hebt mahnend den Zeigefinger. An das Wägelchen dort dürft ihr nicht ran! Vor allem nicht mit den Händen zwischen die Steine. Die sind dann ruckzuck ab. Also hört gut auf das, was ich sage.

Heißt das Wägelchen nicht Lore?, fragt jemand.

Nein, belehrt er sie. In der Bergwerkssprache heißt das Hunt. Die Kinder lachen. Nicht der Hund, der bellt. Diesen Hunt schreibt man mit »t«. Obwohl sich daraus das Sprichwort ableitet – na, wer kennt es? »Vor die Hunde gehen« – jawoll. Wer schlecht gearbeitet hat, musste zur Strafe die Hunte ziehen. Das betraf auch Kinder. Da seht ihr mal, wie gut ihr es heutzutage habt. Damals mussten auch Kinder hart arbeiten.

Worte rauschen an ihm vorbei. Er versucht, Zusammenhänge herzustellen. Zwischen der Welt draußen und der hier drinnen. Zwischen Traum und Wirklichkeit, zwischen Wahrheit und Legende.

Vor die Hunde gehn …

Luft. Warum krieg ich keine Luft?

Etwas zwitschert laut. Der Kanarienvogel? Die haben früher Kanarienvögel mit ins Bergwerk genommen, sozusagen als Lebensmelder. Wenn der Vogel von der Stange fiel, hieß es: schnellstens raus aus dem Stollen. Aber oft war es dann schon zu spät.

Der Höhlenführer hält etwas hoch. Dieses Ding hier heißt Arschleder. Ja, lacht ruhig. Das heißt wirklich so. Da sind die Bergleute drauf heruntergerutscht. Zum Schutz gegen das Durchwetzen des Hosenbodens bei der Arbeit. Und gegen Bodennässe und Kälte. Wer weiß, woher die Marienglashöhle ihren Namen hat?, fragt er in die Runde. Weil man die Kristalle hauptsächlich als Schmuckumrandung für Heiligenbilder benutzte, antwortet jemand.

Und wo geht es hier wieder raus? Wo ist der Ausgang?

Tja. Ihr müsst jetzt alle hier drinbleiben. Raus geht's nicht mehr.

Totenstille, sekundenlang. Panik in den Augen ringsum.

Ihr glaubt aber auch alles! Der Mann in der Uniform lacht meckernd und erzählt weiter seine Geschichten.

Von den sieben Zwergen unter Tage. Die trugen Zipfelmützen und hämmerten und schufteten.

Ich kann sie hören. Klopf, klopf, klopf. So nah.

Märchengestalten vollführen einen wilden Tanz: Zwerge, der Froschkönig, Schneeweißchen und Rosenrot umringen den Mann mit den Goldknöpfen an der Uniform.

Na, kommt. Er krümmt den Zeigefinger, lockt sie zu sich wie die Hexe im Märchen. Weiter, immer weiter in das Innere der Höhle. Nicht stehen bleiben. Wer stehen bleibt, ist tot.

Mir ist kalt. So kalt. Und müde bin ich. Eisenblaue Müdigkeit liegt auf meiner Brust, meiner Seele. Und es ist dunkel, so dunkel. Wo ist das Licht? Wo kann ich mich wärmen?

Da ist das alte Fabrikgelände. Massenweise liegt hier Schrott herum, die Fenster sind zerbrochen oder eingeschlagen. Ein verlassener Ort, um den sich niemand mehr kümmert. In der Ecke ein Haufen Papier und Kartons. Da taucht Jimi mit dem Feuerzeug auf. Komm, halt mal dran. Endlich was los hier.

Zuerst ist da Qualm. Mann, das stinkt vielleicht. Dann züngeln einzelne Flammen zwischen den Papierfetzen, lodern hoch. Stimmen dringen zu ihm. Er lauscht. Die Stimmen kommen näher. Immer näher.

Los, weg hier. Abhauen, bevor sie uns erwischen!

Die kriegen uns nicht, sagt Jimi und lacht. Niemals.

Jimi heißt Jimi, weil er glaubt, er kann Gitarre spielen wie einst Jimi Hendrix.

Das Mädchen mit der pinkfarbenen Strähne im schwarzen Haar winkt ihnen zu. Wo kommt die denn plötzlich her? Die ist doch tot. Johanna heißt sie, aber er nennt sie Anna. Anna mit der Engelsstimme, der er niemals sagte, wie sehr er sie liebt. Sie wirft ihm heiße Blicke zu und singt das Lied vom vergessenen Farbfilm.

Anna, seine rebellische, liebe Anna ist wieder da. War niemals fort. Hier in der Kristallhöhle, die eine alte ausgediente Fabrik ist, in der ein Feuer kokelt. Alles zerfließt zu einem surrealen Film in seinem Kopf.

Anna schubst ihn. Träumst du? Hey, schön wach bleiben. Nicht halluzinieren. Das ist nicht gut.

Jimi fegt wie ein Derwisch mit seiner Gitarre durch den Raum. Spielt mit Zunge und Lippen. Der Jugendwart streckt den Kopf zur Tür herein und fragt: Platte kaputt? Sie lachen sich tot. Haste das gehört, Jimi? Platte kaputt?

Anna lacht am lautesten. Dann fällt sie um. Einfach so.

Etwas Entsetzliches nimmt ihm den Atem. Er schnappt nach Luft. Angst. Übergroße Angst. Anna. Bleib hier! Nicht weggehen. Hier bleiben! Er schreit es.

Doch Anna ist verschwunden. Nicht mehr da.

Er sinkt in sich zusammen, hört ein Ticken, ein Piepsen, ein Klacken. Tok, tok, tok.

Jemand in seiner Nähe sagt etwas. Die Stimme gehört einem Fremden.

Lasst mich in Ruhe. Dreht das Radio ab. Ich bin so müde.

Die Stimme aus der Zwischenwelt verstummt. Erneut umfängt ihn Dunkelheit. Aber ganz dort hinten glimmt noch immer ein Licht. Das magische Licht. Das er durch die geschlossenen Augen sehen kann. Dahin, dahin will er. Diesem magischen Licht entgegengehen.

»Herr Schober?«, dringt erneut eine Stimme an sein Ohr. Diesmal deutlicher. Es ist eine menschliche Stimme. Keine Traumstimme. Sie gehört in diesen Raum. In diese Welt. Mit einem Mal ist ihm, als habe er eine Grenze durchbrochen. Er schlägt die Augen auf, blinzelt.

»Herr Schober, können Sie mich hören?«

16. KAPITEL

Franca war auf dem Weg ins Polizeipräsidium. Sie fühlte sich müde und ausgelaugt, aber diese erste Lagebesprechung am späten Nachmittag des Tattages war äußerst wichtig. Noch waren alle Eindrücke frisch, das musste festgehalten werden.

Aus dem Radio röhrte Rock. Das wollte sie jetzt nicht hören, sie suchte einen anderen Sender. Auf SWR2 ertönten Geigen und Klavier. Sie ließ die Töne auf sich wirken. Was war das? Vivaldi? Mozart? Sicher war sie sich nicht. Auf jeden Fall klang es harmonisch und äußerst beruhigend.

Dennoch schlichen sich Bilder in ihren Kopf, die dieser harmonischen Wirkung widersprachen. Eine nette kleine Familie. Vater. Mutter. Sohn. Sie leben in einem hübschen Haus und feiern friedlich miteinander Silvester. Jemand bricht in die Idylle ein und am Ende sind Vater, Mutter und der Hund tot. Und der kleine Junge ist verschwunden.

Die Idylle erwies sich als Scheinidylle, die jemand mutwillig zerstört hat.

»*Care selve, ombre beate …*«, sang ein männlicher Bariton mit samtweicher Stimme. Franca erstarrte. Dieses Stück kannte sie. Obwohl es so beruhigend klang, weckte es schlimme Assoziationen. »*… vengo in traccia del mio cor! …*«

Nein. Das konnte sie nicht mehr hören. Nicht, seitdem sie diesen schrecklichen Film gesehen hatte. Sie drückte auf den Sendersuchlauf. Der Bariton verstummte. Ein paar Sekunden später sang John Denver »*Drive me home, country road*«.

Sie atmete auf. Doch die Erinnerung an die Bilder, die urplötzlich auf sie eingestürmt waren, ließ sich nicht so leicht verscheuchen. Sofort war sie wieder mitten im Film, dessen Inhalt auf fatale Weise Ähnlichkeit mit ihrem konkreten Fall aufwies.

Da ist eine andere nette Familie. Ein liebevoller Vater. Eine hübsche junge Mutter. Ein wohlerzogenes Kind. In ihrem Ferienhaus erhalten sie Besuch von zwei Jungs, die einen adretten und höflichen Eindruck machen. Und dann Fürchterliches vollbringen.

Die Filmkamera hatte angstverzerrte Gesichter eingefangen. Bettelnde Münder, die die Frage stellen: »Warum tun Sie das?«, worauf die ach so netten Jungs verschlagen grinsen und mit einer banalen Gegenfrage antworten: »Warum nicht?«

Zuerst wird der Hund erschlagen, er hat zu laut und zu anhaltend gebellt. Die kleine Familie wird auf schreckliche Weise gedemütigt. Schläge sind zu hören. Schüsse werden abgefeuert. Blut spritzt. Viel Blut. Verzweifelt schreien sie um Hilfe, aber niemand kann dieser Familie helfen, deren Existenz am Ende, nach einem langen vergeblichen Kampf, ausgelöscht ist. Während die netten Jungs ihre lustigen Spielchen von vorn beginnen. Bei einer anderen Familie.

Franca wischte sich über die Stirn und versuchte, die Schreckenssequenzen aus ihrem Kopf zu drängen, die durcheinanderwirbelten, sich an Brutalität überboten und sich mit den realen Bildern vom Vormittag vermischten, die sie hartnäckig verfolgten.

Seit sie das Haus in Bad Breisig betreten hatte, hörten die Horrorvisionen nicht auf, in ihrem Kopf herumzuspuken. Fantasie und Wirklichkeit zerflossen ineinander, Déjà-vus und Filmszenen drängten sich in die Bilder der erniedrigten nackten Frau und des erschossenen Mannes, überlagerten sie, vermischten sich mit brutalen Gewaltszenen und klebten in ihrem Kopf fest.

Funny Games. Nein, es waren keine lustigen Spielchen, was Menschen mitunter miteinander trieben. Und was sie sich anzutun imstande waren.

Überdeutlich sah sie Gesichter, die eine unerträgliche Pein widerspiegelten. Leere, gequälte Gesichter, von unglaublich intensiv spielenden Schauspielern dargestellt, die sich radikal ihrem Spiel auslieferten. Auch dem Kind leuchtete die Panik aus dem Gesicht. Franca fragte sich, ob man so etwas noch Schauspiel nennen konnte. Ob das nicht doch in irgendeiner Weise in das Leben drang und auf es abfärbte.

Diesen Film, den sie vor einiger Zeit im Fernsehen gesehen hatte und den sie als unerträglich brutal empfand, hätte sie abschalten können. Doch irgendetwas hielt sie davon ab, den Ausknopf zu betätigen. So hatte sie sich bis zum bitteren, desillusionierenden Ende den Film »Funny Games« angesehen.

Konnte es sein, dass sich seitdem ihre Wahrnehmung der Dinge verändert hatte? Konnten Filme, von denen man wusste, es sind erfundene Abbildungen, lediglich Vortäuschung der Realität, solches bewirken?

Wieder einmal, wie so oft in letzter Zeit, spürte sie, dass ihre Haut dünner geworden war. Sie war verletzlicher geworden. Fremdes Leid erschütterte sie heute mehr als noch vor ein paar Jahren. Obwohl sie wusste, dass das nicht gut für ihren Seelenfrieden war, sie die Dinge besser auf Abstand halten sollte, fühlte sie sich machtlos, etwas dagegen zu tun.

Dieser Silvestermord hatte sie auf eine abgrundtiefe Weise erschüttert, aber das wollte sie niemanden spüren lassen. Sie war doch durch und durch Profi. Abgebrüht, ein alter Hase, der die Dinge nahm wie sie kamen. Jedenfalls hatte sie das immer geglaubt.

Und jetzt?

Jetzt machte sie sich Gedanken darüber, warum der Mann, der Polizist war und eine entsprechende Ausbildung durchlaufen hatte, seiner Frau nicht helfen konnte. Sie nicht hatte beschützen können vor den Eindringlingen und selbst zum Opfer wurde. Was musste in ihm vorgegangen sein in seinen letzten Lebensminuten, als er glasklar erkannte, dass er verloren hatte? Dass er nichts tun konnte, weder für seine Frau noch für sich selbst.

Franca hatte auf Fotos gesehen, wie diese beiden Menschen, die der Tod so entsetzlich entstellt hatte, zu Lebzeiten ausgesehen hatten: Fröhlich, weltzugewandt, vertrauensvoll.

War ihnen dieses Vertrauen, dieses offene Auf-andere-Zugehen zum Verhängnis geworden? Hatten sie ihrem Mörder eigenhändig die Tür geöffnet?

Auch die nette Familie in dem Film hatte den beiden Jungs, die später zu ihren Mördern wurden, arglos die Tür geöffnet.

Vertrauen in andere Menschen ist ein Grundwert, der unsere Gesellschaft im Inneren zusammenhält. Die Annahme, dass unser Gegenüber uns wohlgesonnen ist, ist die Basis jeder zwischenmenschlichen Beziehung. Vertrauen ist unser aller Sicherheitsnetz. Doch wie oft schon hatte sie erlebt, dass Vertrauen auf schlimme Weise missbraucht wurde. Kinderschänder verstehen es auf geradezu beängstigende Weise, sich das Vertrauen von Kindern zu erschleichen. Entgegen der landläufigen Meinung sind in den meisten Fällen die Täter keine bösen Onkel, jedenfalls geben sie sich nicht sofort als solche zu erkennen und verhalten sich Kindern gegenüber äußerst freundlich. Weil sie etwas mit ihrem Verhalten bezwecken. Und wie soll ein Kind so etwas durchschauen, das sich in naiver Offenheit Erwachsenen zuwendet?

Dann sind da noch die zahllosen Partner, die sich gegenseitig hintergehen. Betrüger und Betrogene, mal der Mann, mal die Frau. Das ist nicht geschlechtsspezifisch.

Das Resultat ist stets, dass man zwangsläufig misstrauisch wird, wenn man erkannte, dass Vertrauen auf grundlegende Weise missbraucht worden ist. Dass man sich danach unter Umständen ein Leben lang schwertut, jemals wieder einem Menschen unvoreingenommen zu begegnen.

Aufs Neue erschien vor Francas geistigem Auge Yvonnes verschwollenes, blutiges Gesicht, die zahlreichen Quetschungen und Hämatome, die diese einstmals schöne Frau auf entsetzliche Weise entstellt hatten. Sie spürte, wie eine unbändige Wut auf den Täter in ihr hochstieg, eine ähnliche ohnmächtige Wut, wie sie sie nach dem Film »Funny Games« überwältigt hatte.

Ihr war bewusst, dass sie immer weniger bereit war, Verständnis aufzubringen für jene, die ihren Mitmenschen Unsägliches antaten. Für die ein Mensch kein einmaliges, verletzliches Wesen ist, das Schmerzen empfindet, sondern vergleichbar mit einem Grashalm, einer von vielen, den man unbedarft umknicken kann, oder einem Käfer, den man gedankenlos zertreten darf.

Sagte man nicht, im Alter würde man gelassener? Bei sich selbst, in ihrem Inneren, nahm sie das Gegenteil wahr. Auch haderte sie immer öfter mit den Entscheidungen der deutschen Justiz und ihrer auf Resozialisierung ausgerichteten Rechtsprechung.

Wie oft hatte sie erlebt, dass überführte Verbrecher sich wanden und ihre Taten schönzureden versuchten. Sich hinter Schutzbehauptungen verschanzten – was nichts anderes als ein verharmlosender Begriff für Lüge ist.

Auf jugendliche Intensivtäter schien man besondere Rücksicht zu nehmen. Sie kamen allzu oft mit einem relativ geringen Strafmaß oder gar mit einem Freispruch davon, was sie nicht selten dazu veranlasste, hämisch zu grinsen und dem deutschen Rechtsbegriff Hohn zu sprechen. Besonders bei ausländisch stämmigen Jugendlichen konnte man dies beobachten, waren sie doch in ihren Heimatländern rigorosere Vorgehensweisen gewohnt. Ein Verhalten, das wiederum Wasser war auf die Mühlen von rechtsextremen »Landesschützern«, Populisten, die die Angst vor den Fremden gnadenlos schürten und die für all die komplexen Probleme allzu einfache Antworten bereithielten und auf ihre »Wahrheit« pochten.

Die konträren Lager hatten sich deutlich verhärtet. In aller Öffentlichkeit Hass und Respektlosigkeit zu äußern, schien vollkommen normal. Die Gewalt gegen Flüchtlinge hatte inzwischen eine Dimension erreicht, die in Teilen schlimmer war als in den 90er-Jahren. Fast jeden Tag wurden Anschläge auf Flüchtlingsunterkünfte und auf Asylbewerberheime gemeldet. Doch im Grunde war niemand vor Gewaltausbrüchen gefeit. Auch nicht jene, die zu den sogenannten Autoritätspersonen zählten: Lehrer, Politiker und eben auch Polizisten. Ungeniert wurde im Internet gepöbelt und denunziert. Manchmal unter dem Deckmäntelchen der Anonymität. Nicht selten aber auch unter vollem Namen – und das durchaus mit einem gewissen Stolz: Ich darf das. Freie Meinungsäußerung wird in Deutschland großgeschrieben.

Eine fatale Entwicklung. Wie sollte man da noch dem Nachwuchs klarmachen, dass Polizist ein erstrebenswerter Beruf war?

Nicht zum ersten Mal streifte Franca der Gedanke, ob Cem Aslan als Polizist mit seinem Migrationshintergrund in der Silvesternacht einem Ausländerhasser zum Opfer gefallen sein könnte. Doch sie hütete sich vor allzu einfachen Antworten.

Als sie den Alfa auf dem Parkplatz vor dem Polizeigebäude am Moselring abstellte, begann Harry Belafonte das Lied von der »Wonderful World« zu singen. Sie würgte ihn ab und stieg aus.

»Man meint, die sind alle verrückt geworden. Nicht nur, dass Raketenbatterien abgefeuert werden wie im Krieg, dann wird sich auch noch mit besoffenem Kopf hinters Steuer gesetzt. Da wundert man sich doch nicht, dass was passiert. Jetzt sagen Sie doch mal ehrlich, Frau Mazzari: Was ist das bloß für eine Welt?«

Der Pförtner hinter seiner Glasscheibe war offensichtlich froh, dass er jemanden zum Ablästern gefunden hatte. »Diese elende Knallerei ist doch sowieso nur rausgeschmissenes Geld. Und man sieht ja, was das Zeug anrichtet. Unsere Leute waren heute Nacht dauernd auf Achse, Feuerwehr und Krankenhäuser hatten Hochbetrieb.«

»Na, dann brauch ich Ihnen ja gar nicht erst ein schönes Neues zu wünschen, Herr Schmitt.« Franca sah den älteren Herrn in der Pförtnerkabine einigermaßen belustigt an. »Aber sehen Sie es doch mal so, wenn es anders wäre, würden wir ja arbeitslos werden. Keiner bräuchte mehr die Polizei. Weil die Menschheit es geschafft hat, friedlich und harmonisch zusammenzuleben. Ganz ohne Feuerspielchen oder Knallerei. Eigentlich eine schreckliche Vorstellung, oder?« Sie zwinkerte ihm zu.

»Sie sind gut, Frau Mazzari. Sie verlieren wohl nie Ihren Glauben an die Menschheit?« Er machte eine Bewegung mit dem Zeigefinger, dass sie näher an die Glasscheibe kommen sollte. »Und dann auch noch dieser schreckliche Unfall heute Morgen. Eine junge Mutter und ein kleines Kind. Beide tot. War mal wieder irgend so ein Idiot von Geisterfahrer. Der hat's natürlich überlebt und liegt im Krankenhaus.« Voller Unverständnis schüttelte der Pförtner den Kopf. »Wahrscheinlich war er besoffen. Und die Gaffer waren auch wieder sofort zur Stelle. Die weiden sich auch noch an dem Unglück anderer Leute. Meinen Sie nicht auch, dass man denen endlich mal das Handwerk legen sollte? Ich versteh nicht, warum da nicht durchgegriffen wird.«

»Ach, Herr Schmitt«, Franca seufzte laut und vernehmlich, »ich bin sicher, wenn Sie in der Politik was zu sagen hätten, hätten wir eine bessere Welt.«

»Das können Se aber glauben!«, rief er ihr nach. »Ich würde da endlich mal aufräumen. Und zwar gründlich.«

Der Pförtner hatte ja nicht ganz Unrecht. Die Kollegen hatten eine ungewöhnlich hohe Einsatzdichte gemeldet. Polizei und Feuerwehr waren in der Silvesternacht überhaupt nicht zur Ruhe gekommen. Dass bei einem schweren Unfall am Morgen zwei Menschen ums Leben gekommen waren, hatte sie im Radio gehört. Auch sie war der Meinung, dass sich filmende Schaulustige mit ihren Smartphones immer mehr zu einem echten Problem auswuchsen. Wie oft hatten Kollegen davon berichtet, dass dadurch die Arbeit von Polizei und Ersthelfern massiv behindert wurde. Und dann stellten diese Leute die äußerst entwürdigenden Fotos und Videos auch noch ins Netz.

Allerdings hat es Sensationslust zu allen Zeiten gegeben, dachte Franca. Man erinnere sich nur an öffentliche Hinrichtungen im Mittelalter, die ein wahres Volksspektakel waren, zu dem jedermann hinströmte, um es nur ja hautnah mitzuerleben. Heutzutage waren es eben die Gaffer mit ihren Smartphones, die sich am Unglück anderer ergötzten.

Sie hob den Blick gen Himmel. Hast du solch ein Chaos wirklich gewollt da oben? Und wenn ja, warum? Oder gibt es dich gar nicht? Sind das alles wir selber, die dieses ganze Unheil verursachen?

Seufzend machte sie sich auf den Weg ins Besprechungszimmer.

17. KAPITEL

Die Hündin lief aufgeregt zwischen dichtem Gebüsch hindurch und streifte dabei Schnee von den Zweigen, der wie Puderzucker zerstob.

»Willst du da nicht hinterher?«, fragte Clarissa Jörg Hiller, der abwartend am Rand stehengeblieben war, die lange neongrüne Leine in der Hand.

»Angelina gibt mir schon zu verstehen, wenn es was Wichtiges ist.« Jörg lächelte.

Nach einer Weile kam die Hündin wieder zwischen dem Gebüsch hervor und setzte ihren Weg aufgeregt hechelnd fort.

Es war offensichtlich, dass sie der Erwachsenenfußspur vor ihnen im Schnee folgte, einem Profil von derben Schuhen. Vielleicht Größe 39 oder 40. Schuhe, die zu einer Frau passen könnten. Oder zu einem kleinen Mann.

Angelina lief zügig den Waldweg entlang, der auf einen asphaltierten Weg mündete und zurück in den Ort führte. Schließlich blieb sie einen Moment vor einem unscheinbaren Mietshaus stehen. Dann lief sie zum Eingang, wedelte heftig mit dem Schwanz und setzte sich schließlich vor die Tür.

»Brav, Angelinchen, brav!« Jörg Hiller lobte die Hündin, streichelte sie und steckte ihr etwas zu, nach dem sie gierig schnappte.

»Was bedeutet das?«, fragte Clarissa.

»Dass hier die Spur endet. Wenn mich nicht alles täuscht, ist der Junge hier in einer der Wohnungen.«

»Boah. Dann hat es Angelina also geschafft. Alle Achtung.« Clarissa studierte die Klingelknöpfe. Vier Parteien wohnten in dem Haus. Sie drückte auf alle Klingeln. Sofort sprang die Haustür surrend auf.

»Ja, bitte?«, rief jemand von oben.

»Hier ist die Polizei. Danke, dass Sie uns geöffnet haben.«

Angelina lief hechelnd im Flur auf und ab.

Eine der beiden Türen im Erdgeschoss wurde einen Spalt breit aufgeschoben. Ein junger Mann mit wirrem Haar, bekleidet mit Unterhemd und Shorts trat mit erstauntem Blick in den Flur.

»Wir sind von der Polizei und suchen einen kleinen Jungen, der vermisst wird«, erklärte Clarissa.

»Und wieso kommen Sie da zu mir?«

»Bei Ihnen ist er also nicht?«

Kopfschüttelnd verschwand er in seiner Wohnung.

In der Nachbarwohnung war ebenfalls die Tür aufgegangen. »Der Junge ist bei mir«, sagte eine ältere Frau. »Kommen Sie rein.« Clarissa sah auf das Messingschild, auf dem der Name »Krüger« stand.

Die Frau trat zur Seite. Angelina fiepte und zog an der Leine. Die Hündin hatte das Kind bereits entdeckt, das im Wohnzimmer in einem viel zu großen Pullover und in eine Decke gehüllt auf dem Sofa saß. Jörg Hiller hielt jedoch die Leine kurz und lobte die Hündin weiter mit Worten und Leckerlis.

»Wie kommt denn Erol in Ihr Wohnzimmer?«, fragte Clarissa.

Bei der Nennung seines Namens schnellte der Kopf

des Jungen hoch. Mit großen Augen starrte er den Menschen entgegen, die ins Zimmer drängten. Dann blieb sein Blick auf der Hündin kleben.

»Hallo, Erol«, sagte Jörg Hiller, der offenbar sofort die Situation richtig einschätzte und nicht vergessen hatte, dass Erol vertraut mit Hunden war. »Ich bin der Jörg. Und das hier ist Angelina. Die hat dich gefunden. Die Angelina ist eine ganz liebe. Willst du sie mal streicheln?«

Man sah dem Kind seinen inneren Kampf an. Seine Augen wanderten noch etwas ängstlich von Jörg zu Clarissa und dann zu der Hündin.

»Du hast auch einen Hund, nicht wahr?«, fragte Jörg.

Der Junge nickte. »Asta«, sagte er so leise, dass sie es fast nicht verstanden. Dann stand er ganz langsam auf und ging zögerlich auf Angelina zu. Streichelte ihr glänzendes Fell. Die Hündin leckte dem Kind übers Gesicht. Der Junge lachte und setzte sich in seinem viel zu großen Pullover, der aussah wie ein Kleidchen, auf den Boden und spielte mit ihr.

Hilde Krüger stand wie angewurzelt und sah auf die Szenerie, Verwunderung im Blick.

»So, Frau Krüger. Jetzt erzählen Sie mal.« Clarissa hätte gern ihre Stiefel ausgezogen. Aber dann wären ihre nassen Socken zum Vorschein gekommen. Sie hoffte darauf, dass die Unterredung nicht allzu lange dauern würde.

»Ach, setzen Sie sich doch bitte. Kann ich Ihnen etwas anbieten?«, fragte Hilde Krüger freundlich.

»Nein, danke.« Abwartend blieb Clarissa stehen.

»Also, ich bin heute Morgen zu einem Spaziergang aufgebrochen. Mitten im Wald hab ich den Jungen gefunden. Nur mit einem Schlafanzug bekleidet. Da hab ich ihn erst mal mit nach Hause genommen und aufgepäppelt.« Unsicher sah sie von einem zum anderen. »Das hätten Sie doch auch so gemacht, oder?«

Clarissa musterte sie ungerührt. »Warum haben Sie nicht die Polizei gerufen?«

»Ja. Nun …« Die Frau schaute irritiert. »Das hätte ich schon noch getan. Aber erst mal wollte ich mich um ihn kümmern. Und ich wusste nicht, ob da am Feiertag jemand zu erreichen ist. Er war ja total durchgefroren und ich dachte, der wäre vor seinen Eltern weggelaufen. Wissen Sie, ich war früher Kinderkrankenschwester. Da hab ich öfter erlebt, dass Kinder vor ihren Eltern abgehauen sind. Was ist denn mit ihm?«

Clarissa gab der älteren Dame in knappen Worten eine plausible Erklärung. Sie deutete an, dass ein Verbrechen passiert war, ohne ins Detail zu gehen. Gleichzeitig dachte sie: Gott sei Dank, der Junge lebt. Was mochte er wohl mitbekommen haben, von dem, was sich in der Nacht ereignet hatte? Vielleicht hatte er alles beobachtet. Sie war sich darüber im Klaren, dass man solch ein kleines Wesen nicht einfach befragen konnte wie einen erwachsenen Augenzeugen. Da musste man sich äußerst vorsichtig herantasten, um herauszufinden, was er gesehen hatte. Manchmal gelang das nie. Sie hatte bereits erlebt, dass schwer traumatisierte Kinder als letzte Überlebensstrategie die Dissoziation wählten, das völlige Abspalten des Geschehenen, um nicht mehr spüren zu müssen, was nicht auszuhalten ist. Darauf würden sie sich einstellen müssen. Glücklicherweise hatte der Junge eine Großmutter, die ihm vertraut war, und die sehnsüchtig darauf wartete, ihn in die Arme zu nehmen.

18. KAPITEL

Jemand hatte eine Dose Kekse spendiert. In der Mitte des Besprechungsraums stand eine große Warmhaltekanne mit Kaffee, aus der die Kollegen sich bedienten. Hinterhuber hatte eine dampfende Teetasse vor sich, er mochte keinen Kaffee. Neben einigen anderen Kollegen war auch Frank Stein, der Leiter der Spurensicherung, anwesend ebenso wie der schmächtige Roger Brock, der unentwegt Kaffee trank und der Franca noch dünner und ausgemergelter vorkam als sonst. Die neue Schreibkraft Alexandra, die für Francas Empfinden viel zu lange künstliche Fingernägel hatte, saß wartend vor ihrem Laptop.

Clarissa war noch mit dem Mantrailer-Trupp unterwegs auf der Suche nach dem kleinen Erol.

»Nun hat's also einen von uns erwischt.« Brock spülte seinen Keks mit Kaffee hinunter. »War ja nur eine Frage der Zeit. Bei der Unterbesetzung.« Er setzte seinen Kaffeebecher hart auf den Tisch. »Wen interessiert es denn, dass wir uns den Arsch aufreißen? Für die da draußen sind wir doch nur die doofen Bullen, die einen blitzen und Knöllchen verpassen. Die Polizei, dein Freund und Helfer? Selten so gelacht.«

»Bist du fertig?« Franca sah demonstrativ auf die Uhr. Sie kannte die Tiraden des Kollegen Brock nur allzu gut, die er bei jeder sich bietenden Gelegenheit losließ. Seine zerknitterte Gesichtshaut war von vielen roten Äderchen durchzogen. Dass er schon immer gern einen über den

Durst getrunken hatte, war allgemein bekannt. Ebenso wie seine Vorliebe für zynische Bemerkungen, weswegen er hinter vorgehaltener Hand schon mal als »Kotzbrocken« bezeichnet wurde.

Franca lag auf der Zunge, dass der Kollege Aslan nicht in Ausübung seines Dienstes getötet worden war, sondern in seinen Privaträumen, und dass über die näheren Todesumstände überhaupt noch nichts bekannt war, doch sie hielt sich zurück. Sie kannte das: Solche Einwände würden nur einen langwierigen und ergebnislosen Disput nach sich ziehen.

»Schön, dass ihr so schnell gekommen seid. Es war ein harter Tag für uns alle.« Sie blickte freundlich in die Runde.

»Wenn die Gerechtigkeit ihren Tribut fordert, stehen wir zu Diensten, das weißt du doch«, sagte Brock selbstgefällig mit schiefgelegtem Kopf.

»Die Ausgangslage ist folgende«, fuhr Franca fort und gab einen kurzen Lagebericht. »Nach unseren bisherigen Erkenntnissen haben sich der oder die Täter die ganze Nacht im Haus der Aslans aufgehalten, geschätzt in der Zeit zwischen cirka 0:30 Uhr bis morgens um cirka 8:30 Uhr.«

»Von wie vielen Tätern geht man denn aus?«, fragte Brock.

»Die Spurenlage ist nicht eindeutig. Es könnte ein Einzeltäter gewesen sein, möglich sind aber auch mehrere«, antwortete Frankenstein.

»Wir wissen, dass ein nächtlicher Besucher mit einem dunklen fünftürigen Kompaktwagen mit Koblenzer Kennzeichen vor der Einfahrt der Aslans geparkt hat. Das Auto wurde von mehreren Zeugen beobachtet, aber genauere Angaben konnte niemand machen«, sagte Hinterhuber.

»Eine Zeugin hat einen Mann beobachtet, der etwas vom Rücksitz des Autos nahm«, bestätigte Franca. »Aber ob noch weitere Täter im Spiel waren, wissen wir zum jetzigen Zeitpunkt nicht.«

»Nach den Tötungen war versucht worden, ein Feuer zu legen, das sich zu einem Schwelbrand entwickelte. Der Rauchmelder piepste anhaltend, was die Nachbarin veranlasste, die Feuerwehr zu rufen.« Franca wandte sich an Frankenstein. »Zeigst du die Fotos?«

Er betätigte die Tastatur seines Laptops. Als Erstes erschien auf der Leinwand das Foto eines modernen, äußerlich unversehrt wirkenden Einfamilienhauses. Das nächste Bild zeigte das wesentlich ramponiertere Innere des Hauses.

»Vom Brand betroffen ist nur das Wohnzimmer. Die anderen Räume blieben verschont. Offensichtlich hatte das Feuer auf dem Marmorboden nicht genug Nahrung. Lediglich ein paar kleinere Kunststoffmöbel sind angekokelt, die haben den immensen Qualm verursacht.«

»Ist ein Brandbeschleuniger nachweisbar?«, fragte Brock und kaute geräuschvoll auf einem Keks.

»Wahrscheinlich eine Nitroverdünnung«, antwortete Frankenstein. »Wir haben ein entsprechendes Gefäß sichern können.«

Frankenstein warf nach und nach die Fotos vom Brandherd auf die Leinwand. Ein vormals schickes Wohnzimmer mit Essecke und Kamin, großem Flachbildschirm, zwei über Eck stehenden Ledersofas und dazu passenden Sesseln. In der Schrankwand waren Schubladen herausgerissen. Einige Türen standen offen. Von einem Beistelltisch, der zwischen den beiden Ledersofas stand, war eine Blumenvase heruntergefallen. Gelbe Rosen lagen verstreut auf dem Boden. Obwohl manche Kleinteile etwas angekokelt waren und alles von einer feinen Rußschicht bedeckt war, wirkte das Szenario alles in allem betrachtet harmloser als bei anderen Wohnungsbränden. Irritierend waren allerdings die beiden Leichen.

»Sieht so aus, als ob Täter und Opfer vor der Eskalation miteinander gefeiert haben«, sagte Hinterhuber und verwies auf die Champagnerflasche am Boden und die zerbrochenen Sektgläser.

»Eskalation. Das hast du aber schön gesagt.«

Niemand ging auf Brocks süffisante Bemerkung ein. »Du meinst, die haben sich gekannt? Man feiert schließlich nicht mit jemandem, von dem man annimmt, dass er einem gleich an den Kragen will«, fuhr Brock fort.

»Es sei denn, man wird dazu gezwungen. Zum Beispiel mit vorgehaltener Pistole.« Hinterhuber erinnerte an die Schussverletzungen des Mannes und des Hundes.

»Oder mit vorgehaltenem Messer.« Frankenstein warf ein Foto auf die Leinwand, das ein Klappmesser auf dem Marmorboden zeigte. »Das konnten wir sichern. Ziemlich scharf, das Ding. Könnte für einen zweiten Täter sprechen.«

»Weiß man schon was über die Pistole?«, forschte Brock weiter.

»Die Tatwaffe fehlt. Aber wir haben etliche Patronenhülsen gefunden. Auf den Hund ist mehrmals geschossen worden. Kaliber 9×19 Millimeter«, antwortete Frankenstein.

»Die am weitesten verbreitete Munition.« Brock hob die Augenbrauen, stieß Luft aus.

»Wie wir sie auch für unsere Dienstpistolen benutzen«, ergänzte Frankenstein.

»Glaubst du, das hat was zu bedeuten?«, fragte Franca in Frankensteins Richtung.

Der hob die Schultern. »Ich stelle nur fest.«

Das nächste Foto zeigte die tote Mischlingshündin.

»Laut der Mutter des weiblichen Opfers war der Hund ein äußerst sanftmütiges Tier, das keiner Fliege was zuleide tat«, sagte Franca.

»Vielleicht wurde er getötet, weil er seinem Herrchen zu Hilfe eilen wollte«, warf Hinterhuber ein. »Das tun auch sanftmütige Hunde, wenn sie Gefahr wittern.«

Als eine Nahaufnahme des männlichen Opfers ins Bild kam, ging ein Raunen durch den Raum.

»Mann, der Cem«, sagte Brock und schlug sich mit der flachen Hand gegen die Stirn. »Ich kann es nicht fassen.«

Franca wunderte sich ein wenig. So etwas wie Mitgefühl zeigte Brock nur selten, jetzt jedoch schien es ihr ein wenig zu dick aufgetragen. Aber vielleicht tat sie ihm Unrecht. Sie erinnerte sich flüchtig daran, wie anders er früher mal gewesen war. Die Dienstjahre hatten ihn zurechtgeschliffen – aber war das nicht bei jedem Polizisten der Fall?

»Kanntest du ihn näher?«, fragte sie.

Brock hob die Schultern. »Nun ja, er war ein Kollege von der Andernacher Streife. Ich hab mal erlebt, wie der von so einer Dumpfbacke angepöbelt wurde, von wegen Türke und deutscher Polizist und so. Dabei sprach Cem ohne Akzent. Der konnte besser Deutsch als so manch einer dieser Grenzdebilen.«

Dass Streifenpolizisten der am höchsten gefährdeten Gruppe im Rahmen der deutschen Polizei angehörten, war kein Geheimnis. Dass Cem Aslan mit seinem Migrationshintergrund einer besonders gefährdeten Gruppe angehörte, war ebenfalls nicht zu leugnen.

»Aber der Cem hat sich so leicht nichts gefallen lassen«, fuhr Brock fort. »Wenn dem einer mit einem dummen Spruch kam, hat er ordentlich gekontert. Da konnte sein Temperament schon mal mit ihm durchgehen.«

»Das sollten wir im Auge behalten.« Franca nickte Alexandra zu, die unermüdlich mit ihren langen Fingernägeln auf der Tastatur des Laptops klapperte.

Das nächste Foto zeigte die Nahaufnahme des verletzten Kopfes.

»Nach der ersten Inaugenscheinnahme wurde der Kollege durch einen Kopfschuss aus nächster Nähe getötet. Man sieht deutlich den Einschuss und die Stanzmarke. Keine Austrittsmarke vorhanden. Das Projektil dürfte also noch im Kopf stecken«, erläuterte Frankenstein mit belegter Stimme.

»Was ist mit Fingerspuren, DNA?«, wollte Hinterhuber wissen. »Gab's da nichts?«

»Doch. Und nicht zu knapp«, bestätigte Frankenstein. »Offensichtlich haben die Täter geglaubt, alle Spuren zunichte zu machen, wenn sie alles abfackeln. Doch das ist ihnen zum Glück nicht gelungen.«

Ein paar Sekunden lang herrschte absolute Ruhe im Raum. Jeder schien seinen eigenen Gedanken nachzuhängen.

»Ist die Todesursache der Frau bekannt?«, wollte Brock wissen.

»Sie hatte ein Hundehalsband um den Hals, doch ob sie damit erdrosselt wurde, kann erst bei der Obduktion festgestellt werden«, erläuterte Hinterhuber. »Der

Notarzt meinte, sie könnte auch an einer Rauchgasvergiftung gestorben sein.«

Frankenstein bestätigte dies. »Gerade bei dem Verkokeln von Kunststoffmöbeln werden allerhand Giftstoffe freigesetzt, von Blausäure bis Dioxin kann da alles enthalten sein. Und wenn kein Sauerstoff mehr da ist, kann's ganz schnell vorbei sein. Da braucht es nur ein paar Atemzüge – und aus die Maus.«

Franca wünschte sich für Yvonne Aslan, dass sie keine Höllenqualen erlitten hatte, doch sie glaubte nicht daran.

»Sind da nicht Petechien erwähnt worden?«, fragte Brock.

»Neben zahlreichen anderen Verletzungen hatte Yvonne Aslan feine Unterblutungen in Augen und Haut«, bestätigte Franca. »Die können in der Tat von dem Drosselvorgang herrühren, der muss aber letztendlich nicht tödlich gewesen sein. Die müssen über Stunden gewütet haben.«

Brock nickte. »Wie bei dem Katz- und Mausspielchen. Die Katze schleicht sich an die Beute ran, lauert ihr auf – zack – packt sie zu. Und dann beginnt das Ganze von vorn. Das kann dauern.«

»Ist gut«, sagte Franca ärgerlich und strafte ihn mit einem scharfen Blick.

Doch Brock hatte Spaß an solchen Ausführungen. »Die Katze scheint ihre Beute wieder laufen zu lassen, packt aber erneut zu und schubst sie so lange hin und her, bis die Katze genug hat – und der Maus den Todesbiss versetzt. Habt ihr mal die Augen von so einer Katze beobachtet, wenn sie mitten in ihrem Spielchen ist?«

»Mann, es reicht.« Francas Stimme klang schneidend. »Das gehört jetzt wirklich nicht hierher.« Sie hatte immer

Katzen als Haustiere gehabt und kannte diesen ganz speziellen Augenausdruck, von dem Brock sprach. Doch das war eine völlig andere Geschichte.

Brock gab sich weiterhin unbeeindruckt. »Wieso nicht? Viele Verhaltensweisen aus dem Tierreich lassen sich auf Menschen übertragen. Ist wissenschaftlich bewiesen.«

Franca gab einen Knurrlaut von sich.

Nun wurde eine Skizze des Wohnzimmers auf die Leinwand geworfen.

»Hier lag der Mann«, Frankenstein zeigte mit dem Laserpointer auf das Sofa. »Und hier lag die Frau.« Der rote Punkt des Lasers umkreiste den Platz vor dem Kamin, etwa eineinhalb Meter von den Sofas weg.

»Der Hund lag hier, erschossen.« Der Laser deutete in eine Ecke desselben Raums vor einer geschlossenen Tür, von der sie inzwischen wussten, dass sie zum Esszimmer führte.

Nun erschien das Foto des malträtierten und auf degradierende Weise abgelegten Körpers von Yvonne Aslan auf der Leinwand.

»Ist ja wohl keine Frage, dass das hier sexuell motiviert ist.« Brock lehnte sich in seinem Stuhl zurück. »Und offensichtlich nicht zu knapp.«

Frankenstein nickte. »Sie muss sich mächtig gewehrt haben, ein Fingernagel ist abgebrochen. Auch Sperma haben wir sichern können«, fuhr er fort.

»Na, dann wird's ja nicht lange dauern, bis das Arschloch dingfest gemacht wird«, folgerte Brock süffisant. »Oder die Arschlöcher«, fügte er hinzu.

»Nicht jedes Arschloch ist registriert«, warf Frankenstein ein.

»Ich kann mir nicht vorstellen, dass dies das Werk von Ersttätern war. Normalerweise fallen diese Typen doch schon vorher auf«, erwiderte Brock. »Durch Tierquälerei und so was.«

»Was heißt denn hier normal?« Es war Hinterhuber, der diese eher rhetorische Frage stellte.

»Wenn ich mir das Ganze so betrachte, dann musste sich Cem vom Sofa aus ansehen, was dieses Schwein mit seiner Frau anstellte. Gefesselt. Mit zugeklebtem Mund.« Brock nickte mit bösem Blick, als ob diese Schlussfolgerung seine Menschenkenntnis bestätigen würde.

»Bisher wissen wir noch überhaupt nichts über ein mögliches Motiv«, wandte Franca ein. »Und es macht ja durchaus einen Unterschied, ob jemand im Schutzraum seiner eigenen vier Wände getötet wird oder irgendwo draußen. Vielleicht waren es Einbrecher, die sich den Tumult in der Silvesternacht zunutze machen wollten. Und die haben dann die Gelegenheit ergriffen.«

Nicht nur im Wohnzimmer, auch in einer Kommode im Schlafzimmer waren einige Schubladen herausgezogen und der Inhalt durchwühlt worden.

»Weiß man schon was Genaueres über die Todeszeitpunkte?«, fragte Brock.

»Nach Einschätzung des Arztes sind die beiden zu unterschiedlichen Zeiten gestorben. Zuerst wurde Cem Aslan erschossen. Seine Frau lebte länger. Wahrscheinlich bis in die Morgenstunden. Bei ihr hatte die Leichenstarre noch nicht eingesetzt, während sie bei dem Mann bereits ziemlich ausgeprägt war.«

»Dann hat das Schwein sie noch mal richtig rangenommen, nachdem er Cem umgebracht hat«, raunte Brock.

»Kannst du das nicht mal lassen?«, fuhr ihn Franca mit böse funkelnden Augen an. Sie spürte, wie ihre Nerven immer dünner wurden, je länger sie Brock und seinen unqualifizierten Äußerungen zuhören musste.

»Ich sag halt, was ich denke.« Brock hob die Augenbrauen. »Machen wir hier nicht Brainstorming?«

»Was dein Gehirn so alles an kranker Scheiße produziert, interessiert die Welt nicht unbedingt«, presste sie hervor. Sie musste schwer an sich halten, um ihm nicht noch mehr entgegenzuschleudern.

»Franca, bitte …«, versuchte Hinterhuber zu beschwichtigen. »Solche Anwürfe bringen niemanden weiter.«

In diesem Moment wurde schwungvoll die Tür geöffnet. Clarissa betrat den Raum. Ihre roten Haare standen wirr vom Kopf ab. Ihre Augen leuchteten. »Wir haben den Jungen«, verkündete sie freudestrahlend. »Es geht ihm gut.« Dann besann sie sich und fügte hinzu: »Na ja, eben den Umständen entsprechend. Aber er ist unverletzt. Wir haben ihn zu seiner Großmutter gebracht.«

19. KAPITEL

Die Nacht war kurz gewesen. Franca hatte keine Ruhe gefunden und fühlte sich entsprechend unausgeschlafen. Auf dem Weg zum Präsidium kaufte sie einige Zeitungsausgaben, in denen mehr oder weniger reißerisch über den Silvester-Doppelmord berichtet wurde.

Im Büro angekommen, wandte sie sich den Zeitungen zu und begann die einzelnen Artikel zu studieren. In allen Berichten war das Haus der Aslans in Bad Breisig abgebildet, in dem der Mord geschehen war. Die größte deutsche Boulevard-Zeitung hatte mal wieder ein wenig übertrieben, aber das kannte man ja.

»Bad Breisig in Angst!«, lautete der fettgedruckte Aufmacher. Die anderen Blätter behandelten den Doppelmord etwas zurückhaltender.

Ein rätselhaftes Verbrechen erschüttert die beschauliche Kurstadt am Rhein. Am Neujahrsmorgen ist ein Ehepaar tot in seinem Haus in Bad Breisig aufgefunden worden. Die beiden Leichen wiesen erhebliche Verletzungen auf. Aufgrund der Auffindesituation und des Verletzungsbildes gehen die Ermittlungsbehörden von einem Gewaltverbrechen aus, teilte die Koblenzer Polizei mit. Auch der Mischlingshund des Ehepaars wurde getötet.

Aus ermittlungstaktischen Gründen will man keine weiteren Details nennen, weist aber darauf hin, dass in der Gegend in letzter Zeit häufiger eingebrochen wurde. Das Ehepaar lebte in einem gepflegten Einfamilienhaus in einer ruhigen Wohnstraße.
Die Suche nach den Tätern läuft auf Hochtouren. Polizisten durchforsten das umliegende Gebiet und sichern mögliche Hinweise. Wonach die Beamten genau suchen – ob eventuell auch nach der Tatwaffe –, darüber wollte der Pressesprecher des Koblenzer Polizeipräsidiums keine Auskunft geben.
Bei den Opfern handelt es sich um einen türkischstämmigen deutschen Polizisten (46) und um dessen Ehefrau (39). Nach dem mysteriösen Massaker haben der oder die Täter versucht, das Haus anzuzünden, offensichtlich, um Spuren zu verwischen. Der fünfjährige Sohn des Ehepaars konnte fliehen und wurde mit Hilfe eines Mantrailers ausfindig gemacht, einem besonders ausgebildeten Spürhund. Der Junge ist unverletzt, schweigt aber beharrlich. Nun fragt sich die Polizei: Was hat das Kind gesehen? Der Schock in der Nachbarschaft ist groß. Die beiden seien nette, freundliche Menschen gewesen, sagt eine Nachbarin.
Im Zusammenhang mit dem Verbrechen sucht

die Polizei nach einem dunklen Kleinwagen mit Koblenzer Kennzeichen.

Franca seufzte. Brock hatte doch tatsächlich gemeint, man solle schnellstens das Kind befragen. Vielleicht könne es etwas Relevantes über die Täter aussagen, die vielleicht schon den nächsten Überfall planen. Dies müsse unbedingt verhindert werden. Franca lehnte jedoch eine Befragung des Kindes strikt ab. Der Junge war hochtraumatisiert. Er musste erst einmal zur Ruhe kommen.

Das Bild von Yvonne Aslan, wie sie aufs Äußerste geschunden und gedemütigt auf dem Boden lag, ging ihr nicht mehr aus dem Kopf. Noch immer überlegte sie, wo sie so etwas Ähnliches schon einmal gesehen hatte. Es musste eine ganze Weile her sein, denn in ihrer Erinnerung hatte sie lediglich eine diffuse Ahnung abgespeichert, allerdings eine, die sie sehr erschütterte und die sie nie vergessen hatte.

Kurzerhand gab sie ein paar Stichworte in den Computer ein, überflog Dateien, klickte sich durch Altfälle hindurch, sah zerstückelte Leiber, durchtrennte Kehlen, brutal zugerichtete Leichen.

Da plötzlich tauchte es auf: Das Foto, das sich in ihren Kopf eingebrannt hatte. Die Ablagesituation einer blonden Frau auf dem Boden eines Wohnzimmers, gefesselt, nackt, mit weit gespreizten Beinen. Ihr Körper war übersät mit Bissen und Quetschungen.

Ein Gutachten besagte, dass es sich um eine affektnahe Tat handelte und dass der Täter, der nicht gefasst wurde, mit äußerster Brutalität vorgegangen sei. Das Verbrechen hatte sich vor mehr als 20 Jahren in einem Ort im Westerwald ereignet.

Obwohl es eine Cold-Case-Revision gab, war der Fall bis heute nicht gelöst worden. Im Jahr 2002 waren alle vorhandenen Asservate nach Mainz ins LKA geschickt worden, um dort mit den damals neuesten Methoden nach DNA-Spuren zu suchen. Tatsächlich wurde man fündig: Anhand eines Abstrichs konnten spermakopfähnliche Partikel gesichert werden. Diese ließen sich zu einem DNA-Identifikationsmuster herauskristallisieren und wurden zur zentralen Gendatei des BKA nach Wiesbaden geschickt. Die Enttäuschung war jedoch groß, als man das Ergebnis dieser aufwendigen Recherche erhielt: Es gab keinen Treffer.

Das hieß aber konkret: In der DNA-Analysedatei des BKA war jemand registriert, der ein ähnliches Verbrechen begangen hatte wie in dieser Silvesternacht. Das musste abgeglichen werden. Es wäre schließlich nicht das erste Mal, dass so lange zurückliegende Delikte durch die neuesten kriminaltechnischen Methoden zusammengeführt und gelöst werden konnten.

Clarissa betrat das Büro. »Wollen wir?«, fragte sie.

»Sofort.« Franca speicherte alle relevanten Hinweise des Altfalles ab und schickte sie Frankenstein in einer Mail.

Dann fuhr sie den Computer herunter und machte sich zusammen mit der Jungkommissarin auf zur Rechtsmedizin nach Bonn.

20. KAPITEL

Das grelle Neonlicht ließ alle Umstehenden wie Leichen aussehen. Die beiden Toten lagen nebeneinander auf Edelstahltischen und wirkten wie für einen Film präpariert. Wächsern und irgendwie unecht. Dr. Küppersbusch im grünen Ornat mit vorgebundener Gummischürze umkreiste die Toten mit professioneller Neugier. Franca fand, sein Anblick erinnerte an einen Metzger vor dem Schlachtvieh. Sein Haar war frisch geschoren und bildete nicht mehr als einen dunklen Schatten auf seinem Kopf. An seinem Hals prangte gut sichtbar eine Art Spinnennetztattoo.

Franca beobachtete Clarissa, die höchst interessiert an den Vorgängen in diesem Raum wirkte. In einer stillen Stunde hatte sie Franca anvertraut, dass sie den jungen Rechtsmediziner süß fände. Franca hatte es nicht glauben können. Süß! Diesen unerträglichen Wichtigtuer, der seine Mitmenschen wie Deppen behandelte, der es liebte, ständig mit seinen USA-Erfahrungen zu prahlen, unendlich zu dozieren und überhaupt nicht mehr aufzuhören, wenn er einmal damit angefangen hatte.

»Starker Start ins neue Jahr«, sagte er und wandte sich an Franca. »Sind Sie gut reingekommen?«

»Machen wir hier jetzt Smalltalk?« Francas Stimme klang schärfer als beabsichtigt. Clarissa warf ihr einen erstaunten Blick zu.

Er stieß einen Laut aus, der wie ein Kichern klang und strich sich dabei über sein Kinnbärtchen. »Ich wollte nur höflich sein und Ihnen keinesfalls zu nahe treten, liebe Frau Mazzari.«

Sie schnaubte. »Ich habe das neue Jahr genauso angefangen wie ich das alte aufgehört hab. Falls Sie das wirklich interessieren sollte.«

Sie fühlte sich müde und ausgelaugt. Außerdem hasste sie Besuche in der Rechtsmedizin und hoffte inständig, dass sie sich nicht allzu lange in diesen sterilen, gekachelten Räumen und in Küppersbuschs Gegenwart aufhalten musste. Am meisten jedoch hatte sie mit diesem schrecklichen Geruch zu kämpfen, einer Mischung aus Formaldehyd und Cadaverin, an die sie sich in ihrem gesamten Polizistenleben nicht gewöhnen konnte.

»Na dann.« Mit einem schnappenden Geräusch zog Küppersbusch die Latexhandschuhe über.

»Mit wem von euch beiden fangen wir denn an?« Er ging zu dem Stahltisch, auf dem Cem Aslans Körper lag, begann mit der äußeren Leichenschau und sprach die Ergebnisse in sein Diktaphon.

»Der Mann war ein Kollege von Ihnen?«, fragte er, während er von allen Seiten den nackten Körper begutachtete.

Franca blieb stumm, aber er schien sowieso keine Antwort zu erwarten. Er war zwar nicht am Tatort gewesen, ein Kollege hatte ihn vertreten, aber es stand ja alles in seinen Unterlagen. Im Grunde konnte sie sich noch immer nicht daran gewöhnen, dass dieser junge Schnösel die Position der wesentlich umgänglicheren und zurückhaltenderen Frau Seiler eingenommen hatte.

»Was haben wir denn da?« Mit Kennerblick inspizierte er die Stirn des Toten. »Typischer, durch subkutan expandierende Pulvergase strahlig aufgeplatzter Einschuss an der Haut. Darunter kann man den Rand des knöchernen Einschusses erkennen. Sehen Sie?«

Ein Assistent kam hinzu, um die Wunde maßstabgerecht zu fotografieren.

»Bei einem Einschuss wird die Haut durch den hohen Druck an der Geschossspitze zunächst komprimiert und dann zermalmt. Schmauch und Reste der Treibladung sind deutlich am Hautrand zu erkennen.« Küppersbuschs Stimme klang enthusiastisch, wie immer, wenn er sein Fachwissen ungehemmt ausbreiten durfte.

Clarissa war nähergetreten und begutachtete das Einschussloch. »Klassische morphologische Nahschusszeichen, ja.« Sie sah Küppersbusch eindringlich an. »Ich frage mich, wie jemand so abgebrüht sein kann, einem Menschen eine Waffe an den Kopf zu halten, ihm dabei in die Augen zu sehen und einfach abzudrücken. Der muss doch jegliche Hemmung verloren haben.«

Franca dachte an die aufgerissenen Augen des Toten. Es war wahrscheinlich, dass er seinem Mörder direkt ins Gesicht gesehen hatte.

»Wenn die menschliche Seele so einfach zu sezieren wäre wie der Körper, wären wir ein ganzes Stück weiter«, antwortete Küppersbusch. »Der Mensch wird zum Raubtier, wenn die Urinstinkte durchbrechen und er nur noch seine Bedürfnisse durchsetzen will. Das Endergebnis kriegen wir dann hier auf unseren Tisch.«

»Raubtiere wissen aber, warum sie ihre Beute reißen. Sie wollen Futter.«

»Der das getan hat, wollte auch Futter. Nur eben anders.«

Küppersbusch hob den Kopf des Toten an und begutachtete ihn eingehend. »Keine Austrittsmarke«, stellte er fest.

»Die Kugel steckt also noch drin?« Clarissa beugte sich interessiert über den Kopf des Toten.

Der Rechtsmediziner nickte. »Und die werden wir jetzt gleich rausholen.«

»Wäre nicht schlecht, so als Sachbeweis«, sagte Franca süffisant.

Er hatte, wie üblich, die Spitze nicht bemerkt und bereitete eine Röntgenaufnahme vor. Nachdem die Aufnahmen gemacht waren, widmete er sich weiter dem Kopf der Leiche.

Franca drehte sich weg, als er das Skalpell ansetzte und einen beherzten Schnitt von einem Ohr zum anderen ausführte. Das leise Summen der Oszillationssäge, die auf den Schädelknochen auftraf, ging ihr durch Mark und Bein.

»Ich weiß ja nicht, wie oft sie schon mit Schussverletzungen konfrontiert worden sind …« Er sah Clarissa an, die ihn ermunterte, weiterzusprechen. »Die Asservierung des Geschosses hat mit großer Vorsicht zu erfolgen, damit Ihr guter Frankenstein – so nennen Sie ihn doch, nicht wahr? – also, dass der Herr von der Spurensicherung keine ungewollte Manipulation an relevanten Spuren vorfindet.«

»Deshalb ist wohl auch ein Herausziehen mit einer Pinzette unbedingt zu vermeiden?«, flötete Clarissa.

»Genau. Weil sonst Mikrospuren von der Verfeuerung des Geschosses zerstört werden können.« Bei seinen Ausführungen hatte er weiterhin Clarissa im Blick, die ihm regelrecht an den Lippen hing. Franca, die etwas abseits stand, war dies nur recht. Sollte die Jungkommissarin mit dem Wichtigtuer ruhig schäkern, wenn ihr das Spaß machte. Flirten über Leichen hinweg, wahrscheinlich hatte das was.

»Auch das Waschen der Einschussstelle ist aus rechtsmedizinischer Sicht kontraindiziert«, erörterte Küppersbusch weiter.

»So, da haben wir den Bösewicht«, rief er schließlich triumphierend aus.

Zum Asservieren des Geschosses hatte er ein Glasröhrchen mit einem Papierpfropf vorbereitet, in dem es unbeschadet fixiert werden konnte. Gewissenhaft war er ja, der Dr. Küppersbusch, das musste man ihm lassen.

Nachdem die Obduktion von Cem Aslan vollständig erfolgt war, kam seine Frau an die Reihe. Obwohl ihm die Arbeit am Hirn und das Herauspräparieren der Kugel allerhöchste Konzentration abverlangt hatten, schien Küppersbusch noch immer ruhig und ausgeglichen. Während sein Assistent die Fingernägel der Frau schnitt und die perlmuttfarbenen Schnipsel in einem Asservatenbeutel sicherte, begann Küppersbusch mit der äußeren Leichenschau von Yvonne Aslan.

Franca ließ ihren Blick über den nackten Körper der Frau gleiten. Über den gesamten Leib verteilt zeichneten sich Hämatome und Quetschungen ab. Die Gesichtshaut oberhalb der Drosselmarke war blau verfärbt und aufgedunsen.

»Gibt es eindeutige Beweise, dass sie sexuell missbraucht wurde?«, fragte Franca.

Küppersbusch hob den Kopf und sah sie durchdringend an. Seine Haut war blass. Umso stärker trat das spinnenartige Tattoo an seinem Hals hervor. Warum mussten Menschen sich nur so verunstalten? Franca würde dies nie begreifen. Zwar trug sie selbst ein kleines Tattoo in Form einer Schlange am Busen – eine Jugendsünde, die sie schon bitter bereut hatte – aber nie hätte sie es sich einfallen lassen, sich so etwas Auffälliges und auf den ersten Blick Sichtbares auf den Hals stechen zu lassen. Dort, wo die Haut sehr dünn ist, musste dies eine äußerst schmerzhafte Prozedur gewesen sein.

»Wie würden Sie denn die Tatsache deuten, dass sie nackt, an den Händen gefesselt und mit gespreizten Beinen am Boden lag?«

Franca antwortete nicht. Sie hatte nach Beweisen gefragt, nicht nach Mutmaßungen.

»Hier haben Sie die gesamte Palette aktionssexueller Vereinnahmungen«, fuhr er fort. »Streifige Hautrötungen am Genital, Hautabschürfungen an der Innenseite der Schamlippen, Analfissuren. Außerdem zahlreiche oberflächliche Hautdefekte und Unterhauteinblutungen in verschiedenen Größen und Farbvarianten an Hals, Unterbauch und Brust, ebenso wie in Gesäß- und Lendenregion. An der Innenseite der Oberarme gut sichtbare Griff- und Fixierverletzungen.« Er beugte sich über den Oberkörper der Frau. »Hier ist auch ein Biss zu erkennen.«

»Ein Biss?«, fragte Clarissa.

Er nickte und deutete auf die linke Brust, um deren Warze eine ringförmige Bissmarke zu erkennen war. »Im Grunde ein archaisches Verhalten. Wie es auch bei Tieren zu beobachten ist.«

»Aber Tiere verhalten sich doch nur so, wenn sie sich in die Enge getrieben oder bedroht fühlen«, antwortete Franca.

Küppersbusch zuckte mit den Schultern. »Nicht unbedingt. Katzen oder auch bestimmte Prachtfinkenarten beißen sich während der Paarung im Nacken des Weibchens fest. Ein Ausdruck besonderer Leidenschaft. Man darf nicht vergessen: Ein großer Teil ärztlich behandelter Menschenbisse sind Liebesbisse bei sexuellen Aktivitäten.«

»Liebesbisse«, wiederholte Clarissa. »Klingt nach Vampirismus und Groschenroman.«

»Manchmal ist der Groschenroman gar nicht so weit vom wirklichen Leben entfernt«, sagte Franca.

»Damit hat das nichts zu tun«, intervenierte Küppersbusch. »Liebesbisse heißen so, weil sie angeblich das sexuelle Hochgefühl verstärken. Ich hab da allerdings keine einschlägigen Erfahrungen.« Hierbei grinste er, während er Clarissa zuzwinkerte.

»Wie lange ist der Zeitabstand zwischen den beiden Tötungen?«, fragte Franca, bevor dieses Geplänkel zwischen den beiden weitere Ausmaße annahm. Brocks Bemerkung, dass der Täter Yvonne nach der Tötung ihres Mannes noch mal richtig rangenommen hatte, hatte sie sehr getroffen, sie ging ihr nicht mehr aus dem Kopf.

»Sie wissen, dass sich seriöse Rechtsmediziner auf so eine Frage nie auf die Minute genau festlegen«, antwortete er.

»Ich geb mich ja schon mit einer ungefähren Antwort zufrieden.«

»Ich würde sagen: Der zeitliche Unterschied beträgt circa vier Stunden.«

»Vier Stunden«, wiederholte Franca.

»Die muss doch den Verstand verloren haben vor Angst«, sagte Clarissa. »Das sollte man sich lieber nicht so deutlich vorstellen.«

»Viele Verletzungen zeugen nicht nur von sexuellen Übergriffen, sondern auch von Würge- und Drosselvorgängen. Das muss insgesamt ganz schön lang gedauert haben«, erläuterte Küppersbusch weiter. »Es kann durchaus sein, dass sie zwischenzeitlich das Bewusstsein verloren hat.«

»Dann kann man also nicht eindeutig sagen, woran sie letztendlich gestorben ist?«, wollte Clarissa wissen.

»Da will ich mich jetzt noch nicht festlegen. Es sind die Begleitverletzungen, die oftmals potentiell todesursächlich sind. Drosseln in Reinform kommt äußerst selten vor und ist meist nur ein Nebenbefund. Hier sehen Sie ausgeprägte Stauungszeichen«, er deutete auf den Kopfbereich der Leiche. Um den Hals waren neben rötlichen Abschürfungen deutliche Einblutungen im Vorderhals zu erkennen. »Hier können Sie subkutane Unterblutungen nahe der Drosselmarke erkennen. Die unterschiedlich ausgeprägten Läsionen deuten darauf hin, dass es immer wieder zu Zwischenhandlungen kam. Und zwar über längere Zeit.«

Clarissa entfuhr ein unkontrollierter Laut, der Küppersbusch kurz in ihre Richtung blicken ließ.

Dann wandte er sich an Franca und sah ihr fest in die Augen. »Der Täter ist sehr konsequent vorgegangen und hat diese Frau in einem unglaublichen Gewaltexzess aufs Brutalste gequält. Ihr Todeskampf zog sich über mehrere Stunden hin.«

Franca schluckte. »Was hat er konkret mit ihr gemacht?«

»Gewürgt. Gedrosselt. Vergewaltigt. Gebissen. Geschlagen. Auf jeden Fall ist er äußerst brutal vorgegangen. Und es würde mich nicht wundern, wenn er sich an ihrer Agonie geweidet hätte.«

Clarissa gab ein verdächtiges Geräusch von sich. Sie, die die ganze Zeit so cool reagiert hatte, war mit einem Mal ganz grün im Gesicht. Sie hielt sich die Hand vor den

Mund und rannte los in Richtung Waschbecken. Küppersbusch sah ihr ungerührt hinterher.

»Ist das Drosselwerkzeug bekannt?«, fragte er in Francas Richtung.

»Ein Hundehalsband. Es stammte aus dem eigenen Haushalt. Der Hund ist ebenfalls getötet worden.«

Er nickte bedächtig. »Das kommt hin.«

Nachdem auch Yvonne Aslans Schädeldecke geöffnet war, nahm Küppersbusch das Gehirn heraus und legte es auf die Waage.

»Sie wissen sicher, dass das Gehirn von Frauen leichter ist als das eines Mannes. Durchschnittlich um zehn Prozent.«

Clarissa, die sich von ihrem Übelkeitsanfall erholt hatte, sah ihn an und nickte. »Kommen Sie mir jetzt bloß nicht mit dem alten blöden Witz.«

Jetzt zeigt sie also doch noch dem süßen Küppersbusch die Zähne, dachte Franca amüsiert.

»Welcher Witz?«, fragte er augenzwinkernd. »Ich weiß wirklich nicht, was Sie meinen. Frauen sind von ihrer Statur her kleiner als Männer, ist das dann nicht eine logische Schlussfolgerung, dass in einem kleineren Kopf nur Platz für ein kleineres Gehirn ist?«

Franca musste innerlich grinsen, denn Küppersbusch war nur ein paar Zentimeter größer als Clarissa. Vielleicht verfügte er ja doch über so etwas wie Selbstironie.

»Und weniger Platz fürs Hirn wird gemeinhin mit weniger Intelligenz gleichgesetzt.« Clarissa sah Küppersbusch provozierend an, der lächelte nur vor sich hin. »Seriöse Forscher haben aber entdeckt, dass Frauen eine komplexere Gehirnstruktur als Männer besitzen und damit locker die geringere Größe ausgleichen. Diese Erkenntnis ist nur noch nicht bei den Männern angekommen.«

Oh, jetzt gibt sie es ihm aber, dachte Franca belustigt. Clarissa hatte sich offensichtlich wieder vollkommen im Griff.

»Also, was lernen wir daraus? Es kommt nicht auf die Größe an, sondern auf das, was man daraus macht.« Der Mediziner hatte sichtlich Spaß an diesem Schlagabtausch.

»Träumen Sie eigentlich nachts von Ihren Leichen?«, wechselte Franca das Thema.

Er drehte sich zu ihr um. »Ich kann nachts sehr gut schlafen.« Sein Blick ruhte auf Franca. »Aber Sie sehen mir so aus, als sei das bei Ihnen nicht der Fall.«

Franca blitzte ihn an. »Ach ja? Sie hätten wohl gern, dass jeder so cool ist wie Sie?«

Er lächelte. »In unserem Beruf muss man objektiv bleiben und Distanz halten. Emotionen stören da nur und nehmen uns die Objektivität. Jedoch nur durch sie kommt die Wahrheit ans Licht. Deshalb scheue ich mich auch nicht, die Dinge beim Namen zu nennen. Aber sie berühren mich nicht. Sie dürfen mich nicht berühren, denn das wäre der Beginn der Spekuliererei und das Ende der Objektivität.«

»Was wollen Sie mir damit sagen? Dass ich nicht objektiv bin?« Ihre Stimme klang gefährlich hoch.

»Oh, oh, fühlt sich da jemand ertappt?«

Franca schoss einen giftigen Blick auf ihn ab.

»Wir Rechtsmediziner müssen manchmal unser Image geraderücken. Von uns heißt es oft, wir seien derart abgebrüht, dass wir unser Butterbrot neben der Leiche essen. Ich kenne allerdings keinen Kollegen, der so etwas tut.« Er sah von Franca zu Clarissa. »Wir bedienen uns strikt wissenschaftlicher Methoden und am Ende liefern wir harte Fakten, die vor der Justiz unanfechtbar sind. Wir sind keine Hiwis der Juristerei. Aber aufgrund unserer Ergebnisse können gerechte Urteile gefällt werden. ›Mortui vivos docent.‹ Die Toten lehren die Lebenden. Dieser Spruch dürfte Ihnen nicht unbekannt sein. Den Verstorbenen, die hier auf unseren Stahltischen landen, können wir natürlich nicht mehr helfen, aber die Resultate unserer Untersuchungen helfen im großen Maße den Lebenden. Ich bin mir allerdings darüber durchaus im Klaren, dass unsere Arbeit nur ein Teilchen im großen Puzzle ist.«

Klugscheißer, dachte Franca. Tief in ihrem Innersten imponierte ihr jedoch dieser Klugscheißer. Aber das würde sie nie im Leben zugeben.

21. KAPITEL

Vor Clarissa stand eine attraktive Frau Ende 30, Anfang 40. Nika Beckstein dürfte etwa im gleichen Alter sein wie ihre Freundin Yvonne. Sie war ziemlich blass. Aber das lag sicher an der Schreckensnachricht, die sie soeben erhalten hatte.

Die Wohnungseinrichtung war elegant, etwas kühl, und sehr modern. In Sekundenschnelle nahm Clarissa auf, was sie sah. Nicht ganz billige Einzelstücke: Taubengraues Sofa, wahrscheinlich Rolf Benz. Daneben ein ergonomisch geformter Lesesessel mit schwingenden Federstahlkufen. Dazwischen, auf dem gläsernen Beistelltisch unter einer Wagenfeld-Lampe lagen ein paar Hochglanzmagazine. Auf der Fensterbank reihten sich schmale Glasvasen mit täuschend echt aussehenden Kunstblumen. Hortensien, Lilien, Rosen. Die machen keine Arbeit. Verblühen nicht und halten ewig. Die Lampe an der Decke war wahrscheinlich aus Murano-Glas. Diese Dame lebte nicht schlecht und konnte sich offensichtlich einiges leisten.

Um die Ecke flitzte etwas Schwarzes, Lebendiges. Den Stubentiger hätte Clarissa in dieser Umgebung nicht erwartet.

»Frau Beckstein, Ihr Anruf war der letzte bei den Aslans«, begann Clarissa, nachdem sie ihr Anliegen erläutert hatte. »Die Uhrzeit beträgt 8:56 Uhr am Neujahrsmorgen.«

Nika Beckstein nickte. »Das kann schon sein. Ich weiß noch, dass ich darüber nachgedacht habe, ab wann ich sie anrufen kann. Sie ist zwar keine Langschläferin, aber allzu früh wollte ich sie an diesem Tag dann doch nicht behelligen.«

»Wo haben Sie denn Silvester gefeiert?«

Nika Beckstein ruckte mit dem Kopf herum. Clarissa traf ein überraschter Blick unter gerunzelten Stirnfalten. »Wieso fragen Sie mich das?«

»Reine Routine.«

»Ich war hier in der Wohnung. Allein. Es gibt also

keine Zeugen. Bin ich jetzt tatverdächtig?« Das klang ziemlich schnippisch.

»Frau Beckstein«, Clarissa versuchte, ihre Stimme besänftigend klingen zu lassen. »Wir müssen solche Fragen stellen. Auch, um gewisse Dinge ausschließen zu können. Ich wollte Ihnen nicht zu nahe treten. Tut mir leid.«

»Na dann.« Nikas Gesicht entspannte sich wieder. Sie setzte sich auf das Sofa und machte mit einer Geste deutlich, dass Clarissa neben ihr Platz nehmen sollte. Von irgendwoher hatte sie ein abgegriffenes Stofftier gezaubert, einen Steiff-Teddy, über dessen Plüsch sie mit dem Daumen sanft hin und her strich. »Entschuldigen Sie, ich weiß, Sie machen nur Ihre Arbeit und ich bin immer noch so entsetzt über das, was geschehen ist, dass ich das noch gar nicht so richtig hab an mich rankommen lassen. Mir geht's einfach nur beschissen. Kann ich Ihnen was anbieten?«

»Nein, danke. Es wird nicht lange dauern.«

Nika Beckstein nickte. Sie zögerte kurz, dann suchte sie Clarissas Blick. »Ich gebe zu, meine Silvesterpläne waren ganz anderer Art. Ich wollte zusammen mit meinem Freund feiern. Aber der hat mich kurz vorher verlassen. Weil er Silvester mit seiner neuen Freundin verbringen wollte.« Sie schluckte hart. Ihr Kinn begann zu zittern. »Tja, und das hat dann meine Pläne ziemlich über den Haufen geworfen. Nicht nur die für den Silvesterabend. Schlimm, wenn man sich so auf jemand anderen verlässt, nicht wahr?«

Nika klang verbittert. Clarissa bemerkte die scharfen Falten um ihren Mund.

»Es wird vorbeigehen«, sagte Clarissa. Etwas Besseres fiel ihr nicht ein.

»Oh ja, so wie alles vorbeigeht.« Nika zog scharf Luft durch die Nase, streckte den Rücken durch. Strich sich übers Kinn. Dann sah sie die junge Polizistin abwartend an.

Sie reißt sich zusammen, dachte Clarissa. »Können Sie mir etwas Wichtiges über Ihre Freundin sagen? Erwartete sie in der Silvesternacht noch weiteren Besuch? Außer ihrer Mutter und deren Lebensgefährten, meine ich.«

»Nicht dass ich wüsste. Mit den Nachbarn verstand sie sich ganz gut. Kann sein, dass da noch jemand vorbeischauen wollte.«

»Das haben wir bereits überprüft«, antwortete Clarissa. »Hat sie Ihnen vielleicht sonst noch etwas erzählt, was uns weiterbringen könnte? Gab es jemanden, der Ärger mit ihrem Mann hatte? Jedes Detail kann relevant sein. Ich könnte mir vorstellen, dass Sie Ihnen als ihrer besten Freundin manches anvertraut hat, was sie sonst niemandem erzählt.«

»Ja, das stimmt«, bestätigte Nika. »Uns verband eine enge Freundschaft. Aber ich wüsste jetzt nichts …«

»Wie lange kannten Sie beide sich?«

»Schon eine Ewigkeit. Wir waren Nachbarskinder und sind zusammen in den Kindergarten und in die Schule gegangen. Wir träumten beide von einem tollen Mann und einer netten Familie. In langen Nächten erzählten wir uns unsere Träume vom Glück. Bei Yvonne sind sie in Erfüllung gegangen.«

Nikas Blick hatte etwas Abwesendes, für ein paar Sekunden schien sie in die Vergangenheit einzutauchen, mit einer schönen, vielversprechenden Zukunft vor Augen, in die noch kein Unglück eingedrungen war.

»Sie können ja in aller Ruhe überlegen. Manchmal fällt einem viel später noch was Wichtiges ein.« Clarissa überreichte ihr ein Visitenkärtchen. »Wie war denn das Verhältnis zur Mutter?«

»Yvonne hatte ein supergutes Verhältnis zu ihrer Mutter. Es war ein Ritual, jedes Jahr mit ihr Silvester zu feiern. Seit dem Tod ihres Vaters vor ein paar Jahren ist das so. Später kam der Lebensgefährte ihrer Mutter dazu.«

»Mochte Yvonne ihn?«

»Sehr. Da gab es keinerlei Konflikte, von denen ich wüsste. Sie war froh, dass ihre Mutter in ihrem Alter noch so jemand Nettes gefunden hatte.«

»Und Yvonnes Mann? Wie fand er das denn, dass Silvester immer en famille gefeiert wurde?«

»Dem konnte das doch nur recht sein. Meistens hatte Cem an Silvester Dienst, weil er lieber Weihnachten freinahm. Schon wegen Erol.«

»An diesem Silvester hatte er aber keinen Dienst?«

Nika schüttelte den Kopf.

»Warum waren Sie eigentlich nicht eingeladen? Ich meine, wenn meine beste Freundin plötzlich an so einem Datum allein dastünde …«

Nika hob ruckartig den Kopf. Dann bedachte sie die junge Polizistin mit einem leidenden Blick. »Sie hat es ja nicht gewusst. Deshalb wollte ich sie doch unbedingt sprechen und ihr alles erzählen.« Nika blinzelte. Eine Träne löste sich vom unteren Augenlid und rollte über die Wange. Sie wischte sie mit der bloßen Hand weg. »Ich gebe zu, ich hab die beiden beneidet. Ein hübsches Paar, ein nettes Kind. Und auch noch eine nette Mutter. All das hätte ich auch gern gehabt. Aber das Leben hat offensichtlich anderes für mich vorgesehen. Der Zeitpunkt zum Kinderkriegen ist wohl jetzt endgültig verpasst.«

»Was können Sie mir über Cem Aslan sagen?«, hakte Clarissa schnell ein. Sie war schließlich nicht hier, um Nika Becksteins Lebens- und Trauergeschichte anzuhören.

»Er war gebürtiger Türke. Aber das hat man eigentlich vollkommen vergessen, wenn man mit ihm zusammen war. Er sprach akzentfreies Deutsch und hatte auch nicht diese typischen Macho-Allüren, wie man sie den Südländern nachsagt. Er war auch kein gläubiger Muslim, aß ganz normal, Schweinefleisch, alles, und trank auch Alkohol. Also nicht übermäßig, nicht, dass Sie mich da falsch verstehen. Er benahm sich eben wie ein deutscher Mann. Und er sah sehr gut aus.«

Clarissa beobachtete sie aufmerksam. »Heißt das, er hat nach anderen Frauen geschaut?«

Nika hob die Schultern. »Das will ich damit nicht gesagt haben. Nein. Glaub ich eher nicht. Er hat Yvonne regelrecht angebetet. Hat ihr kleine Geschenke gemacht, Blumen mitgebracht, einfach so. Ohne besonderen Anlass.«

Clarissa dachte an den großen Rosenstrauß, der in der Ecke des Wohnzimmers gelegen hatte, der ein kleines Vermögen gekostet haben musste.

»Er war also ein seltenes Prachtexemplar von Ehemann?«

»Kann man so sagen. Wenn ihn Yvonne nicht geheiratet hätte – ich hätte ihn liebend gern genommen.« Nika lachte auf. Es klang ein wenig gekünstelt. »Das dürfen Sie jetzt nicht so ernst nehmen. Natürlich wäre ich nie auf die Idee gekommen, meiner besten Freundin den Mann auszuspannen. Sicher hatte auch er seine Macken. Er war ziemlich eifersüchtig. Und er war dagegen, dass

Frauen arbeiten, besonders, wenn sie Kinder haben. Yvonne war ziemlich erfolgreich in ihrem Beruf. Hat es bis zur Chefsekretärin gebracht. Die Arbeit machte ihr viel Spaß. Deshalb hat sie auch das Kinderkriegen so lange hinausgezögert. Wenn es nach ihm gegangen wäre, hätten die beiden schon viel früher eine große Familie gehabt. Irgendwann war die Sache mit dem Kinderkriegen nicht mehr aufzuschieben. Aber dann hat es seine Zeit gedauert, bis sie schwanger wurde. Doch sie hatte eine Fehlgeburt. Sie können sich vorstellen, wie groß die Freude war, als danach Erol endlich geboren wurde. Er ist ein absolutes Wunschkind.«

Clarissa sah den Jungen vor sich. Wie er erst völlig verängstigt in seinen viel zu großen Klamotten auf dem Sofa von Hilde Krüger gesessen hatte. Wie er langsam zutraulich wurde, als die Hündin Angelina ins Spiel kam.

»Und als das Kind da war?«

»Da bestand Cem natürlich darauf, dass Yvonne zu Hause bleibt. Er mit seinen vielen Schichtdiensten – ganz ehrlich? Ich hab das sehr gut verstanden.«

»Und Yvonne?«

Nika hob die Schultern. »Die hätte gern wieder nach dem Mutterschutz zu arbeiten begonnen. Auch weil das zweite Gehalt explizit fehlte. Sie wissen ja selbst, was ein Polizist so verdient. Und das Haus war noch lange nicht abbezahlt. Man hatte ihr extra die Stelle frei gehalten. Und ihre Mutter wäre auch bei der Kinderbetreuung eingesprungen. Das gab richtig Zoff zwischen den beiden.«

»Auch weil er weitere Kinder wollte?«

Nika nickte. »Auch. Aber Yvonne sagte, ihr reiche das eine. Sie wolle nicht noch mal so etwas mitmachen wie diese Fehlgeburt.«

»Das bedeutete wohl für beide eine große Belastung?«

Sie nickte. »Das war allerdings das einzige Mal, dass Cem den Macho raushängen ließ. Zumindest mir ist nichts Weiteres bekannt.«

Clarissa ließ das Gespräch mit Jörg Hiller Revue passieren. Er hatte sich ähnlich über Cem und seine Kinderwünsche geäußert.

»Yvonne sah ebenfalls sehr gut aus, wie ich das aus den Fotos ersehen kann. Hatte sie Verehrer?«

»Verehrer?« Nika lachte kurz auf. »Klar gab es die. Besonders der ältere Bruder von Cem ist ständig um sie rumgeschlichen. Der war mir irgendwie unheimlich. Die Brüder waren grundverschieden.«

Clarissa horchte auf. »Inwiefern?«

»Mehmet ist mit einer Türkin verheiratet, die Kopftuch trägt. Sie haben vier Kinder. Die ganze Familie ist streng muslimisch. Die halten sogar den Ramadan ein, den Fastenmonat. Und Mehmet, der Gockel, sagt allen, wo's langgeht.«

»Hat er auch versucht, seinem Bruder Vorschriften zu machen?«

Nika nickte. »Ich denke schon. Ja. Aber das war alles so scheinheilig.«

»Wieso?«

»Na, einerseits schwor er auf die türkische Tradition. Dass man unbedingt innerhalb seiner Kultur bleiben sollte. Gerade in der Fremde. Aber auch er hatte ein Faible für hübsche blonde deutsche Frauen. Das hat man ziemlich deutlich gemerkt. Obwohl er zu Hause ja sein Türkenweibchen hatte, das ordentlich kuschte. Fragen Sie nicht, wie oft der bei Yvonne aufgetaucht ist. Vor allem, wenn er ganz genau wusste, dass Cem bei der Arbeit war.«

Das hörte sich ja interessant an.

»Und wie ist Yvonne damit umgegangen?«

»Tja. Wie ist sie damit umgegangen.« Nika sah auf ihre Schuhspitzen. »Es war ja ihr Schwager. Also war sie höflich ihm gegenüber. Aber im Grunde waren ihr seine Avancen ziemlich lästig. Zumal er sie auch ständig davon überzeugen wollte, dass seine Lebensweise die allein Seligmachende ist. Das ist echt ein komischer Vogel.«

»Und Cem? Hat es ihn nicht gestört, wenn sein Bruder seiner Frau eindeutige Avancen machte?«

»Der hat das wahrscheinlich gar nicht gemerkt. Oder er wollte es nicht merken. Für ihn war es sein Bruder, der nett war und sich kümmerte. Familie eben. In diesen Kreisen verbietet man sich, schlecht über andere Familienmitglieder zu denken.«

»Wo wohnt denn der Bruder?«

»Mehmet Aslan wohnt in Koblenz. Auf der Karthause.«

22. KAPITEL

»Mann, was herrscht bei dir wieder für ein Chaos.« Hinterhuber schob ein paar Akten- und Papierstapel beiseite, die kreuz und quer auf Francas Schreibtisch lagen und setzte sich auf die freie Kante.

»Ich arbeite. Außerdem bedeutet Chaos Leben«, entgegnete Franca feixend. »Hab ich irgendwo gelesen. Und kann mich total damit identifizieren.«

»Man kann sich die Welt auch schönreden, liebe Franca. Ich kenn den Spruch nämlich etwas anders: ›Ordnung ist das halbe Leben.‹«

»Ja, ja. Hat meine Oma auch immer gesagt. Ich lebe eben in der anderen Hälfte.« Dispute über ihre unterschiedlichen Vorstellungen von Ordnung führte sie mit Hubi, solange sie sich kannten. Dem musste man keine allzu große Bedeutung beimessen. Sie waren nicht sonderlich ernst gemeint.

»Du weißt doch, dass man einen Menschen in meinem Alter nicht mehr ändern kann. Mit meiner Einstellung komme ich immerhin schon etwas länger als ein halbes Jahrhundert ganz gut zurecht.« Sie zwinkerte ihm zu. »Also, was gibt's?«

»Cem Aslan wird generell als loyaler Kollege bezeichnet, egal, wen ich frage. Er hatte ein lebhaftes Temperament, hat gern und viel gestikuliert. Wie es nun mal die Art der Südländer ist.« Bei diesem Satz sah er Franca mit schief gelegtem Kopf und treuherzigem Blick an. »Und er hat sich so schnell nichts gefallen lassen. Verhaltensweisen, die dir nicht ganz unbekannt sein dürften, oder?«

»Du meinst, er konnte den Türken in sich nicht verleugnen – wie ich die Italienerin in mir nicht verleugnen kann?«

»Das hast du gesagt. Seiner Frau sagt man nach, sie sei eine ausgesprochen Hübsche und Umgängliche gewesen. Und er war auch nicht gerade hässlich. Haben wir ja auch auf den Fotos gesehen. Die beiden galten als das Traumpaar schlechthin.«

»Und?«, fragte Franca. »Gab's da keine Neider? Welche, die dem Türken-Bullen die Frau nicht gönnten?«

»Sicher gab es die. Aber so richtig rausrücken wollte keiner mit der Sprache.«

»Also wie üblich: Über die Toten nur Gutes?«

»Es gab da allerdings ein paar Vorfälle.« Hinterhuber wedelte mit einer Mappe, die er die ganze Zeit in der Hand gehalten hatte.

»Ja?«

»Cem Aslan war mehrmals in tätliche Auseinandersetzungen verwickelt. Dabei wurde er übel zugerichtet, einmal musste er sogar ins Krankenhaus. Meist handelte es sich dabei um Typen aus der rechtsradikalen Ecke, die ihn offensichtlich provozierten. Alkohol spielte wohl auch eine Rolle. Bei der Gegenseite, meine ich.«

Franca nahm die Mappe entgegen. »Danke.«

Hinterhuber stand auf. »Du kannst dir das ja in Ruhe ansehen. Ich geh dann mal wieder.«

Überrascht sah sie ihn an. »Darf man fragen, wohin?«

»Fortbildung. Dauert länger.«

»Also stimmt es, was man sich so erzählt«, meinte sie und sah ihn fragend an. In letzter Zeit wurde darüber gemunkelt, Hinterhuber strebe nach Höherem und habe eine bestimmte Position im Auge. Deshalb besuche er so viele Seminare und Fortbildungen. Natürlich hatte sie dafür Verständnis, aber sie nahm es ihm ein bisschen übel, dass er nicht mit ihr darüber redete. Sie hatte gedacht, sie sei die Erste, die so was erfährt. Aber bis jetzt hatte er sich noch nicht konkret dazu geäußert.

»Entschuldige. Ich müsste schon längst weg sein.«

»Moment mal«, rief sie ihm nach. »Ich dachte, ich könnte weiter mit deiner Unterstützung rechnen.«

Doch er hatte bereits die Tür hinter sich zugezogen.

»Feigling«, zischte sie. Warum müssen Männer nur so sein? Kneifen und den Schwanz einziehen, wenn sie Rede und Antwort stehen sollen. Sie hatte immer gedacht, Hinterhuber sei anders.

Mit einer Zornesfalte auf der Stirn widmete sie sich der Dienstlektüre. Ein Eintrag besagte, dass Cem Aslan bei einer Schlägerei derart verprügelt worden war, dass er im Krankenhaus behandelt werden musste. Der Täter, ein jugendlicher Deutscher, hatte ihm mit voller Wucht gegen den Kopf geschlagen, ihn zu Boden gerissen und wollte ihn würgen. Herbeieilende Kollegen hatten Schlimmeres verhindern können. Es gab eine Dienstaufsichtsbeschwerde. Doch wer angefangen hatte, konnte nicht verifiziert werden.

Dann gab es noch einen weiteren bemerkenswerten Vorfall. Aslan war bei einer Verkehrskontrolle unvermittelt von einem türkischen Landsmann angegriffen worden, der ihn als »Verräter« beschimpft und ihn angespuckt hatte. Dabei war Aslan ausgerastet und hatte seinem Kontrahenten angeblich einen Kinnhaken versetzt. Dies hat Aslan aber vehement bestritten. Unmittelbare Zeugen gab es nicht.

Auch eine große Boulevardzeitung hatte den Vorfall aufgegriffen. Dort wurde genüsslich über den »Prügel-Bullen« hergezogen und ein Foto abgedruckt. Das Gesicht des Kontrahenten war gepixelt, aber das von Cem Aslan war deutlich zu erkennen.

Es hatte ein Disziplinarverfahren gegeben, doch da auch hier Aussage gegen Aussage stand, und keine Zeugen die Angaben des Mannes bestätigen konnten, wurde es ebenfalls eingestellt.

Sie machte sich einige Notizen, bevor sie die Mappe zuklappte und auf den Stapel auf ihrem Schreibtisch legte.

Dann fuhr sie nach Bad Breisig.

23. KAPITEL

»Hallo, Erol.« Franca bedachte den kleinen Jungen, der sie mit großen Augen ansah und sich eng an seine Großmutter drückte, mit einem liebevollen Blick.

Hedwig Mattheis legte den Arm fest um den Jungen und sprach beruhigend auf ihn ein. »Erol, gehst du zum

Opapa? Der hat mir gesagt, er würde so gern mit dir Memory spielen, weil er endlich mal gewinnen möchte.« Sie nickte ihrem Enkel aufmunternd zu, der zögerlich reagierte, dann aber zu Otto Braunhage lief, der bereits wartend im Türrahmen stand.

»Na, komm, mein Junge.« Hand in Hand verließ Otto mit dem Kind das Wohnzimmer.

Hedwig Mattheis sah den beiden hinterher und seufzte laut und vernehmlich. »Ich bin dieser Frau, die den Kleinen gefunden hat, so unendlich dankbar. Nicht auszudenken, wenn auch er …« Ihre Stimme brach. Eine Träne rollte über ihre gerötete Wange.

»Wie geht es ihm?«, erkundigte sich Franca.

»Ach! Sie glauben gar nicht, wie schwer das alles für uns ist. Der Kleine ist völlig unruhig. Und auch wir kommen kaum zur Ruhe. Er will nicht allein schlafen, immer kommt er zu uns ins Bett. Ich hab so viel in den letzten Tagen geweint wie noch nie in meinem Leben.« Sie holte tief Luft. »Ich kann es einfach nicht fassen, dass es meine Tochter nicht mehr geben soll. Jeden Moment denke ich, sie kommt um die Ecke. Und dann muss ich mich wieder ermahnen und in die Realität zurückrufen.« Ihre Stimme zitterte. Sie wischte sich über die Augen. »In ihr steckte so viel Leben. Sie war so aktiv. Und jetzt … ach, es ist alles so schwer.«

Franca nickte. Ließ sie reden. Reden tat gut. Es bedeutete Erleichterung, besonders in dieser Phase der Ungewissheit. Reden ermöglichte es, ins Leben zurückzufinden. Aber das konnte dauern. Und manche zerbrachen daran.

Frau Mattheis bedeutete Franca mit einer Geste, sich zu setzen.

»Immer fragt man sich: Warum? Warum meine Tochter? Warum mein Schwiegersohn? Was haben sie getan, dass man ihnen so was antun musste?«

»Glauben Sie mir, ich würde Ihnen gern eine Antwort darauf geben, wenn ich eine wüsste«, sagte Franca leise.

Frau Mattheis' Blick war voller Trauer. »Ich weiß einfach nicht, wie ich mit diesem furchtbaren Schmerz umgehen soll.«

»Es wird besser«, versprach Franca. »Vertrauen Sie darauf, dass es mit der Zeit besser wird.«

Frau Mattheis schluckte hart und nickte. »Ich versuch's ja.«

»Hat Erol irgendetwas erzählt?«, wurde Franca nun konkret. Ihn selbst zu befragen, hielt sie noch immer nicht für ratsam. Und erst recht nicht jetzt, nachdem sie mit eigenen Augen gesehen hatte, wie traumatisiert das Kind war. Da war es besser, erst einmal abzuwarten, ob der Junge von sich aus etwas preisgab. Nachbohren brachte da überhaupt nichts. Auch wenn manche Kollegen anderer Meinung waren.

»Über die Silvesternacht verliert er kein Wort.« Frau Mattheis schüttelte den Kopf. »Und ich will ihn auch nicht drängen. Worüber er allerdings viel erzählt, ist Angelina. Die Hündin hat es ihm sehr angetan.« Ein schmerzliches Lächeln erschien auf ihrem Gesicht. »Er fragt natürlich ständig nach seiner Mama und seinem Papa. Und auch nach Asta, seiner Hündin. Ich erkläre ihm dann, dass alle im Himmel sind und auf ihn herabschauen können. Was er natürlich nicht versteht. Wie sollte er auch.«

Hedwig Mattheis zog ein Papiertaschentuch hervor und tupfte sich damit über die geschwollenen Augen.

»Man muss ihn ständig trösten. Obwohl mir das weiß Gott schwer genug fällt. Ohne Beruhigungsmittel würde ich das alles nicht durchstehen. Aber um das Kind muss man sich ja kümmern. Das hat sein Leben noch vor sich. Ich glaube nicht, dass er jemals vergessen wird, was passiert ist.«

So etwas vergisst man nicht, das wusste Franca. Aber man lernte, damit zu leben. Besonders, wenn es Menschen gab, die einem dabei halfen. Sie sah Frau Mattheis eindringlich an. »Wir können uns nur schwer vorstellen, wie es ihm gelingen konnte wegzulaufen, ohne dass der Täter ihn bemerkte.«

Hedwig Mattheis bedachte sie mit einem schmerzerfüllten Blick. »Was meinen Sie, was ich mir alles nicht vorstellen kann. Wir haben so schön beieinander gesessen an dem Abend – und von einem Tag auf den anderen verliert man sein Kind und seinen Schwiegersohn. Und man kapiert nichts. Gar nichts.« Ihre Schultern bebten. Sie bemühte sich sichtlich, die Fassung zu wahren. »Ich kann nichts essen. Ich hab keine Nerven mehr. Ich muss mir jeden Tag aufs Neue sagen, dass sie tot ist. Dass beide tot sind. Das Schlimmste sind die Albträume. Ich fahre nachts schweißgebadet aus dem Bett hoch und erschrecke meinen Lebensgefährten. Er ist sehr geduldig mit mir. Aber … Ich versuche mich mit allem möglichen abzulenken, und ich weiß auch, wie sehr mich das Kind jetzt braucht, und dass ich mich nicht vor ihm gehenlassen darf. Aber plötzlich schütteln mich Weinkrämpfe, und ich mache mir furchtbare Vorwürfe. Warum sind wir so früh nach Hause gegangen? Vielleicht wäre das Schreckliche nicht passiert, und wir hätten es abwenden können, wenn wir noch eine

Weile dort geblieben wären. Der Täter muss ja ganz kurz, nachdem wir gegangen waren, ins Haus eingedrungen sein.«

Solche Schuldzuweisungen hatte Franca schon oft gehört, wenn sie mit Hinterbliebenen von Verbrechensopfern sprach.

»Sie können nichts dafür.« Franca strich ihr behutsam über den Arm und sagte sanft, als würde sie mit einem Kind sprechen: »Sie nicht.«

Frau Mattheis nickte. »Im Grunde weiß ich das ja. Ich werde mein Bestes versuchen, ihm seine Eltern zu ersetzen. Und Otto hilft mir sehr dabei. Er ist so verständnisvoll. Er hat sogar vorgeschlagen, ins Tierheim zu gehen und einen neuen Hund für Erol zu besorgen. Weil er gelesen hat, dass das in solchen Fällen helfen könne. Zumindest wäre der Kleine dann abgelenkt.«

»Das ist sicher eine sehr gute Idee«, bestätigte Franca. »Wir wissen immer noch nichts über ein mögliches Motiv. Hatte Ihr Schwiegersohn irgendwelche Probleme? Ist Ihnen da etwas bekannt?«

Hedwig Mattheis zögerte sichtlich. »Wie soll ich sagen? Er war türkischstämmig und hatte ein entsprechendes Temperament. Wenn ihm einer dumm kam, ließ er sich nichts so leicht gefallen. Da konnte er schon mal überreagieren. Meine Tochter hat ihn da oft zurück auf den Boden der Tatsachen geholt. Zumindest, was ich so mitbekommen habe.«

Franca behielt sie im Blick. »War Ihnen denn ein türkischer Schwiegersohn von Anfang an willkommen?«

Hedwig Mattheis senkte den Kopf. »Nun ja. Ich muss zugeben, ich habe am Anfang Probleme damit gehabt, dass sich meine einzige Tochter in einen Ausländer verliebt, das möchte ich gar nicht leugnen. Aber dann habe ich gemerkt, wie liebenswert er war. Und er sprach ja auch ausgezeichnet Deutsch. Mir gegenüber war er stets zuvorkommend und äußerst höflich. Meine Tochter hat er auf Händen getragen. Und für seinen Sohn hätte er alles getan.« Sie hob den Blick. »Ich habe aber den leisen Verdacht, dass er bei einem Mädchen vielleicht nicht so stolz gewesen wäre. Solches Denken steckte tief in ihm drin. An bestimmten Dingen merkte man doch, dass er aus einem vollkommen anderen kulturellen Bereich kam.« Sie hob die Schultern, ließ sie wieder fallen. »Aber im Grunde ist ihm nichts vorzuwerfen. Er war immer für seine Familie da.«

»Wie war denn das Verhältnis zu seiner Herkunftsfamilie?«, forschte Franca weiter.

»Das war wohl nicht so ganz einfach. Der Vater war Hilfsarbeiter. Er kam Ende der 70er-Jahre nach Deutschland mit den beiden Söhnen. Die Mutter spricht bis heute nur äußerst gebrochen Deutsch, deshalb war die Verständigung mit ihnen immer etwas schwierig. Man hat mir gesagt, dass es hauptsächlich die Männer sind, die ihren Frauen verbieten, Deutsch zu lernen. So was kann ich ja überhaupt nicht verstehen. Auch nicht, dass Cems älterer Bruder Mehmet in die Fußstapfen seines Vaters getreten ist.«

»Was meinen Sie damit?«

»Er hat eine Türkin geheiratet, die Kopftuch trägt und die, wie die Mutter, nicht richtig Deutsch spricht. Und offensichtlich dem westlichen Lebensstil skeptisch gegenübersteht. Man bleibt lieber unter seinesgleichen. Deswegen hatten die beiden Brüder auch kein sehr enges Verhältnis.«

Franca glich dies im Geiste mit Clarissas Aussagen ab. Bei dem Gespräch mit Yvonnes bester Freundin war Mehmet Aslan ebenfalls in den Fokus geraten.

»Uns wurde berichtet, der Bruder habe Ihre Tochter öfter besucht?«

»Das kann schon sein. Freundlich war er ja. Aber mir war der nicht ganz geheuer. Und Yvonne stand ihm wohl auch ziemlich distanziert gegenüber. Mit Cems Schwester Shilan war es wieder ganz anders. Die ist hier geboren und entsprechend weltoffen. Sie hat sich gegen die väterliche Tradition gestellt, hat auch studiert. Psychologie, glaub ich. Das ist ein ganz cleveres Mädchen, die wohl ganz gern mal mit ihren Eltern zusammenrasselt. Cem und Yvonne haben sich öfter mit ihr getroffen. Da hat sie sich über die starre Haltung ihres Vaters beklagt. Dass sie angeblich die Familienehre beschmutze, weil sie so freizügig ist. Das muss man sich mal vorstellen in der heutigen Zeit! Dabei ist sie ein ganz normales Mädchen, das sich schick anzieht, gern lacht und tanzt. Die Eltern sind inzwischen in die Türkei zurückgekehrt. Yvonne und Cem waren ein paar Mal dort im Urlaub. Da hat man sie jedes Mal herzlich willkommen geheißen. Aber Yvonne hat immer gespürt, dass sie nicht richtig zur Familie gehört. Und Familie ist in dieser Kultur das Höchste auf Erden. Besonders die Ehre der Familie. Sobald einer abtrünnig wird, entehrt er die gesamte Familie. Und wie man weiß, wird so etwas in etlichen Fällen bis heute mit Mord gesühnt. Ehrenmord nennt sich das dann. Wo ist denn bei Mord irgendwelche Ehre, können Sie mir das sagen?«

24. KAPITEL

Eine dicke Frau mit glänzenden roten Apfelbäckchen und dunklem Flaum über der Oberlippe öffnete die Tür. Unter dem Kopftuch lugten grauschwarz melierte Haarsträhnen hervor. Auf den ersten Blick konnte Franca ihr Alter nicht schätzen. Sie trug ein dunkles, bodenlanges Kleid und lächelte verlegen. In gebrochenem Deutsch bat sie Franca in die Wohnung.

Mehmet Aslan stand wartend in der Wohnzimmertür, gab Franca die Hand, und machte einen Diener. Er war äußerst zuvorkommend, allerdings wirkte sein Gehabe eine Spur übertrieben.

Die Wohnung roch nach einem Gewürz, das Franca nicht kannte, die Tapeten hatten ein schreiendes Muster und passten nicht zu den Teppichen auf dem Boden. Alles wirkte irgendwie bunt zusammengewürfelt. Inmitten des orientalischen Sammelsuriums befanden sich diese beiden Menschen – er ein glutäugiger Mann mit grauem, bürstenartigem Schnurrbart, buschigen Augenbrauen und Bauchansatz, sie das devote Frauchen neben ihm, das ihn ständig von der Seite her ansah, als ob sie von ihm einen Befehl erwarte.

»Der Tod Ihres Bruders und Ihrer Schwägerin tut mir sehr leid«, sagte Franca.

Die Frau schlug die Augen nieder und legte die Hände zusammen. Mehmet Aslan nickte mit traurigem Blick. Auch ihm tue das alles sehr leid. Sein türkischer Akzent war deutlich wahrnehmbar. Aber im Gegensatz zu seiner Frau sprach er ein gut verständliches Deutsch.

Auf dem bunt gemusterten Sofa saßen zwei Söhne und die Tochter. Der älteste Sohn war bereits außer Haus und studierte in Mainz, wie man ihr mitteilte. Die Sprache der Kinder changierte zwischen türkisch, wenn sie mit ihren Eltern sprachen, und Deutsch, wenn sie Francas Fragen beantworteten. Es waren aufgeweckte, intelligente und höfliche Kinder, wie Franca bald feststellte. Das Mädchen war ausgesprochen hübsch. Die schwarzen Haare fielen ihr offen über die Schulter. Sie trug eng anliegende Jeans und eine locker fallende Tunika.

Frau Aslan huschte geräuschlos in der Wohnung herum, servierte Apfeltee in schmalen, hohen Gläsern und süßes türkisches Gebäck. »Baklava und Kadayif«, sagte sie und lächelte schüchtern. »Gut.«

Franca bedankte sich für die Gastfreundschaft, die man den Türken allgemein nachsagte, und die sich auch in diesem Haus bestätigte.

»Wie lange leben Sie denn schon in Deutschland?«, fragte sie, nachdem sie an dem Apfeltee genippt hatte.

Mehmet Aslan strich sich über den kahl geschorenen Kopf und antwortete: »Meine Eltern kamen Ende der 70er-Jahre hierher, da war ich 14. Mein Bruder war damals neun Jahre alt. Wir haben noch eine Schwester, Shilan. Sie ist hier geboren.« Die einzelnen Stationen hatte die Familie Aslan übers Ruhrgebiet nach Koblenz geführt, wo beide Eltern in Fabriken gearbeitet hatten. Nach ihrem Arbeitsleben seien sie in die Türkei zurückgekehrt. »Sie sind nie so richtig heimisch geworden in Deutschland.«

»Und Sie?«

Er lächelte leicht hintergründig. »Ich hab hier meine Familie, meine Arbeit. Und mein Auskommen.« In aufrechter Haltung saß er da: Kopf hoch, Brust raus. Er wirkte sehr selbstbewusst. »Aber ich vergesse nicht, wo ich herkomme. Ich achte mein Herkunftsland. Wir sind oft zu Besuch in der Türkei.«

Die Frau setzte sich neben ihn. Bedeutete Franca, sich bei den Süßigkeiten zu bedienen.

Sie nahm eines der klebrigen Gebäckstücke und biss hinein. »Sehr gut«, sagte sie. Allerdings wahnsinnig süß. Eine reine Kalorienbombe. »Selbst gemacht?«

Frau Aslan nickte erfreut.

»Wo haben Sie denn Silvester gefeiert?«, fragte Franca beiläufig.

Der Mann lächelte. »Ach wissen Sie, wir halten nicht so viel von diesem Brauch. Für uns Muslime ist es ein ganz normaler Tag, wir gehen früh schlafen, wie immer.«

»Ihr Bruder hat diesen Tag gefeiert.«

»Mein Bruder war mit einer deutschen Frau verheiratet.« Das klang ein wenig belehrend.

»Was Sie nicht so sehr geschätzt haben?«

»Doch. Doch«, protestierte er milde. »In diesem Land darf jeder machen, was er will.«

Mehmet war älter als Cem und wie es den Anschein hatte, mehr den Traditionen seiner Herkunft verpflichtet, aus denen Cem sich gelöst hatte. Das alles wurde sehr vorsichtig geäußert. Dennoch hörte Franca die Ressentiments heraus. Dafür hatte sie eine feine Antenne, denn auch sie war als Kind öfter fremdenfeindlichen Anfeindungen ausgesetzt gewesen.

Ihr Vater, der als Italiener nach Deutschland gekommen und mit einer anderen Kultur konfrontiert worden war, hatte es ebenfalls nicht leicht gehabt. »Spaghettifresser«, hatte man ihm hinterhergerufen. Hinzu kam seine geringe Körpergröße, wodurch er perfekt das Klischee des kleinen Italieners bediente. Vielleicht waren die Unterschiede nicht ganz so groß wie bei einer türkischen Familie, denn Francesco Mazzari glaubte an einen katholischen Gott. Dennoch, auch er war anders gewesen, in seinem Aussehen, in seiner Gestik, in seinem Temperament. Dass er kein »richtiger Deutscher« war, hatte er deutlich zu spüren bekommen. Sein Leben lang hatte er gegen Vorurteile zu kämpfen und wurde oft gehänselt, auch, weil er der deutschen Sprache nie richtig mächtig wurde. Dennoch war er ein fröhlicher Mensch gewesen. Seine Sehnsucht nach der Heimat – seinem geliebten Trentino – blieb bis zu seinem Lebensende bestehen. Doch sein Wunsch, dorthin zurückzukehren, und sei es nur zu einem Besuch, wurde ihm leider nicht mehr erfüllt.

»Momentan hat man es als Muslim nicht leicht«, sagte Mehmet Aslan in Francas Gedanken hinein. »Wir werden mit den Terroristen des Islamischen Staates oftmals einfach in einen Topf geworfen. Dabei sind wir vollkommen friedliebend. Fragen Sie meine Frau, meine Kinder. Ich habe mir nie etwas zuschulden kommen lassen. Ich gehe jeden Tag zur Arbeit, ich zahle Steuern. Meine Kinder gehen aufs Gymnasium. Sind im Sportverein. Sind fleißig. Und doch werden ihnen jeden Tag Schimpfworte nachgerufen, obwohl sie überall integriert sind und ausgezeichnet Deutsch sprechen. Sogar Sozialschmarotzer wurden sie genannt. Und das nur, weil sie ein wenig anders aussehen als die Deutschen und nicht blond sind. Das tut weh.«

Mehmet Aslan bekam einen traurigen Augenausdruck

und bekräftigte, wie sehr er sich an deutsches Recht und deutsche Gesetze halte. Und wie er dennoch versuche, seine Wurzeln zu bewahren. Genau wie es sein Vater getan hatte.

Franca hatte nicht vergessen, dass Yvonne Aslan blond war. Hellblond. Und dass Mehmet sie regelmäßig besuchte. Vielleicht sogar ohne das Wissen ihres Mannes, seines Bruders.

»Es ist natürlich einfach, sämtliche Probleme dieser Gesellschaft immer nur auf die anderen zu schieben. Und Muslime sind nun mal die anderen, die zum Paradebeispiel erhoben werden für Frauenverachtung und Geringschätzung aller westlichen Werte«, sagte er anklagend. »Ich lehne Gewalt und Unterdrückung in jeder Form ab. Das ist mir völlig fremd. Ist es das, was Sie wissen wollten?« Nun hatte sein Gesichtsausdruck etwas Bauernschlaues.

Vorsicht, dachte Franca. Der spielt mit mir.

»Können Sie sich vorstellen, wer Ihren Bruder und seine Frau ermordet hat?«, fragte sie nun direkt.

Zum ersten Mal äußerte sich seine Frau. Sie sagte etwas auf Türkisch zu ihrem Mann. Ihr Gesichtsausdruck war weich. Was sie sagte, klang bittend. Ihr Mann nickte.

»Der kleine Erol, wie geht es ihm?«, fragte er, statt auf Francas Frage zu antworten.

Franca hob die Schultern. »Wir wissen nicht, was er mitbekommen hat. Er lebt, wie Sie sicher wissen, bei seinen Großeltern, der Mutter von Yvonne und ihrem Lebensgefährten.«

»Erol gehört zu unserer Familie. Er ist uns herzlich willkommen. Es wird uns eine Ehre sein, ihn als unseren Sohn großzuziehen.«

Franca sah ihn fragend an. Wie war das gemeint? Doch er lächelte nur.

Nach einer Weile stellte sie eine weitere Frage: »Was fahren Sie für ein Auto, Herr Aslan?«

Er sah überrascht auf. »Einen Audi. Aber warum wollen Sie das wissen?«

Sie antwortete nicht. »Kombi oder Limousine?«

»Kleinwagen. A1.«

»Welche Farbe?«

Irritiert antwortete er: »Dunkelblau.«

Franca stand auf und bedankte sich für Tee und Gebäck. Frau Aslan begleitete sie zur Haustür. »Mein Mann nix böse«, sagte sie und sah Franca eindringlich an. »Mehmet guter Mann.«

25. KAPITEL

Der Schnee war fast überall getaut. Auf den Straßen lagen Matschreste. Gefährliche Rutschpartien, die nicht zu unterschätzen waren. Den Himmel überflutete ein diesiges Grau, das nichts Gutes verhieß.

Im Büro wartete Clarissa bereits. Sie hatte ihr kurzes Haar hochgegelt, sodass es ihr wie weiche feuerrote Stacheln vom Kopf abstand. Wie eine seriöse Polizistin sieht sie wahrlich nicht aus, dachte Franca. Wie die wieder rumläuft! Jemand sollte ihr mal sagen, dass sie sich angewöhnen sollte, etwas Ordentlicheres anzuziehen als immer nur diese knallengen Jeans, die alles abzeichneten, und T-Shirts mit frechen Sprüchen.

»Hast du jetzt die Seiten gewechselt?«, fragte sie und deutete auf die übergroßen Buchstaben, die auf Clarissas Busen prangten und nur teilweise von einer karierten Flanellbluse überdeckt wurden. »ACAB«

Die Abkürzung für die Polizisten-Beschimpfung »All Cops Are Bastards« wurde von vielen Jugendlichen mit Stolz getragen. Eine offene Provokation, auf die Franca inzwischen allergisch reagierte. Sie fand, dass diese vier Buchstaben auf exemplarische und bekennerhafte Weise die immer aggressiver werdende Stimmungsmache gegen die Polizei vorführten und verdeutlichten, wie der Respekt allerorten verlorenging. Polizisten waren nichts als Dummbeutel, über die sich jeder lustig machen dufte.

»Warum nicht gleich ›All Cops Are Pigs‹?«, fragte sie spitz.

»Wär noch zu überlegen.« Clarissa lachte und sah sie schelmisch an. »Bisschen Spaß muss doch sein, oder?«

»Spaß!« Franca schnaubte durch die Nase. »Du hältst also Beleidigungen für Spaß?« Sie legte die Zeitungen, die sie unterwegs gekauft hatte, auf einen der Stapel, die ihren Schreibtisch bedeckten.

»Beleidigungen fruchten nur, wenn man sie als solche auffasst.«

»Wie soll man so was denn sonst auffassen?«

»Na, als Witz! Mein ›ACAB‹ steht für: ›All Cats Are Beautiful‹.«

»Den Witz verstehst aber auch nur du.«

»Ach Franca. Reg dich ab.« Sie holte kurz Luft, als wollte sie sich für etwas wappnen. »Ich hab mich übrigens gestern noch mit Küppersbusch getroffen.«

»Wie, freiwillig?« Franca ließ sich auf ihren Stuhl fallen und sah ihre Kollegin an, als ob sie vom Mond käme.

Allmählich wurde Clarissas Mund schmallippig. »Sollte ich dich dazu erst um Erlaubnis bitten?«

Franca rollte genervt mit den Augen.

Clarissa reagierte schnippisch. »Der Anlass war natürlich dienstlich. Es war aber nicht zu vermeiden, dass da auch das eine oder andere private Wort zur Sprache kam.«

»Du weißt ja, was ich von ihm halte. Ein eitler Pfau, der egomanisch durch die Welt stolziert und sich selbst bewundert.« Mit anzüglichem Grinsen fügte sie hinzu: »Hat er dich noch ein wenig über Liebesbisse aufgeklärt?«

Clarissa lachte auf. »Ach Franca. Manchmal verhältst du dich wie eine ältliche Gouvernante.« Ihr rechter Mundwinkel verzog sich sarkastisch.

Franca riss die Augen auf. Sie stützte die Hände auf den Schreibtisch und beugte den Oberkörper nach vorn. »Wie bitte? Ältliche Gouvernante? Was soll das denn heißen?«

»Sei doch einfach mal ein bisschen locker.« Clarissa legte den Kopf mit den feuerroten Stacheln schief. In diesem Moment erinnerte sie Franca an Pumuckl. »Der Küppersbusch, der hat was.«

»Und was? Ein Tattoo auf seinem besten Stück?« Mist, das war jetzt nicht nötig gewesen. Sie hätte sich auf die

Zunge beißen können. Aber die ältliche Gouvernante, die hatte sie tief getroffen.

Clarissa sah sie entgeistert an. »Denkst du, ich war mit dem im Bett?«

Franca fühlte sich ertappt. »Entschuldige. Es geht mich überhaupt nichts an, mit wem du ins Bett gehst.«

»Ich war nicht mit ihm in der Kiste«, sagte Clarissa pikiert. »Wenn's dich beruhigt.«

Franca ging nicht weiter darauf ein. Das Thema brauchte man nun wirklich nicht zu vertiefen. »Also? Was hat er so Interessantes von sich gegeben, der Herr Doktor Küppersbusch?«

Clarissa atmete geräuschvoll ein. »Der ist eigentlich ganz in Ordnung. Menschen, die ein bisschen aus der Reihe tanzen, müssen nicht unbedingt verkehrt sein. Ist es nicht das, was du immer predigst?« Ihr Blick war herausfordernd. »Fachlich ist er jedenfalls ein Ass. Er hat mir erklärt, dass die genaue Bestimmung der Todeszeit sich bei beiden Leichen als ausgesprochen schwierig erweist, auch weil die Feuerwehr sämtliche Fenster aufgerissen hatte.«

»Das war nun mal notwendig, damit der Qualm abzog. Und wenn er so schlau ist, wie du sagst, dann dürfte das doch für ihn kein Hindernis sein.« Die sorgfältige Bestimmung des Todeszeitpunktes war nun mal eine der ureigenen Aufgaben der Rechtsmedizin und Grundlage für weitere Ermittlungen.

»Er meinte, es gäbe da noch eine Methode, die zwar vielsprechend, aber ziemlich zeitaufwendig sei.«

»Dann soll er sie halt einsetzen. Hat er irgendwelche Rußpartikel in der Lunge der Frau ausmachen können?«

Clarissa schüttelte den Kopf. »In der Lunge hatte man weder Rußpartikel noch Rauchgase feststellen können. Sie ist demnach vor Ausbruch des Feuers gestorben.«

»Also nichts wahnsinnig Neues.«

»Immerhin haben wir nun die Bestätigung, dass das Erdrosseln todesursächlich war.« Clarissa erhob sich. »Du solltest mal ernsthaft über deine Vorurteile nachdenken. Manchen Menschen tut allzu viel Alleinsein nicht gut. Sie werden mit der Zeit wunderlich.«

»Was soll das denn schon wieder heißen?«, fragte Franca missbilligend.

»Du hast dich ziemlich verändert.«

»Was meinst du denn damit?« Franca zog die Augenbrauen hoch. »Bist du etwa beleidigt? Nur weil ich diesen Küppersbusch nicht so toll finde wie du?«

»Ach Franca, ich hätte viel zu tun, wenn ich mich ständig von dir beleidigt fühlen würde. Schönen Tag noch.«

Draußen war sie.

Wunderlich! Franca schüttelte irritiert den Kopf und dachte über Clarissas Worte nach. Was hatte sie denn Schlimmes gesagt? Dass sie mit Clarissas Art, sich zu kleiden, nicht einverstanden war, konnte ihr nicht neu sein. Und auch die Tatsache, dass sie Küppersbusch für ein arrogantes Arschloch hielt, musste der jungen Kollegin nur allzu bekannt sein.

Franca fuhr ihren Computer hoch und wollte ihre Mails checken. Da klopfte es an der Tür. Der Chef streckte seinen Kopf herein. »Schönes neues Jahr, Frau Mazzari. Obwohl es für uns ja gar nicht so schön angefangen hat«, sagte Osterkorn.

»Das können Sie wohl laut sagen«, bestätigte Franca und sah abwartend auf die dünne Akte, die er in der

Hand hielt. Sollte er mit neuen Ergebnissen aufwarten? Etwas wissen, wovon sie noch keine Kenntnis hatten?

Er trat ein paar Schritte vor, bis er vor ihrem Schreibtisch stand. Dann räusperte er sich. »Sicher haben Sie von dem Geisterfahrer gehört, der am Neujahrsmorgen eine junge Mutter und ihre kleine Tochter getötet hat.«

Franca nickte und sah ihn mit gerunzelter Stirn an. Worauf wollte er hinaus?

»Der muss wie besessen auf der falschen Seite der B9 gerast sein. Höhe Mülheim-Kärlich ist das passiert. Er selbst wurde bei dem Unfall schwer verletzt. Inzwischen ist er aufgewacht. Er kann jetzt vernommen werden, sagen die Ärzte.« Mit Schwung legte er die Akte auf ihren Schreibtisch. »Finden Sie heraus, was da los war. Mutter und Kind hatten offenbar keine Chance. Und so ein Schicksal, das geht einem doch ans Herz, nicht wahr?«

Franca blieb der Mund offen stehen. Für einen Moment war sie sprachlos. Er wusste doch, dass ihr Team und sie wegen des Silvester-Doppelmordes all ihre Zeit und Kräfte dransetzten, um jeder erdenklichen Spur nachzugehen. Und jetzt sollte sie sich auch noch um einen Falschfahrer kümmern?

»Wir haben Anhaltspunkte dafür, dass es sich um bedingten Vorsatz handeln könnte. Vielleicht ist dieser Unfall vergleichbar mit dem des Geisterfahrers aus Limburg und wir können Anklage wegen Mordes erheben. Ich vertraue da ganz auf Ihre einfühlsame Vernehmung.«

Franca starrte ihn weiterhin fassungslos an. Fehlte bloß noch, dass er sagte: »Sie als Frau können das doch besser als wir manchmal etwas ruppigen Männer.«

Bevor Franca etwas erwidern konnte, erkundigte er sich: »Wie weit sind Sie denn mit Ihrem anderen Fall? Gibt's irgendwas Neues?«

Franca atmete tief durch. »Im Fall des Silvester-Doppelmords kommen wir leider nur sehr schleppend voran«, musste sie zugeben. »Man darf nicht vergessen, es ist Urlaubszeit. Wir fahren nur mit der Hälfte der Mannschaft.« Nicht nur, dass einige Kollegen in Urlaub waren, etliche hatten sich auch krank gemeldet. Die Grippewelle grassierte. Und dass Hinterhuber sich in letzter Zeit ziemlich rarmachte, war der Sache auch nicht gerade dienlich.

Sie hoffte, dass Osterkorn den leisen Vorwurf in ihrer Stimme registriert hatte, doch er ging nicht darauf ein.

»Wie ich Sie kenne, haben Sie in Nullkommanix alles Wissenswerte aus diesem Falschfahrer herausgekitzelt.«

»Wieso glauben Sie denn, dass es bedingter Vorsatz war?«, fragte sie.

»Nicht nur ich glaube das, liebe Frau Mazzari. Auch der Staatsanwalt. Der Wagen war geklaut. Und unser Mann hat einiges auf dem Kerbholz. Fahren ohne Führerschein. Als Verkehrsrambo aktenkundig. Er hatte schon einmal ein Auto gestohlen und es zu Schrott gefahren. Der rechtmäßige Besitzer des aktuellen Wagens, einem Škoda, war die Feiertage über in Urlaub. Er hatte sein Auto am Straßenrand geparkt und ist heute erst zurückgekehrt.« Er nickte ihr aufmunternd zu. »Ich bin sicher, dass Sie die Richtige hierfür sind.« In der Tür drehte er sich noch mal um. »Sie schaffen das!«, rief er ihr zu.

Ja klar, sie schaffte das. So wie sie bisher immer alles geschafft hatte, was man ihr auftrug. Wenn sie Tag und Nacht dranblieb, könnte es vielleicht klappen. Wen interessierte es schon, dass ihr Überstundenkonto wuchs und wuchs. Und dann meinte Clarissa auch noch, sie sei zu viel allein.

Ich hätte überhaupt keine Zeit für einen Partner, selbst wenn ich wollte!

Seufzend schlug sie die Akte auf, überflog den aktuellen Unfallbericht, Zeugenaussagen und Gutachten. Die Fotos des Unfalls vom Neujahrsmorgen zeigten die beiden völlig demolierten Fahrzeuge. Ein Wunder, dass aus diesen Blechhaufen überhaupt noch jemand lebendig herausgekommen war. Die beiliegenden Zeitungsartikel berichteten von einem wahren Horror-Unfall und vermeldeten »ein Bild des Grauens«. Es ging daraus hervor, dass es sich um einen sehr belastenden Einsatz für alle Helfer handelte, auch Notfallseelsorger waren vor Ort gewesen. Für die junge Mutter und ihre kleine Tochter konnten die Rettungskräfte nichts mehr tun. Beide starben in ihrem Autowrack, einem Polo, während der Unfallverursacher schwer verletzt mit dem Hubschrauber ins Krankenhaus gebracht wurde.

Weshalb er sich auf der falschen Fahrbahnseite befunden hatte, konnte vorerst nicht geklärt werden.

Der Akte beigelegt war eine Presseinformation des Landgerichts Limburg, die den von Osterkorn erwähnten verurteilten Falschfahrer betraf. Er hatte bei einer Frontalkollision eine junge Frau getötet und war in einem aufsehenerregenden Prozess zu einer lebenslangen Freiheitsstrafe verurteilt worden. Der Forderung seiner Anwälte, die auf eine Verurteilung wegen fahrlässiger Tötung plädiert hatten, wurde nicht stattgegeben. Der Unfallverursacher, ein Mann aus dem Westerwald, wurde als emotionsloser und eigensüchtiger

Verkehrsrambo dargestellt, ein brandgefährlicher Verkehrsteilnehmer.

Franca erinnerte sich: Als sie von dem Urteil hörte, hatte sie gedacht, gut, dass da endlich mal durchgegriffen wird. Geisterfahrer waren die neue Geißel der Menschheit. Fast täglich wurde vor ihnen im Radio gewarnt. Durch sie kam es immer wieder auf Autobahnen und Schnellstraßen zu furchtbaren Tragödien. Nur selten gelang es der Polizei, sie zu fassen. Manchmal waren die Verursacher verwirrte oder auch nur überforderte alte Menschen, manchmal junge übermütige Menschen – meist Männer, die eine Gefahr für sich und andere darstellen.

Der Beschuldigte im vorliegenden Fall war 51 Jahre alt. Insofern gehörte er keiner der genannten Kategorien an.

Franca betrachtete die Fotos von Mutter und Kind, die von dem Falschfahrer getötet wurden. Eine junge Frau, von Beruf Krankenschwester. Das Mädchen lachte fröhlich und hielt eine Puppe im Arm. Ein Stich fuhr Franca durchs Herz. Höchstwahrscheinlich waren die beiden nur zur falschen Zeit am falschen Ort gewesen. Das hatte sie das Leben gekostet.

Das Telefon klingelte. Sie nahm ab. »Ja bitte?«

Es war Frau Mattheis. »Ich wollte mich noch mal bei Ihnen melden.«

»Es gibt leider keine neuen Erkenntnisse«, gestand Franca.

»Deswegen rufe ich nicht an.«

»Sondern?«

»Nun ja.« Ein Schnaufen war am anderen Ende zu hören. »Ich hab doch den Bruder von Cem erwähnt. Den Mehmet. Vielleicht hab ich den ein bisschen zu schlecht gemacht. Man macht sich halt so seine Gedanken. Im Grunde ist er ein ganz normaler Mann. Man will ja niemanden zu Unrecht verdächtigen. Aber man hört ja auch so viel von diesen Islamisten. Man weiß gar nicht mehr, wem man trauen kann. Und es ist einem auch alles so fremd.«

Franca wartete ab.

»Was ich eigentlich sagen wollte: Nein, eigentlich traue ich Mehmet keinen Mord zu. Schon gar nicht an seinem Bruder. Ich hoffe nicht, dass ich Sie da auf was gebracht habe und Sie ihn nun verdächtigen.«

Franca rief sich den Besuch bei Mehmet Aslan und seiner Familie ins Gedächtnis. Auch ihr Eindruck war: ein Türke, wie man ihn sich vorstellte. Durch und durch Patriarch, dem aus den Augen leuchtete: Ich bin der Boss. Gleichzeitig ein Mann, dem die Geschicke seiner Familie über alles gingen. Über den Tod seines Bruders schien er sehr bestürzt. Aber bei solch emotionalen Ausbrüchen musste man besonders auf der Hut sein. Die schlimmsten Krokodile weinten manchmal die dicksten Tränen.

»Wir ermitteln in unterschiedliche Richtungen. Wir gehen allen Hinweisen mit der gebotenen Diskretion nach«, beruhigte sie Frau Mattheis. »Da brauchen Sie sich keine Sorgen zu machen. Haben Sie denn eine andere Vermutung?«

»Nun ja. Ich hab mir einiges durch den Kopf gehen lassen. Meine Tochter und Cem hatten in letzter Zeit ziemliche Schwierigkeiten, was das Geld betraf. Wir, Otto und ich, haben ihnen öfter unter die Arme gegriffen. Cem bestand auf dem großen Haus, das letztendlich viel teurer war als veranschlagt. Und zu der Zeit, als sie es bauten, verfügten sie noch über zwei Einkommen. Als Yvonne nach Erols Geburt zu Hause blieb, hat sich das deutlich ausgewirkt. Seitdem fehlte ganz einfach das zweite Gehalt.«

Franca wurde hellhörig. »Sie sagten, dass die beiden Schulden hatten? Wie hoch waren sie denn verschuldet?«

»Sehr hoch, glaube ich. Jedenfalls wollte Yvonne unbedingt wieder arbeiten. Obwohl Cem strikt dagegen war.«

Franca erinnerte sich. Renate Julien, die EDV-Expertin, hatte davon berichtet, dass auf dem Laptop der Aslans zahlreiche Bewerbungsschreiben gefunden worden waren.

»Und wie ist Ihr Schwiegersohn damit umgegangen?«

»Das ist ja das Dilemma. Deswegen haben sich die beiden ziemlich in den Haaren gelegen. Ich glaube, da war auch was mit einer Fehlinvestition. Yvonne hat da mal was angedeutet. Jedenfalls gerieten sie immer mehr in die Schuldenfalle. Erst haben wir das gar nicht so richtig mitbekommen, Otto und ich. Yvonne hat uns das kurz vor Weihnachten erzählt, dass es inzwischen ganz schlimm sei. Es habe sich ein hoher Schuldenberg angehäuft.«

»Glauben Sie denn, sie sind irgendwelchen Kredithaien auf den Leim gegangen?« Franca machte sich eine Notiz.

»Ich weiß es nicht. Ich kann es mir eigentlich nicht vorstellen. Yvonne konnte immer sehr gut mit Geld umgehen. Aber Cem hat da wohl sein eigenes Süppchen gekocht.«

»Danke für den Hinweis, Frau Mattheis. Das werden wir natürlich überprüfen.«

»Mir ist auch noch etwas anderes durch den Kopf gegangen.«

»Ja?«

»Sie haben ja selbst gesehen, wie abgelegen das Haus meiner Tochter liegt. Von außen macht es einiges her. Ich meine, da könnte schon der eine oder andere auf die Idee kommen, dass es da etwas zu holen gibt. Und man hört ja in letzter Zeit so viel von Einbrecher-Banden. Letztens kam im Fernsehen sogar, dass falsche Polizisten in Uniform sich bei arglosen Leuten eingeschlichen haben.«

»Ja, davon hört man immer wieder«, bestätigte Franca. »Aber auf einen falschen Polizisten wird Ihr Schwiegersohn sicher nicht reingefallen sein.« Was Hedwig Mattheis wohl davon hielt, dass Mehmet den kleinen Erol in seiner Familie aufnehmen wollte? Doch dieses Thema sprach sie besser nicht an, das musste die Familie unter sich ausmachen.

26. KAPITEL

Der Arbeitstag begann spätestens um acht Uhr morgens und dauerte bis in den Abend hinein. Vereinzelt gingen Hinweise aus der Bevölkerung ein, die akribisch abgearbeitet wurden. Mit jedem weiteren Tag, der verstrich, wurde die Lage schwieriger.

Bei der Morgenbesprechung hatte Frankenstein mit einigen neuen Ergebnissen aufwarten können: Die Scherben, die auf dem Boden im Wohnzimmer der Aslans lagen, ließen sich zu insgesamt drei Sektgläsern zusammensetzen, was ihre Annahme bekräftigte, dass es sich um einen Einzeltäter handelte. Man konnte also davon ausgehen, dass da drei Menschen miteinander auf das neue Jahr angestoßen hatten – die beiden Aslans und der Täter. Frankenstein war aufgefallen, dass es sich bei der leeren Flasche, die in unmittelbarer Nähe am Boden lag, um teuren Champagner handelte, wo hingegen in der Küche die geleerte Flasche einer relativ preisgünstigen Sektmarke stand.

Sollte der Täter den Champagner mitgebracht haben? Franca erinnerte sich an die Aussage der Nachbarin, der von ihr beobachtete späte Besucher habe etwas vom Rücksitz seines Autos geholt. Doch ob das der Täter war und wie er ins Haus gelangte, konnte nicht festgestellt werden. Polizei und Feuerwehr hatten massiv Hand angelegt, um ins Haus zu kommen, deshalb war nicht mehr eindeutig zu klären, ob bereits vorher Fremdeinwirkung bestanden hatte.

Der Sohn der Nachbarin hatte sich inzwischen gemeldet, aber auch er konnte das Auto, das nachts vor dem Haus der Aslans schräg geparkt hatte, nicht näher beschreiben.

»Ein Golf vielleicht. Oder ein Peugeot. Irgend so ein kompakter Kleinwagen. Die sehen ja alle ähnlich aus. Aber so genau hab ich da auch nicht hingesehen. Interessiert mich nicht besonders, wer da wen nachts besucht«, hatte er auf ziemlich schnodderige Weise verlauten lassen. Sicher war er sich nur bei der Tatsache, dass es sich um ein Koblenzer Kennzeichen handelte.

Aus dem Spurengewirr vor dem Haus der Aslans hatte man eine Reifenspur isolieren können, die zu einem Kleinwagen passte, wie ihn die Nachbarn beschrieben hatten. Doch die Winterreifen der Marke Fulda Kristall waren nicht exklusiv für eine bestimmte Automarke angefertigt, da kamen etliche Fahrzeugtypen in Frage. Jedoch zu einem Audi A1, wie ihn Mehmet Aslan fuhr, passten sie definitiv nicht.

Auch die Pistole, mit der Cem Aslan erschossen wurde, war immer noch nicht gefunden, weshalb erneut Hundertschaften mit Metalldetektoren das umliegende Gelände abgesucht hatten – wieder ohne Ergebnis.

Das alles war ziemlich enttäuschend.

Frankenstein hatte ausdrücklich bedauert, dass er trotz der vielversprechenden Spurenlage am Tatort bisher noch keine Treffer vermelden konnte. Aber die Auswertungen dauerten noch an.

Was ebenfalls frustrierend war, war die Tatsache, dass es trotz vieler Zeugenbefragungen keinen einzigen konkreten Hinweis auf den Täter gab.

In einem jedoch waren sie ziemlich sicher: Die Opfer waren gezielt ausgesucht worden, sie waren keine Zufallsopfer. Es musste eine wie auch immer geartete Beziehung zwischen diesen drei Menschen bestanden haben.

An Franca zerrte die Ungeduld. Alles war sehr zeitaufwendig. Man wollte endlich Resultate sehen. Der Staatsanwalt saß ihr im Nacken, fragte ständig nach Ergebnissen. Und jetzt sollte sie sich auch noch um einen Unfallverursacher kümmern.

Doch vielleicht bekam sie dann ein wenig Abstand zu dieser zweifachen Leichensache, die sie enorm belastete. Es gab nun mal Dinge, an die sich halbwegs normale Menschen nicht gewöhnten, auch wenn man noch so professionell damit umging. Dieser brutale Doppelmord gehörte dazu.

Insofern war die zwischenzeitliche Beschäftigung mit einem anders gearteten Thema vielleicht ganz heilsam. Man sah die Dinge mit anderen Augen, wenn man sie eine Zeitlang von sich fernhielt.

Plötzlich musste sie grinsen. Ach Franca, was bist du nur für eine unverbesserliche Optimistin. Jetzt versuchst du dir auch noch die auferlegte Mehrarbeit schönzureden.

27. KAPITEL

Ganz still lag er da. Nur das Ticken und Piepsen der medizinischen Geräte war zu hören. Draußen vor dem Fenster schaukelte ein brauner, kahler Ast. In seinem Körper pochte der Schmerz. Und in seinem Kopf war eine große Leere. Nur ein Satz tanzte darin wie ein Kinderkreisel, angetrieben von einer Peitsche, deren Lederriemen sich unentwegt in die Holzkerben schob, um den Schwung aufrecht zu erhalten.

Mich zwingt keiner in die Knie.

Vorsichtig drehte er den Kopf zur Seite. Das Bett neben dem seinen war leer. Er war allein in diesem Krankenzimmer.

Gefesselt fühlte er sich. Wie in einem Schraubstock. Komplizierter Schienbeinbruch, hatte der Arzt gesagt. Bevor operiert werden könne, müsse die Schwellung zurückgehen. Mit ein, zwei Wochen sei vorerst zu rechnen. Er könne überhaupt von Glück sagen, dass nicht mehr passiert sei. Ein paar Quetschungen, Rippenfrakturen und eben dieser Trümmerbruch. Aber das würde man wieder hinkriegen. Er müsse nur Geduld haben.

Geduld. Die hatte man ihm ein Leben lang abverlangt.

Aber diesmal würde ihm nichts anderes übrig bleiben als auszuharren. In diesem Bett. In diesem Zimmer.

Erinnerungssplitter drangen in seinen Kopf. Gedanken, die er bis jetzt von sich weggeschoben hatte. Mit denen er sich nicht befassen wollte.

Wie ist es so weit gekommen, dass ich hier liege? Gibt es so etwas wie Schicksal?

Seine Gedanken schweiften zurück. In ein anderes Land. In eine andere Welt mit anderen Regeln.

Wie wäre sein Leben verlaufen, wäre er nicht in diesem sozialistischen Staat aufgewachsen, den man glaubte, mit einer Mauer abschirmen zu müssen? Wo man stetig auf seine Worte achten musste, weil jeder Nachbar ein Spitzel sein konnte.

»Brüder zur Freiheit, zur Sonne, zum Licht«, sangen wir lauthals – und landeten in der Dunkelheit. Zugedeckt von einem übermächtigen Grauschleier, der uns jegliche Luft zum Atmen nahm.

Auserwählte seien wir, hat man uns eingeredet. Helden des Volkes. Was für ein Quatsch!

Dressur in allen Lebensbereichen war angesagt. Tagtägliche Demütigungen und Schikanen. Und ständig dieses Gefühl: Ich genüge nicht. Ich bin nicht so, wie ihr mich haben wollt.

Diese ewige Gängelei. Diese Bevormundung. Daheim und draußen. Das Ausgeliefertsein an eine Einheitspartei mit all diesen ideologischen Betonköpfen, die keine Ahnung hatten, aber uns sagen wollten, wo es langgeht.

Gut, dass es diesen Staat nicht mehr gibt. Dass er von seinen Bewohnern in die Knie gezwungen wurde. Aber die Blessuren sind immer noch spürbar.

Mit 18 hatte er sich aus purem Protest die Haare lang wachsen lassen. Freiheit wollte er. Freiheit, die Musik zu hören, die ihm gefiel. Freiheit, fremde Länder zu erkunden.

Stattdessen lernte er in der Armee den real existierenden Sozialismus in seiner ganzen Widerlichkeit kennen.

Dann dieser schreckliche Beruf, der ihm aufgezwungen wurde. Nie im Leben hatte er daran gedacht, Fleischer zu werden. Schreiner, das hätte ihm vielleicht gefallen. Etwas mit den Händen erschaffen, aber doch nicht töten.

Jedoch sein Vater war unerbittlich. Er bestand darauf: Der Junge wird Fleischer.

Den Tieren konnte er nicht in die Augen sehen. Noch heute verfolgten ihn die Todesschreie der Rinder und Kälber, wenn sie spürten, jetzt kommt der Schlächter mit dem langen Messer. Und dann der furchtbare Gestank und all das Blut.

Sein Vater hatte ihn mitgenommen in diese ziegelroten Backsteinbauten des Schlachthofes von Gotha. Stolz hatte er ihm die verschiedenen Hallen gezeigt. Hier werden die Rinder geschlachtet, da die Schweine. Hier die Lämmer und Schafe. Und da die Kaninchen. Überall hingen Tierkadaver an Haken und geschäftige Männer und Frauen in blutigen Gummischürzen standen an Arbeitstischen und metzelten.

Er konnte das nicht ertragen. Musste kotzen. Sein Vater lachte. Das wird schon, Junge. Man gewöhnt sich an alles. Denk immer dran: Fleisch ist was Wertvolles.

Ein Schaf war das erste Tier, das er schlachtete. Es kostete ihn furchtbare Überwindung. Zur Gesellenprüfung musste er ein Rind töten. Betäubt wurde es mit einer Elektrozange und es schrie ganz fürchterlich. Entgegen den Prognosen seines Vaters gewöhnte er sich nie an diese Gegebenheiten. Weder an das Schlachten noch an das Eingesperrtsein.

Nur in der Musik konnte er all dies vergessen. Die Band, das war sein Leben. Und natürlich Anna. Dass sie beide von Anfang an beobachtet wurden, war ihnen klar. Kriminalisiert wurde jeder, der in Alternativen zu denken und sich auszudrücken wagte.

»Mad Angels« nannten sie sich. Obwohl Anglizismen in seinem Land verpönt waren. Sie waren jung, hatten ihre eigenen Vorstellungen von Musik und sahen sich keineswegs als Vertreter des »künstlerischen Volksschaffens«.

Wie oft hatten sie den sächselnden Spitzbart nachgeäfft und sich dabei totgelacht: »›Ist es denn wirklich so, dass wir jeden Dreck, der vom Westen kommt, kopieren müssen?‹«

Joe, der auf sein Schlagzeug eindrosch, der Hendrix-Fan Jimi, der harte Gitarrenriffs herunterriss und versuchte, wie sein Idol mit Mund und Zähnen zu spielen. Mike, der das Keyboard streichelte und aus ihm die verrücktesten Klangfolgen hervorzauberte. Er selbst mit seiner Gitarre und seinem Gesang. Und natürlich Anna, der schillernde Paradiesvogel. Zusammen waren sie die »Mad Angels«.

Das groovte, das hackte, das ließ sie alles andere eine Zeitlang vergessen. Die Enge, die Gängelungen, die Vorschriften, die Gleichmacherei.

Sie bekamen nur selten Spielerlaubnis. Obwohl sie gut waren. Manchmal durften sie in Kirchen auftreten, oder in abgelegenen Jugendclubs. Dann spürten sie, wie sich ihre eigene Begeisterung auf ihre Zuhörer übertrug. Aber für die Betonköpfe waren sie »negativer Unrat«.

Um die Freiheit noch ein bisschen mehr zu fühlen, schmissen sie sich Pillen rein, Pervitin aus Tschechien und DDR-eigenes Valium, das man in bestimmten Apotheken kaufen konnte. Gekifft wurde auch nicht zu knapp.

Das Gras organisierte Jimi aus den russischen Kasernen rund um Erfurt, das die Soldaten dort vertickten.

Anna hatte es damit vielleicht ein bisschen übertrieben.

Ach, Anna. Rotzfreche Anna, die so ordinär röhren konnte, dass es eine Freude war. Und ihm dabei feurige Blicke zuwarf. Blicke voller Verheißung. Anna, mein Leben. Der Lichtblick in all dem grauen Verfall und dem Morschen. Schade, dass du den Herbst '89 nicht mehr erlebt hast.

Mit Annas Gesang im Ohr flog er zurück in die Zeit, als man sich aneinander festhielt, sich aneinander wärmte. Und sich auch ein bisschen belog. Weil man ja ständig aufpassen musste.

Anna. *Tief im Blute fühlen*. Unter der Haut. *Ich seh' noch wie du lachst*. Anna, meine Anna. Mit dir wollte ich die Welt erkunden, doch wir stießen gegen Mauern. Viel zu früh bist du weg. Bist einfach davongeflogen. Und hast mich zurückgelassen. Was hätten wir es schön haben können, wir zwei.

Die Musik war immer ein Teil von ihm. In der Musik lebte er, träumte er, durfte er er selbst sein.

Sie coverten Lieder von allen bekannten DDR-Bands. Und natürlich West-Songs. Aber alles, was von Silly, den Puhdys, von Karat oder von City kam, war authentischer als jeder West-Song. Da waren Geheimnisse in den Texten versteckt, die man erst beim genauen Hinhören ergründete. Und umso lauter schmetterte.

Mich zwingt keiner in die Knie.

Musik war seine kleine Flucht, bis er die große Flucht wagte. Jedes Lied erinnerte ihn an Anna. Jeder Song war ihr Song. Doch plötzlich wurde die Musik zum Gefängnis. Genau wie das Land. Er wollte nur noch abhauen.

Und keine Kompromisse mehr machen. Leben, so wie er es für richtig hielt. Und nicht einfach nur dahinvegetieren. Er fasste einen einsamen Beschluss. Niemand sollte davon wissen. Mitwisser waren in diesem Land tödlich.

Mit einer Zange bewaffnet robbte er durch den Todesstreifen. Mit der Zange hatte er vor sich herumgestochert, um ja keine Mine auszulösen. Er blendete aus, dass da was explodieren und ihn in der Luft zerfetzen könnte. Vorsichtig, immer weiter voran. Schon wähnte er sich in Sicherheit, als plötzlich jemand ganz in seiner Nähe etwas rief und Hunde anfingen, laut zu bellen. Er drehte sich um. Da standen zwei junge Männer, genauso alt wie er, mit Maschinengewehren in der Hand, die sie auf ihn gerichtet hielten. Um sie herum geiferten Schäferhunde.

Kurz darauf wurde er in ein feuchtes, dunkles Kellerloch gesperrt, wo er mehr Prügel bekam als jemals in seinem Leben. Nach Hohenschönhausen wurde er gebracht, in eine Zelle, die man Verwahrraum nannte. Eine Holzpritsche mit festgenagelter Nackenschräge zwang ihn, auf dem Rücken zu liegen. Nächtliche Lichtkontrollen ließen ihn nicht schlafen. Und immer diese Schritte, die an seiner Zelle vorbeipatroullierten. Zehn Monate die Hölle.

So etwas vergaß man nicht. Das saß ganz tief. Er hatte sich geschworen: Von nichts und niemandem wollte er sich je wieder bevormunden und einsperren lassen.

Nach einer Amnestie zur Wende wurde er entlassen. Da war er 25. Dort in Thüringen hielt ihn nichts mehr. Und Anna war nicht mehr da.

Anna. Aufmüpfige freche Anna. Jeder in deiner Nähe fing an zu leuchten. Ich im Besonderen. Anna, mein Leben. Wie fehlst du mir. Eine Träne rann ihm über das Gesicht, blieb zitternd an seinem Kinn hängen.

Es klopfte an der Tür. Er drehte den Kopf zur Wand, wollte niemanden sehen. Niemanden. Sie sollten ihn bloß alle in Ruhe lassen.

28. KAPITEL

Franca sah dem Tross Weißkittel nach, der ihnen begegnete. David war nicht dabei. Mit seiner markanten Hautfarbe würde er sofort auffallen und sich von den anderen Ärzten abheben. Aber sie kannte keinen von ihnen.

»Arbeitet hier nicht dein früherer Mann?«, fragte Clarissa, die ihre Reaktion offensichtlich bemerkt hatte.

»Ganz recht.«

»Und, wie wär das, wenn du ihm jetzt begegnen würdest?«

Franca lachte auf. »Na, völlig normal. Ich würde ihm nett Guten Tag sagen und er mir sicher auch. Wir führen doch keinen Rosenkrieg.«

»Das ist schön zu hören. Aber selten«, meinte Clarissa.

»Ich denke nicht, dass wir da die einzigen sind. Heutzutage lässt sich doch jeder scheiden. Früher oder später.

Und irgendwie hat man sich ja mal gemocht. Da muss man sich nicht hinterher zerfleischen, wenn die Hochgefühle vorbei sind.«

Clarissa sah sie mit einem merkwürdigen Blick von der Seite her an. Ein Blick, wie Franca ihn schon öfter von ihr bemerkt hatte, wenn das Thema Liebe gestreift wurde. Sie war noch jung und hatte wahrscheinlich noch Illusionen, wie sie Franca in ihrem Alter auch gehabt hatte.

Franca war lange nicht im Johannishof gewesen, aber viel verändert hatte sich nicht. Riesige Blumenkästen mit Yucca-Palmen und Benjaminis dienten als optische Raumteiler. In den Wartebereichen zwischen der Hydrokultur saßen viele Menschen.

Vierter Stock. Dann links, hatte man ihnen erklärt. Der Fahrstuhl zockelte langsam nach oben.

Sie klopfte an und betrat das Krankenzimmer. Clarissa folgte ihr und zog die Tür hinter sich zu.

»Guten Tag, Herr Scholten. Mazzari, Kripo Koblenz. Das ist meine Kollegin Sonnenberg. Wie geht es Ihnen?« Freundlich sein. Nähe aufbauen. Ich bin Freund, nicht Feind! So was hatte sie schließlich gelernt.

Scholten sah sie kurz an. Dann wanderte sein Blick zu Clarissa. Sein Gesicht war geschwollen, violette Schatten umrandeten die Augen. Das linke Bein lag in einem Streckverband.

»Hervorragend«, stieß er zwischen den Zähnen hervor.

Oh, ein Zyniker. Bei einer Begegnung, egal ob privat oder dienstlich, entscheiden die ersten Sekunden darüber, ob einem sein Gegenüber sympathisch ist oder nicht. Dieser Mann hier im Bett, so lädiert und bemitleidenswert wie er auch aussah, hatte bereits in den allerersten

Sekunden ihre Sympathien verwirkt. Aber das durfte sie ihn auf keinen Fall spüren lassen. Das war kontraproduktiv.

Beide Polizistinnen zeigten ihm ihre Ausweise. Franca nahm sich einen Stuhl und setzte sich neben Scholtens Bett. Sie achtete darauf, dass ihr freundliches Lächeln konstant blieb. Clarissa blieb am Fußende des Bettes stehen.

Langsam angehen lassen, sagte sich Franca. Keine Vorurteile äußern, eine Beziehung aufbauen. Das Gegenüber muss Vertrauen fassen, sonst macht es ganz schnell dicht.

»Haben Sie schlimme Schmerzen?«

Er antwortete nicht. Beobachtete sie aus merkwürdigen Augen. Ein starrer, hohlwangiger Blick aus einer gelbbraunen strahlenförmigen Iris, um die Pupille zeichnete sich ein braungoldener Ring.

»Kripo? Was wollen Sie von mir?«, presste er hervor.

»Wir wollen schauen, wie es Ihnen geht.«

Er kniff die Augen zusammen. »Wie ich bereits sagte: Hervorragend.«

Franca fixierte ihn. Er starrte zurück. Seine merkwürdigen Augen irritierten sie zunehmend.

»Nun können Sie ja wieder gehen«, bellte er.

Ach, auch noch ein Witzbold. Franca lachte auf. »Nee, nee, so schnell werden Sie uns nicht los. Wir möchten schon wissen, wie es zu dem Unfall am Neujahrsmorgen kam. Immerhin sind dabei eine junge Frau und ihre kleine Tochter ums Leben gekommen. Das dürfte Ihnen nicht gleichgültig sein.«

Unter der Haut seiner geschwollenen Wange zuckte deutlich ein Muskel. Doch sein Blick blieb weiterhin starr und unbeteiligt.

»Wo haben Sie denn Silvester gefeiert?«, versuchte sie es mit einer unverfänglichen Frage.

»Wieso sollte Sie das etwas angehen?« Blasiert sah er an ihr vorbei.

In Franca stieg Wut hoch. Sie musste sehr an sich halten. Es klappte immer weniger mit der Unvoreingenommenheit, das merkte sie deutlich.

»Herr Scholten, waren Sie irgendwo zu Besuch?« Aus den Personalangaben wusste sie, dass er in Alsbach, einem Ort im Westerwald lebte. Sie bemühte sich, ihm Brücken zu bauen. Die Witterungsverhältnisse waren am Neujahrsmorgen innerhalb der Region uneinheitlich gewesen. Die großen Straßen waren geräumt, aber Auffahrten konnten tückisch sein. Vielleicht hatte er eine glatte Stelle erwischt, war ins Schleudern gekommen und so auf die falsche Fahrbahnseite geraten. Alkohol war offensichtlich nicht im Spiel gewesen. Er hatte zwar was getrunken, aber die festgestellte Menge war minimal. Auch Drogen konnten keine nachgewiesen werden.

»Können Sie sich erklären, wie dieser Unfall passiert ist?«, fragte sie.

Ein anklagender Blick traf sie wie ein Speerspieß. »Fragen Sie doch einfach Ihre netten Kollegen.«

»Was meinen Sie damit?«

»Das, was ich gesagt habe.«

»Sie sprechen in Rätseln.«

Er hob die Schultern, schaute herablassend durch sie hindurch.

Langsam verlor Franca die Geduld. »Sie waren mit einem gestohlenen Fahrzeug unterwegs. Können Sie sich dazu bitte äußern?«

»Es war nicht gestohlen. Es war ausgeliehen.« Jetzt grinste er unverschämt.

»So. Ausgeliehen. Nur merkwürdig, dass der Halter nichts davon weiß. Und Sie auch gar nicht kennt.«

Sie erinnerte sich an eine der Zeugenaussagen: Ein junger Mann, der dem Crash nur knapp entkam, berichtete, dass der Falschfahrer stur draufgehalten und nicht gebremst hatte.

So verhielten sich eigentlich nur Lebensmüde. Oder solche, die nichts mehr zu verlieren hatten.

»Herr Scholten, wollten Sie Ihrem Leben ein Ende setzen?«

Er stieß einen merkwürdigen Laut aus. Rollte genervt mit den Augen. Und blieb weiterhin stumm.

Sie schaute zu Clarissa, die schweigend am Fußende stand und Franca fragend ansah. Das wird wohl nichts mehr, sagte ihr Blick.

»Sie wollen mir also keine weiteren Auskünfte erteilen?« Franca erhob sich. Dieses Gespräch machte absolut keinen Sinn.

»Schönen Gruß an die netten Kollegen«, rief er ihr hinterher.

»Sie mich auch«, murmelte sie und zog die Tür hinter sich zu.

»Was war das denn?«, fragte Clarissa auf dem Flur.
»Ein wahrhaft reizender Zeitgenosse.«

Eine Krankenschwester kam ihnen geschäftig entgegen.

»Ist der da drin immer so muffelig?«, fragte Franca die Krankenschwester.

»Mal so, mal so.« Sie zuckte mit den Schultern. »Aus dem soll ein Mensch schlau werden.«

Die Schwester lief an Franca und Clarissa vorbei, klopfte kurz, riss die Zimmertür auf und verschwand dahinter.

29. KAPITEL

Der Junge lachte scheinbar unbeschwert. Er saß auf dem Boden und war versunken in sein Spiel mit Playmobil-Männchen. Bei Hedwig gab es eine Kiste mit Spielsachen, damit diese nicht jedes Mal von Ort zu Ort geschleppt werden mussten. Und Spielsachen bei Oma waren immer etwas Besonderes gewesen.

Erol hatte ein Indianerzelt aufgebaut und hielt ein Männchen in der Hand, ein weibliches. Die Playmobil-Frau sprach zu dem Playmobil-Kind: »So, du gehst jetzt schön in dein Bettchen.«

»Ich will noch eine Geschichte«, antwortete er mit verstellter Kinderstimme.

»Nicht heute. Es ist doch schon so spät. Du hast schon so lange aufbleiben dürfen.«

»Bitte, Mama.«

Hedwig blieb fast das Herz stehen. Spielte er jenen verhängnisvollen Abend nach? Den Silvesterabend?

»Dann will ich aber im Zelt schlafen«, sagte die Piepsstimme.

»Na gut.«

»Weißt du, Mama, im Wigwam kann mich der böse Mann nicht finden.«

Wie elektrisiert klebte ihr Blick auf Erol.

Er öffnete das Spielzelt und legte vorsichtig das Playmobil-Kind hinein. »Schlaf schön«, sagte er mit der Mama-Stimme. »Gute Nacht.«

»Gute Nacht«, antwortete die Piepsstimme.

Hedwig wartete noch ein wenig ab, dann setzte sie sich zu ihm auf den Boden. »Na, was spielst du denn da Schönes?«, sagte sie so unbefangen wie möglich, obwohl ihr das Herz bis zum Hals pochte.

Er sah sie mit großen Augen an. Dann kam er zu ihr und kuschelte sich an sie. Er sagte keinen Ton mehr.

»Du vermisst deine Mama, ich weiß!«

Wieder antwortete er nicht, aber diese Reaktion kannte sie nur zu gut.

»Weißt du was, der Opapa kann gleich ein bisschen mit dir spazieren gehen. Vielleicht fährt er ja auch mit dir in die Stadt und ihr geht ins Tierheim und sagt den kleinen Katzen und Hunden guten Tag.«

Über Erols Gesicht huschte ein Lächeln. »Kommst du mit?« Das klang bettelnd.

Sie schüttelte den Kopf. »Ich muss hier noch ein bisschen Ordnung machen.«

Der Junge sprang auf, blieb kurz vor dem Foto stehen, das an der Wand hing und die kleine Familie zeigte. Dann lief er zu seinem Opapa.

Er will tapfer sein, wie es ihm sein Vater beigebracht hat, dachte Hedwig. Aber man sah ihm den Schmerz so deutlich an, dass es ihr das Herz zerriss. Ob sie das Foto abhängen sollte, das mit den lachenden, fröhlichen Menschen darauf so deutlich das verlorene Familienglück demonstrierte? Nein, sie hätte es als Sakrileg empfunden, das Foto von der Wand zu nehmen. Wenigstens in der Erinnerung sollte erhalten bleiben, dass die drei einmal eine glückliche Familie waren.

Hoffentlich nahm Otto es ihr nicht übel, dass sie über ihn verfügte, aber er zeigte sehr viel Verständnis für ihre Situation und für die des Jungen.

Ihr Lebensgefährte willigte sofort ein, mit Erol in die Stadt zu fahren, nachdem sie ihm klargemacht hatte, dass sie dringend telefonieren müsse.

»Mach ich doch gern. Na komm, mein Junge. Da gucken wir uns mal ein paar Vierbeiner an.«

Als die beiden draußen waren, griff sie zum Telefonhörer.

»Frau Mazzari? Ich glaube, ich weiß jetzt, warum der Täter sich nicht um Erol kümmerte und er entwischen konnte.«

»Ja?«

»Entweder hat er nicht gewusst, dass Erol zur Familie gehört. Oder aber er war der Meinung, das Kind sei außer Haus.«

»Aber Sie sagten doch, der Junge habe im Kinderzimmer geschlafen? Wir gehen davon aus, dass der Täter auch dort nachgesehen hat.«

»Das kann schon sein, Erol war auch in seinem Zimmer, aber nicht in seinem Bett.« Sie war furchtbar aufgeregt über diese Erkenntnis. Sie musste das der Kommissarin am anderen Ende der Leitung besser verständlich machen.

»Er war in seinem Zelt, das er von uns zu Weihnachten bekommen hat. Das hat ihm sein Vater im Kinderzimmer aufgestellt. Da durfte er manchmal drin schlafen.«

»Hat er Ihnen das erzählt?«

»Nein, er hat es gespielt. Mit seinen Playmobil-Männchen. Und er hat was von einem bösen Mann gesagt.«

Am anderen Ende war ein leiser Aufschrei zu hören. »Dann hat er den Täter gesehen?«

Hedwig hielt den Hörer etwas weiter vom Ohr weg. »Das hat sich mir nicht erschlossen. Wie gesagt, er erwähnte nur den bösen Mann.«

»Was hat Erol konkret gesagt?« Die Stimme der Polizistin klang aufgeregt.

Hedwig hätte ihr so gern mehr berichtet. Aber es gab nichts weiter. »Er hat das Zu-Bett-gehen-Ritual mit seiner Mutter nachgespielt und gesagt: ›Weißt du, Mama, im Wigwam kann mich der böse Mann nicht finden.‹ Mehr nicht. Obwohl ich noch ein bisschen gewartet habe, bevor ich ihn ansprach. Und es ist ja bekannt, dass Kinder manchmal bestimmte Situationen nachspielen. Um größeren Schmerz zu vermeiden.«

Am anderen Ende herrschte für ein paar Sekunden Stille. Dann sagte Franca Mazzari: »Vielen Dank, dass Sie uns das mitgeteilt haben.«

30. KAPITEL

»Was stellst du dir eigentlich vor, so zukunftsmäßig?«

Hinterhuber gab eine seiner seltenen Vorstellungen im Büro.

Jetzt wollte sie die Gelegenheit ergreifen, bevor er ihr wieder auswich.

»Das weißt du doch«, sagte er.

»Was weiß ich?«

»Dass das hier kein Job für die Ewigkeit ist. Wenigstens nicht für mich.«

»Schon klar. Aber was hast du konkret vor?«

»Franca. Tu doch nicht so. Die Spatzen pfeifen es doch schon von den Dächern. Ich bereite mich auf eine Führungsposition vor.«

Nun hatte er es endlich ausgesprochen.

»Gibt es denn schon konkrete Angebote?«

Er hob die Schultern. Und wollte offenbar wieder dichtmachen.

»Ach Hubi«, seufzte sie. »Ich versteh dich ja. Aber ganz egoistisch hoffe ich, dass du uns noch ein bisschen erhalten bleibst. Ich jedenfalls werde dich vermissen.«

Er lächelte ihr zu. »Noch bin ich ja hier und du musst mich wahrscheinlich noch eine ganze Weile ertragen.« Dann wandte er sich endgültig seinem Computer zu.

Franca sichtete die zahllosen Berichte, Fotos und Zeitungsausschnitte auf ihrem Schreibtisch. Die unterschiedlichsten Puzzlestücke. Die richtige Reihenfolge, wie alles miteinander zusammenhing, hatte sie noch nicht gefunden.

Die Hoffnung, dass der unaufgeklärte Altfall vor 20 Jahren in Verbindung mit dem Silvester-Doppelmord stand, hatte sich zerschlagen. Weder die DNA noch die Fingerabdrücke erwiesen sich als identisch.

Das hieß: Wieder war sie um eine Möglichkeit ärmer. Zu Hause konnte sie die Geschehnisse nicht abstreifen. Die beiden Toten waren ihre ständigen Begleiter, die in aller Deutlichkeit anwesend waren. Sobald sie sich in Ruheposition befand, begannen Bilder durch ihren Kopf zu rasen. Die geschändete Frau, der hingerichtete Mann verfolgten sie bis in einen unruhigen Schlaf und wenn sie morgens die Augen aufschlug, waren die Bilder als Erstes wieder da.

Du musst diesen Täter so schnell wie möglich dingfest machen. Das bist du den Angehörigen schuldig. Besonders dem Kind.

Der Junge. Erol. Nachdem seine Großmutter geäußert hatte, dass das Kind wahrscheinlich den Täter gesehen hatte, war die Auseinandersetzung mit Brock aufs Neue entfacht. »Jetzt haben wir schon mal einen Augenzeugen. Was spricht dagegen, dass man ihn jetzt richtig befragt? Natürlich im Beisein von Fachleuten.«

Doch Franca war nach wie vor dagegen, das Kind im jetzigen Stadium zu behelligen. Sicher, die Psychologin würde sich auf sensible Weise dem Jungen nähern. Doch Franca konnte sich beim besten Willen das kleine Kerlchen nicht auf dem Präsidium vorstellen. Erol war nach wie vor traumatisiert und begann gerade wieder mühsam, mit Hilfe seiner Großmutter ins Leben zurückzufinden. Solch eine Befragung würde ihn mit

Sicherheit aufwühlen und unter Umständen zurückwerfen.

Ein weiteres Gegenargument war, dass sie nicht selten bei Befragungen mit Kindern erlebt hatte, wie diese, wenn sie überhaupt sprachen, oftmals Realität und Fantasie miteinander vermischten und Aussagen tätigten, die im Endeffekt völlig unbrauchbar waren. Hier musste die Verhältnismäßigkeit gewahrt werden. Diesen Standpunkt verteidigte sie. Schön, dass sie sowohl Hinterhuber als auch Clarissa auf ihrer Seite wusste.

Kapitalverbrechen haben die höchste Aufklärungsrate. Nicht nur in Rheinland-Pfalz. Überall in ganz Deutschland. Wahrscheinlich überall auf der ganzen Welt. Weil es meistens eine Beziehung zwischen Opfer und Täter gab. Nur wo es die nicht gab, wenn die Opfer Zufallsopfer waren, dann wurde die Sache ausgesprochen schwierig.

Da sie gute Gründe für die Annahme hatte, dass im Fall des Silvester-Doppelmordes eine wie auch immer geartete Beziehung bestand, war die Hoffnung nicht unberechtigt, den Fall bald lösen zu können. Und zwar ohne die Aussage des Kindes. Sie mussten sich eben noch ein wenig mehr ins Zeug legen. Noch mehr Menschen im Umfeld der Aslans befragen.

Aber da war auch der andere Fall, der bearbeitet werden wollte. Aufseufzend wandte sie sich der Akte zu, die unter Merkblättern und Protokollen vergraben lag. Sie zog die Mappe heraus, schlug sie auf und las den Unfallbericht nochmals genau durch. Tatsächlich. Da stand, dass der Beschuldigte zuvor von einer Streifenwagenbesatzung wegen zu schnellen Fahrens zum Anhalten aufgefordert worden war. Doch er konnte den Polizisten entkommen und bog an der nächsten

Ausfahrt ab. Dort fuhr er aber nicht weiter geradeaus, sondern wendete und raste aus unerklärlichen Gründen in entgegengesetzter Richtung zurück in den Gegenverkehr.

Den Unfallbericht hatte Polizeimeister Arnold Dietz aus Andernach aufgenommen. Franca griff zum Telefon. Rief ihn an.

»Herr Dietz, ich ermittle in der Sache Notger Scholten. Der Geisterfahrer vom Neujahrsmorgen. Sie haben den Unfall aufgenommen.«

Sie bemerkte ein kurzes Zögern am anderen Ende. Dann folgte ein gepresstes »Ja«.

»Können Sie mir kurz schildern, wie es dazu kam?«

»Äh … steht doch im Bericht.« Seine Stimme klang jung, etwas brüchig. Vielleicht Ende oder Mitte 20. Sie versuchte, ihn sich vorzustellen. Wahrscheinlich hatte er so eine moderne Frisur, vorn ein wenig in die Höhe gegelt, wie sie jetzt viele junge Männer trugen.

»Ich hätte es ganz gern mit Ihren persönlichen Worten gehört. Sie wissen ja selbst, wie bürokratisch so was im Bericht immer klingt.«

Dietz räusperte sich. »Es war die Hölle«, sagte er schließlich.

Vielleicht war es der erste schwere Unfall, den er bis jetzt aufgenommen hat, dachte Franca. Und alles, was man zum ersten Mal macht, bleibt einem als etwas ganz Besonderes im Gedächtnis.

»Wir hatten eine Meldung reinbekommen, dass da einer auf der B9 in Richtung Koblenz rast wie bekloppt. Der hatte gut und gern 160 drauf, wo nur 100 erlaubt sind. Hinter Andernach haben die Kollegen den Škoda gesichtet und wollten ihn anhalten. Zunächst hatte es auch den Anschein, als ob er Folge leisten wolle, aber dann gab er Gas und versuchte abzuhauen.«

»Und dann?«

»Er hat aufgedreht wie wild. Die Kollegen mit Blaulicht und Martinshorn hinterher.« Einige Sekunden Schweigen. »Tja, und dann ist der in der letzten Sekunde bei der nächsten Möglichkeit abgebogen. Das war die Abfahrt zur L125, die auch zum Gewerbegebiet Mülheim-Kärlich führt. Aber dort hat er einfach kehrtgemacht und ist auf der falschen Seite wieder aufgefahren. Keine Ahnung, was der sich dabei gedacht hat. Und dann hat es auch schon gekracht.«

Es hatte also tatsächlich eine Verfolgungsjagd stattgefunden. »Und die Kollegen?«

»Sie konnten nichts tun.«

»Wie? Sie konnten nichts tun?«

»Na, die waren bereits an der Ausfahrt vorbei und konnten doch nicht wenden. Was hätte das denn für ein Chaos gegeben?« Er hielt einen Moment inne. »Können Sie sich vorstellen, wie einem in so einem Moment zumute ist? Wenn Sie wissen, da geht jetzt einiges verdammt schief? So schnell können Sie gar nicht reagieren.«

War da ein Zittern in seiner Stimme? Hatte er selbst zu den Verfolgern gehört?

»Als die Kollegen den Wagen anhalten wollten, haben sie da schon gewusst, dass es sich um ein gestohlenes Fahrzeug handelt?«

»Nein. Wie gesagt, der Grund war die Meldung, dass der viel zu schnell fuhr. Erst später bei der Überprüfung des Halters haben wir gemerkt, dass Fahrer und Halter nicht identisch sind. Den Halter haben wir versucht anzurufen, aber da hat keiner abgenommen. War in Urlaub, wie sich hinterher herausstellte. Mit dem Flieger auf Lanzarote. Und da der Unfallverursacher nicht vernehmungsfähig war, konnte er vorerst nicht befragt werden. Deshalb hat sich das alles hingezogen.« Er holte tief Luft. »Wissen Sie eigentlich, wie belastend so ein Fall ist? Ich hab dem kleinen Mädchen ins Gesicht gesehen, wie es da hing in seinem Kindersitz … Und die junge Mutter, die hat geblutet und gestöhnt und ganz laut geschrien: ›Mein Kind! Mein Kind!‹ …« Er schluckte. »Ich hab geholfen, sie aus dem demolierten Auto zu hieven und auf die Trage zu legen. Ein Sani vorn, ein Sani hinten. Dann im Galopp zum Rettungswagen. Der Notarzt mit den Infusionsflaschen und ich nebenher. Alles umsonst. Später habe ich erfahren, dass beide tot sind. Mutter und Kind.« Er zog geräuschvoll Luft durch die Nase. »Ich krieg diese Bilder nicht mehr aus dem Kopf.«

»Ich weiß, wie das ist«, sagte Franca mitfühlend. »Herr Dietz, ich weiß das nur allzu gut.«

»Es gibt nichts Schrecklicheres als schwer verletzten Menschen nicht helfen zu können. Wenn da auch noch ein kleines Kind dabei ist … Und dann sollen Sie ruhig bleiben und blöde Formulare ausfüllen.«

»Ja, Herr Dietz, ich kann mir das sehr gut vorstellen.« Sie hätte ihm gern etwas Tröstliches gesagt, aber es fiel ihr nichts Passendes ein.

Hinterhuber sah auf. Er hatte offenbar alles mitbekommen. »Schlimm?«, fragte er, als Franca aufgelegt hatte.

»Schlimm«, antwortete sie. »Ein junger Polizist. Offenbar hat er zum ersten Mal einen schweren Unfall aufgenommen. Hat ihn ziemlich mitgenommen.«

»Da müssen wir alle durch«, sagte Hinterhuber. Er hatte versprochen, sie in dieser zusätzlichen Aufgabe nach Kräften zu unterstützen.

»Kommst du mit zur Werkstatt?«, fragte sie. »Ich möchte mir die beiden Fahrzeuge mal ansehen.«

»Klar.« Er stand auf.

Gemeinsam fuhren sie zu der Vertragswerkstatt, in der die Unfallfahrzeuge untergestellt waren.

»Hier haben Sie die beiden Prachtstücke. Viel erkennen können Sie nicht mehr.« Der Mechaniker in seinem ölverschmierten Overall hatte die Hände in den Hosentaschen. »Der ist mit vollem Karacho rein. Ich hoffe, der kriegt sein Fett ab. Solche Idioten kann man gar nicht hart genug bestrafen.«

Franca ging um das Fahrzeug des Unfallverursachers herum. Die Farbe des Škoda war ein dunkles Grün. Tannengrün oder Amazonian-Grün, wie das in der Werbesprache der Autohändler hieß. Die Vorderfront war vollkommen zerstört. Das Heck annähernd erhalten. Auf dem Rücksitz lag zwischen Glassplittern eine dunkelblaue Strickmütze.

»Was ist das denn für eine Marke?«, fragte Hinterhuber den Werkstattmeister.

»Ein Škoda Fabia. Eigentlich ein schönes Auto. Ist auch noch nicht alt. Im Gegensatz zu der Gurke hier.«

Das Fahrzeug der jungen Mutter war ein roter, betagter VW Polo. Auch hier war die Kühlerhaube abrasiert. Franca sah ins Innere des Wagens hinein. Ein demolierter Kindersitz hing auf der Rückbank, das Polster war blutverschmiert. Daneben lag ein zerrupftes Plüschtier, ein beschädigtes rosa Plastikköfferchen war auf den Boden gerutscht und aufgesprungen.

»Das muss ordentlich geknallt haben«, sagte der Mechaniker.

Hinterhuber konzentrierte sich auf den Škoda. Er leuchtete unter den Fahrersitz, der halb aus der Verankerung gerissen war.

»Das ist alles gründlich untersucht worden.« Der Werkstattmeister beäugte argwöhnisch Hinterhubers Tun.

»Gründlich genügt manchmal nicht.«

»Wenn Sie meinen.« Er wollte sich gerade entfernen, da rief ihn Hinterhuber zurück.

»Entschuldigung. Haben Sie mal irgendein Werkzeug, damit ich den Sitz anheben kann?«

Franca kam zu ihm hinüber. »Ist da was?«

»Weiß noch nicht. Aber das sind so typische Stellen, die von den Gutachtern gern übersehen werden. Zumal der Sitz festgeklemmt ist.«

Der Mann reichte ihm wortlos ein Werkzeug, das wie ein Brecheisen aussah. Hinterhuber kam ins Schwitzen. Schließlich gelang es ihm, den Sitz etwas anzuheben. Mit der Taschenlampe leuchtete er darunter. Doch da war nichts. Franca betrachtete ihn mitleidig. Ihm lief der Schweiß herunter.

»Wonach suchst du eigentlich?«, fragte sie.

31. KAPITEL

Es vergeht kein Moment, in dem ich nicht an dich denke. Das Geschenk von dir liegt neben mir im Bett. Ich streichle den kleinen Pinguin und wünsche mir, du wärst es, der hier bei mir liegt. Stelle mir vor, wie wir beide in trauter Eintracht über den Strand watscheln. Herrlich!

Clarissa verzog das Gesicht. Du meine Güte, was war das denn? Wie alt war die? 39? Da nahm die ein Stofftier mit ins Bett? Na ja, wer's braucht. Clarissa scrollte weiter und überflog die nächsten Seiten.

Du musst in der Bibel nachlesen, da steht: Seid fruchtbar und mehret euch. Und wenn ihr das mit dem Vermehren nicht wollt, dann tut wenigstens so als ob.

Die Leute lesen immer nur die falschen Stellen. Das Weib sei dem Manne untertan, und so was alles. Da hat sich doch bloß einer verschrieben und wurde nie korrigiert!

Denk nur an Lot, was der mit seinen Töchtern angestellt hat. Oder diese schlimme Sache mit Sodom und Gomorrha.

Viel schöner ist da doch die Vorstellung vom Paradies. Ist natürlich auch mein persönliches: Ein Obstgarten, wo alles blüht und wo man auf einmal Dinge sieht, wunderschöne Dinge, von denen man vorher überhaupt nicht gewusst hat, dass sie existieren. In meinem Paradies darf sehr wohl gesündigt werden.

Na, gefällt dir dieser Gott nicht auch?

Interessante Version, dachte Clarissa grinsend. Wenn man die Sache so sah …

»Bad, bad boy, you make me feel so good …«

Manchmal denke ich, ich kann mein Glück kaum fassen. Ich fließe über von diesem wunderbaren Gefühl, das so stark ist, dass ich es unbedingt jemandem mitteilen muss. Und wer ist dafür besser geeignet als die beste Freundin?

Keine Angst, Nika erzählt nichts weiter. Da bin ich mir tausendprozentig sicher. Weißt du, was ich ihr gesagt hab? Ich bin mit einem Menschen zusammen gewesen, mit dem ich ein wunderschönes Spiel gespielt hab. Das wir beide genau so gewollt haben. Sie hat mich ordentlich gelöchert, wollte alles wissen – und ich bin nur so übergesprudelt. Bis halb zwei haben wir gequatscht. Schön und vertraut, wie man es eben nur mit der besten Freundin kann. Zwar hat sie immer wieder gesagt, ich soll bloß aufpassen, besonders wegen Cem, aber ich glaube, sie hat mir mein Glück gegönnt.

Clarissa sah zu Franca hinüber, die an ihrem Schreibtisch saß und in irgendwas vertieft war. »Du, die hatte einen andern.«

»Wer?« Franca hob den Kopf. Blinzelte irritiert.

»Unser Mordopfer. Yvonne Aslan. Die hat ein ganzes Arsenal an Liebesbriefen geschrieben. Und zwar nicht an ihren Mann.«

»Liebesbriefe? Wo hast du die denn her?«

»Von ihrem Laptop. Renate hat sie mir gemailt.«

Renate Julien war die IT-Expertin der Koblenzer Polizei, zuständig für die Auswertung von PC und Laptop, die in der Wohnung Aslan gefunden worden waren.

»Sie hat gemeint, ich soll mal gucken, ob wir damit was anfangen können.« Clarissa kaute an ihrem Lippenpiercing und starrte auf den Bildschirm. Zog eine Grimasse und wandte sich wieder Franca zu. »Muss 'ne ziemlich heiße Affäre gewesen sein.«

»Und, können wir was damit anfangen?«

Clarissa zuckte mit den Schultern. »Zumindest wissen wir jetzt, dass sie einen Lover hatte, mit dem sie sich intensiv ausgetauscht hat.«

»Wann war das?«

»Bis jetzt hab ich noch kein konkretes Datum ausmachen können. Es sind offensichtlich Mails, die sie in eine Datei kopiert hat. ›Traumsilber‹ hat sie die genannt.« Clarissa verzog das Gesicht. »Schön kitschig, nicht?«

Franca runzelte die Stirn. »Hat der Lover einen Namen?«

»Leider nein.« Clarissa schüttelte den Kopf. »Kommt vielleicht noch. Ich hab noch nicht alles durch.«

»Und, was steht da drin?« Franca machte mit dem Kopf eine schnelle Bewegung in Richtung Computer.

»Allerhand Gesäusel.« Clarissa scrollte weiter. »Manchmal ist sie auch ganz witzig. Ist 'ne ziemlich umfangreiche Datei.«

»Hat er auch was geschrieben?«

»Muss ich Renate fragen. In dieser Datei hier sind offensichtlich nur Texte von ihr.«

»Und du bist sicher, das ist nichts Erfundenes?«

»Ich denke schon. Zumindest bezieht sie sich auf konkrete Namen und Ereignisse.« Clarissa lehnte sich zurück. »Mit dem Sexleben der Aslans scheint es sowieso nicht mehr so weit her gewesen zu sein. Er hat sich Pornos reingezogen und sie hat sich einen Lover zugelegt.«

»Wie? Das schreibt die ihrem Lover?«

Clarissa lachte leise auf. »Nein. Das hat mir Renate gesagt. Hat sie aus dem Browser-Verlauf des PCs gesehen. Offensichtlich hat er den PC benutzt und sie den Laptop.«

»Und alle dachten, die beiden führen eine Bilderbuchehe. Da sieht man mal wieder, wie es hinter der schönen Fassade aussehen kann.« Francas Stimme triefte vor Sarkasmus.

»Gucken nicht alle Männer Pornos?«, fragte Clarissa. »Renate fand das jedenfalls nicht weiter bemerkenswert. Ist doch in vielen Ehen so, dass irgendwann das Sexleben erlahmt, und dann sucht man sich irgendeinen Ersatz.«

Franca verzog den Mund. »Die Ehe ist der Versuch zweier Menschen, Partner zu werden. Manchmal klappt's. Manchmal eben nicht. Man muss da schon ziemlich kompromissfähig sein. Und das sind nun mal die wenigsten.«

»Du musst es ja wissen. Ich kann da leider nicht mitreden.«

Franca grinste vor sich hin und zuckte mit den Schultern.

Clarissa wandte sich wieder der Textdatei zu.

Ich bin vielleicht nicht religiös, aber ich glaube an Gott, und zwar an meinen ganz persönlichen Gott. Weißt du, der sitzt da oben und schaut wohlgefällig auf mich herab und sagt: Also, mein Kind, wenn dir das mit dei-

nem Gerry so viel Spaß macht, dann kann das gar nicht so verkehrt sein.

»Hier steht der Name«, rief Clarissa aus. »Gerry. Er heißt Gerry!«

»Na, das ist doch schon mal was.«

»Ich denke, ich sollte mich nochmal mit Nika Beckstein unterhalten. Wie Yvonne hier schreibt, hat sie ihrer besten Freundin von dem Verhältnis erzählt.«

»Schick mir doch bitte mal die Datei rüber«, bat Franca.

»Willst du das etwa lesen? Ich dachte, du hättest so viel um die Ohren.«

»Hab ich auch. Aber so 'ne Lektüre ist doch mal 'ne schöne Abwechslung. Herzschmerz statt Mord und Totschlag.«

Nicht zum ersten Mal hatte Clarissa den Eindruck, Franca würde sich irgendwo anders hinwünschen. Weit weg von diesem Büro im Polizeipräsidium. Weit weg vom Koblenzer Moselring.

32. KAPITEL

Frankenstein fegte zur Tür herein. »Tach, die Damen.«

Franca schmunzelte. Unterernährt sah der Leiter der Spurensicherung nicht gerade aus. Sein Bauch wurde immer dicker. Von sportlicher Betätigung hielt er offenbar nicht so viel.

»Oh, hoher Besuch«, rief Clarissa freudig aus, die vorsichtig eine der zahlreichen Kakteen goss, die sich auf Fensterbänken und Schränken ausbreiteten.

Er lächelte zurück. »Euer Urwald wird auch immer größer«, meinte er.

»Kein Wunder, bei der liebevollen Pflege, die wir ihm angedeihen lassen«, säuselte Clarissa.

Frankensteins Zähne blitzten. Einen Augenblick lang erinnerte sich Franca voller Scham daran, dass sie geglaubt hatte, die beiden hätten etwas miteinander. Es ist dieser Beruf, der einen versaut, dachte sie, der einen immer misstrauischer werden lässt.

Frankenstein hob bedeutungsvoll das Kinn. »Ich hab was, das dürfte euch sehr interessieren.«

»Ja?« Clarissa warf Franca einen kurzen Seitenblick zu.

Frankenstein sah sich suchend im Raum um. »Wo ist denn Hinterhuber?«

»Der treibt sich ständig auf irgendwelchen Kongressen und Fortbildungen rum«, Clarissa zuckte die Achseln. »Ich fürchte, der will höher hinaus.«

»Na ja, das Zeug dazu hat er«, meinte Frankenstein gönnerhaft.

»Keine Frage. Aber uns wird er fehlen. – Also, Frankieboy, was gibt's?«

Der Leiter der Spurensicherung wedelte mit einigen Blättern Papier. »Die Geschosse. Also die, mit denen Cem Aslan und der Hund getötet wurden. Da hab ich jetzt ein interessantes Ergebnis.«

Er macht's mal wieder spannend, dachte Franca und schmunzelte.

»Ich hatte euch ja schon gesagt, dass es sich um Munition vom Kaliber 9×19 Millimeter handelt.«

Beide nickten und sahen ihn erwartungsvoll an.

»Alle fünf Geschosse wurden aus ein und derselben Waffe abgefeuert.«

Das war zu erwarten. Nun mach schon, dachte Franca. Werde konkret.

»An den Hülsen konnten wir etliche Individualspuren sichern. Auch Magazinspuren«, fuhr er fort. »Und die Patronen sind nun ebenfalls ausgewertet.«

Franca knurrte innerlich, ließ sich aber nichts anmerken. Clarissa warf ihr einen Grinseblick mit hochgezogenem Mundwinkel zu.

»Und?«

»Die Zeichen und die Losnummer auf den Hülsenböden konnten eindeutig zugeordnet werden. Und jetzt hört gut zu: Es handelt sich um Dienstmunition aus rheinland-pfälzischen Beständen.«

»Dienstmunition?«, wiederholte Franca und zog die Augenbrauen zusammen.

Frankenstein nickte nachdrücklich. »Im Kopf von Cem Aslan steckte ein Deformationsgeschoss Weichkern SX«, sagte er. »Und vier davon in dem getöteten Hund.«

Deformationsgeschosse waren mittlerweile in allen Bundesländern eingeführt worden und ersetzten die bisherigen Vollmantelgeschosse. Deformationsmunition hat eine sogenannte Mannstopper-Wirkung, was bedeutet, dass der Getroffene schnell handlungsunfähig gemacht werden kann, weil das Projektil im Körper aufpilzt und steckenbleibt. Ein weiterer Vorteil dieser Art von Munition ist, dass das Risiko von Durchschüssen und daraus resultierenden Querschlägern, die unbeteiligte Personen gefährden können, erheblich reduziert wird. Auch verheilen dadurch entstandene Wunden besser.

»Ich könnte mir vorstellen, dass der Hund versucht hat, die Familie zu beschützen. Tiere haben ein feines Gespür dafür, wenn jemand ihren Herrchen Böses will. Der Hund ist auf den Täter losgegangen. Und der hat dann einfach wild auf ihn drauf geballert.«

»Es war eine Hündin«, stellte Clarissa klar.

»Das ist doch wohl egal, ob Hund oder Hündin. Jedenfalls wurden Tier und Mann mit Polizeimunition erschossen. Die beim SB 23 sagen, es handelt sich mit hoher Wahrscheinlichkeit um Bestände aus unserem Präsidium.«

Im Koblenzer Präsidium ist der Stabsbereich 2/Sachbereich 23, kurz SB 23 für die Ausgabe von Waffen und Munition sowohl für das Präsidium selbst als auch für sämtliche zugehörigen Polizeiinspektionen zuständig.

»Aber was bedeutet das denn?«, rief Clarissa aus, die die Tragweite von Frankensteins Aussage offenbar noch nicht erfasst hatte.

»Tja, was bedeutet das? Hätte ich die Pistole, könnte ich es euch genau sagen. Aber die ist ja immer noch nicht aufgetaucht.«

Franca legte die Stirn in Falten. »Das heißt also, dass die Munition mit einer Dienstwaffe abgefeuert wurde.«

»Kann. Muss nicht. Kann auch ein Sportschütze gewesen sein, der irgendwie an Polizeimunition gekommen ist. Man hört die merkwürdigsten Sachen.«

»Was hört man denn?«

»Na ja, irgendwo muss unsere überschüssige Munition ja bleiben. Und da heutzutage alles zu Geld gemacht wird …«

»Ist das wirklich wahrscheinlich?«, fragte Clarissa stirnrunzelnd.

»Polizisten sind nicht unbedingt die besseren Menschen, das muss ich euch doch nicht sagen. Aber das ist jetzt nicht mehr mein Part«, meinte Frankenstein lakonisch. »Ich möchte nur darauf hinweisen, dass auch die PI Andernach ihre Munition von unserem SB 23 erhält.«

Clarissa hatte die Augen weit aufgerissen. »Ja, glaubt ihr denn, der Täter war ein Kollege von Cem Aslan?«

»Das würde erklären, warum man miteinander gefeiert hat und keinen Argwohn schöpfte«, murmelte Franca nachdenklich, die schon lange einen solchen Verdacht hegte. Jedoch war sie damit bisher gegen Mauern gestoßen. Gerade in ihrem Berufsfeld wurden Korpsgeist und Kameraderie ganz großgeschrieben. Da galt man schnell als Nestbeschmutzer, wenn man sich nicht an die Gepflogenheiten hielt.

»Aber wir sollten uns darüber im Klaren sein, dass das eine ziemlich diffizile Angelegenheit ist«, sagte sie.

»Mensch, wir haben so viel. Wir haben ein komplettes DNA-Profil. Wir haben Fingerspuren. Und jetzt haben wir auch noch die Munition identifiziert. Da sollte doch der Täter bald ausfindig gemacht werden können«, rief Clarissa aus.

Frankenstein war schon wieder aus der Tür draußen.

33. KAPITEL

Franca war länger nicht in Andernach gewesen. Aber sie hatte mitbekommen, dass sich die Stadt durch ein lobenswertes Konzept hervorgetan hatte, das sich »Essbare Stadt« nannte und im Sommer viele Besucher anzog. Auf öffentlichen Plätzen wurde Obst und Gemüse angepflanzt, das von jedermann gepflückt werden durfte. Auch Gemüse kann hübsche Blüten treiben, dachte sie. Und wenn danach etwas Essbares wächst, umso schöner. Doch jetzt im Winter lagen viele Pflanzflächen brach.

Die Polizeiinspektion befand sich gegenüber dem Andernacher Schlossgarten, wo entlang der Schlossmauer Weinreben und Obstbäume angepflanzt waren. Hierher war sie vor einigen Jahren gerufen worden, nachdem man einen jungen Mann blutüberströmt unter einem der steinernen Rundbögen aufgefunden hatte.

Langsam öffnete sich das elektrische Falltor, sie fuhr in den Hinterhof der Andernacher PI. Dort befand sich nicht nur ein überdachter Parkplatz, hier war auch ein kleiner Garten mit einem Brunnen angelegt, den die Polizisten gemeinsam gestaltet hatten, wie sie damals erfahren hatte. Bei angenehmen Temperaturen konnte dieses kleine Stückchen Paradies durchaus in den Pausen ein wenig zur Erholung dienen.

Als sie die Treppe hinauflief, begegnete ihr ein bekanntes Gesicht. Auch der Mann stutzte einen Moment. »Franca?«, fragte er.

»Oliver!« Sie strahlte. Beide gingen aufeinander zu und umarmten sich herzlich.

»Das ist ja eine Überraschung!«

Oliver Reimers und seine Truppe hatten sie in dem damaligen Fall unterstützt. Sie musterte ihn unauffällig. Er war ein paar Jährchen älter geworden. Aber sein Haar war immer noch blond und wies nur an den Schläfen wenige graue Strähnchen auf. Er hatte nichts an Attraktivität verloren. Noch immer dachte sie bei seinem Anblick an Brad Pitt – und auch der war ja inzwischen ein wenig älter geworden.

Sofort erinnerte sie sich auch an Olivers Aftershave von damals. Heute benutzte er ein anderes, aber ebenso teuer riechendes. Wie damals trug er perfekt sitzende Jeans, dazu ein dunkles Hemd, seine Figur war noch immer tadellos, er schien sehr auf sich zu achten. Neu war allerdings ein gepflegter Vollbart. Sie konnte sich gerade noch ein »Gut siehst du aus!« verkneifen. Ein solches Kompliment aus ihrem Munde war hier wohl nicht so ganz angebracht.

»Franca Mazzari. Noch immer bei der Truppe?«

»Aber klar doch. Und du?«

»Hier kleben geblieben, wie du siehst.« Er verzog lässig den Mund und sah dabei aus wie ein Lausbub, der sich seiner Schuld bewusst ist.

»Ist Marie Kirschbaum etwa auch noch hier?«, fragte sie. Die dunkelhaarige Kommissarin mit dem Pagenkopf und den auffallend rot geschminkten Lippen war damals ebenfalls mit im Team gewesen. Mit ihr hatte Franca sich einige Male zum Walken getroffen. Irgendwann hatten sie sich jedoch aus den Augen verloren.

»Nee. Die Marie hat groß Karriere gemacht. Die ist jetzt beim LKA in Mainz.« Oliver musterte sie prüfend. »Bist du wegen Cem hier?«

Sie nickte. Sah auf die Uhr. »Ich hab einen Termin beim Chef.«

»Na dann. Ich müsste auch schon längst weg sein. Aber weißt du was? Ruf mich doch einfach mal an. Dann können wir was trinken gehen und in aller Ruhe ein bisschen quatschen.«

»Mach ich.«

Es war doch immer wieder schön, alte Bekannte zu treffen. Mit einem Lächeln im Gesicht ging sie den Flur entlang und suchte nach dem Zimmer des Leiters der Polizeiinspektion.

»Sie wollten mich sprechen?« Jürgen Mühlenkamp stand auf und gab ihr die Hand. Es war ein kräftiger, fast schmerzhafter Händedruck. Der Leiter der Andernacher PI war ein drahtiger Mann um die 50. Das leicht ergraute, kurz geschnittene Haar trug er akkurat gescheitelt. Die oberen Knöpfe seines braunen Hemdes standen offen. Darüber trug er ein curryfarbenes Cordsakko mit aufgesetzten Ellenbogen-Flicken.

Er bat sie, Platz zu nehmen und lehnte sich lässig auf seinem Stuhl zurück.

»Ich hatte Ihnen ja bereits mitgeteilt, dass es um eine etwas diffizile Angelegenheit geht«, begann Franca.

Er sah sie abwartend an. »Ich nehme an, es betrifft die Mordsache Aslan? Schlimme Sache.« Mühlenkamp nickte nachdenklich.

»Der Erkennungsdienst hat herausgefunden, dass Aslan mit Polizeimunition erschossen worden ist, die mit hoher Wahrscheinlichkeit aus Beständen des Koblenzer Präsidiums stammt.«

Jürgen Mühlenkamp streckte das Kinn vor und sah ihr in die Augen. »Haben Sie denn die Tatwaffe?«

Franca schüttelte den Kopf. »Nur Projektile und Hülsen. Wir fragen uns jetzt natürlich, ob es jemanden im Kollegenkreis gab, mit dem er Schwierigkeiten hatte.«

Mühlenkamps Blick ruhte fest auf ihr. »Sie sagen, die Munition komme mit hoher Wahrscheinlichkeit vom PP Koblenz. Selbst wenn die Munition dort ausgegeben wurde, heißt es nicht, dass sie ausgerechnet bei uns gelandet sein muss.« Der Leiter der Andernacher PI legte den Zeigefinger an die Schläfe und stützte den Ellenbogen mit der anderen Hand. »Im Übrigen kam Cem Aslan mit allen Kollegen gut zurecht. Es gab keinerlei Vorkommnisse.«

Franca hatte eine solche Reaktion erwartet. »Man sagte mir, Aslan konnte mitunter ziemlich ausrasten, besonders, wenn er provoziert wurde.«

»Ich weiß, worauf Sie hinauswollen. Aber diese Fälle betreffen keine Auseinandersetzungen mit Kollegen.«

»Stimmt«, räumte Franca ein.

Dann sagte er sehr ruhig: »Für meine Leute lege ich die Hand ins Feuer.«

Franca war sich darüber im Klaren, dass schon manch einer, der einen Kollegen verdächtigte, der »üblen Nachrede« beschuldigt worden war. Diese PI war relativ klein und entsprechend überschaubar. Hier herrschte ein klares polizeiliches Selbstverständnis. Sie versuchte es mit Diplomatie.

»Dass Sie ein solch hohes Vertrauen in Ihre Mitarbeiter haben, ehrt Sie, Herr Mühlenkamp. Mit Recht erwarten Sie entsprechende Loyalität. Aber schwarze Schafe hat es immer gegeben. Exzesse gegen Menschen: bedauerliche Ausnahmefälle?« Sie hatte sich ein aussagekräftiges, und, wie sie fand, äußerst überzeugendes Beispiel für ihre These zurechtgelegt. »Sehen Sie, damals beim Hammermörder konnte sich niemand vorstellen, dass ein Polizist zu derart brutalen Taten fähig sein könnte, aber die Zweifler wurden eines Besseren belehrt.«

»Aber erst hat man im Eifer des Gefechts einen unschuldigen Kollegen festgenommen«, antwortete Mühlenkamp in ruhigem Ton und legte den Kopf schräg. »Frau Mazzari, Frau Mazzari«, sagte er. »Wo kämen wir hin, wenn wir niemandem mehr trauen würden? Nicht einmal den Leuten aus den eigenen Reihen?«

Sie zog den Klarsichtbeutel mit dem Klappmesser, das am Tatort gefunden worden war, aus der Tasche und legte ihn auf den Tisch. »Könnte dieses Messer einem Ihrer Leute gehören?«

Er musterte sie schweigend.

»Könnten Sie das bitte feststellen lassen?«

»Sie wissen schon, welchen Aufruhr das verursachen würde?«

»Ist es nicht unsere Aufgabe, nach Beweismitteln zu suchen? Ich möchte mir keine einseitige Ermittlung vorwerfen lassen.«

»Frau Mazzari. Wie stellen Sie sich denn die weitere Vorgehensweise vor? Soll ich von allen meinen Leuten DNA-Proben nehmen lassen?«, fragte er mit leicht sarkastischem Unterton.

»Dienstwaffen und Munition kontrollieren wäre ein erster Schritt. Sie wollen doch auch nicht, dass man uns vorwirft, Spuren nicht konsequent überprüft zu haben. Auch wenn dies vielleicht den Betriebsfrieden stört.«

Er schüttelte heftig den Kopf. »Das bringt doch nichts und schürt nur unnötig Misstrauen. Außerdem wissen Sie so gut wie ich, dass jede Extra-Munition registriert wird. Fehlbestände würden sofort auffallen.«

»Sofort?«, fragte sie. »Revision ist doch nur einmal im Jahr.«

Der Leiter der PI sah sie durchdringend an. »Ich werde mir Ihren Vorschlag durch den Kopf gehen lassen«, räumte er schließlich ein.

Franca erinnerte sich, dass Mühlenkamps Vorstellung von Diplomatie bekannt war. Konkret hieß das, dass er höchstwahrscheinlich die Dinge so beließ wie sie waren und nicht weiter nachforschte.

»Cem Aslans Frau war sehr attraktiv. Vielleicht hat das der eine oder andere Kollege auch bemerkt«, versuchte sie es mit einem anderen Argument.

Er lachte auf. »Ihre Fantasie möchte ich haben.«

Zeigefinger und Daumen unters Kinn gestützt, hing

er eine Weile seinen Gedanken nach. Schließlich sagte er: »Wir konnten Cems Dienstpistole nirgends finden. Weder in seinem Waffenfach, wo sie hingehört, noch in seinem Spind.«

Sie horchte auf. »Hat noch jemand den Schlüssel für sein Fach? Könnte sie einer seiner Kollegen genommen haben?«

»Sie lassen wohl nicht locker, was?« Mühlenkamp klang nun leicht verärgert. »Ich könnte mir viel eher vorstellen, dass Cem die Walther mit nach Hause genommen hat.«

»Obwohl das nicht erlaubt ist?«

Er hob die Augenbrauen.

Natürlich kam es immer wieder vor, dass Polizisten ihre Waffen mit nach Hause nahmen. Die Vorschrift besagte zwar, sie im Waffenfach auf der Dienststelle zu belassen. Doch Vorschriften sind eine Sache, sie immer korrekt einzuhalten eine andere. Auch Franca machte da keine Ausnahme.

»Das Wohnhaus wurde gründlich durchsucht. Da war keine Waffe«, räumte sie ein.

»Möglich ist doch, dass der Täter die Waffe im Haus an sich genommen und damit geschossen hat.«

»Sie meinen, es könnte sich bei der Tatwaffe um die Dienstpistole von Cem Aslan handeln?«

»Wäre denkbar, oder? Vielleicht sollten Sie noch mal alles dransetzen, die Tatwaffe zu finden. Bevor hier unnötiger Aufruhr entsteht und irgendein unschuldiger Kollege verdächtigt wird.«

Sie ließ ihren Blick durch den Raum gleiten. An der Wand hingen einige Gruppenfotos von Polizisten in Uniform.

»Ach sagen Sie, gibt es unter Ihren Leuten jemanden mit dem Namen Gerry?«, fragte sie beiläufig.

»Gerry? Nein, wer soll das sein?«

Sie hob die Schultern. »Ein Spitzname? Eine Abkürzung? Vielleicht für Gerhard. Oder Gerold.«

»Da fällt mir nur Gerold Kiesewetter ein.«

»Und wie alt ist Gerold Kiesewetter?«

»Mitte 30.«

»Wo finde ich den Kollegen?«

34. KAPITEL

Die schwarze Katze flitzte an Clarissa vorbei und beäugte die Besucherin neugierig aus sicherer Entfernung.

»Sie wollten mich noch mal sprechen? Haben Sie inzwischen herausgefunden, was genau passiert ist?« Nika Beckstein biss sich auf die Lippen.

»Wir sind noch dran.«

Clarissa hatte auf dem taubengrauen Rolf-Benz-Sofa Platz genommen. Nika saß ihr gegenüber auf dem ergonomisch geformten Schwingstuhl. Die Katze sprang ihr auf den Schoß, machte es sich dort bequem und schnurrte. Nika streichelte sie hingebungsvoll.

»Ich hätte da noch ein paar Fragen an Sie. Sie waren Yvonnes beste Freundin, ja? Da haben Sie sich doch sicher alles erzählt?«

Nika blinzelte. Sie wirkte etwas verstört. »Nun ja. Doch, ja. Warum fragen Sie?«

»Wir haben inzwischen Yvonnes Laptop ausgewertet. Und sind dabei auf Pikantes gestoßen.«

Nika sah Clarissa überrascht an. »Was denn?«

»Auf eine Datei mit Liebesbriefen, die sie geschrieben hat. Es sind ziemlich viele. Die waren definitiv nicht an ihren Mann gerichtet, sondern an einen Gerry. Wissen Sie etwas darüber?«

Nikas Lider flatterten. Sie schlug die Augen nieder und streichelte weiter ihre Katze. Schließlich sah sie auf und nickte. »Die beiden hatten eine Affäre. Diese Geschichte hat aber nicht lange gedauert, vielleicht ein paar Monate, und war längst vorbei. Yvonne hat bald gemerkt, dass das nicht richtig war. Und dass sie zu ihrem Mann gehört.«

»Wann endete die Affäre?«

»Ich glaube, das war noch im Oktober. Spätestens Anfang November. Ich hab ihr ständig ins Gewissen geredet. Weil ich das gar nicht gut fand. Cem war so ein toller Mann. Der hatte das nicht verdient.«

»Hat er davon gewusst?«

Nika zwinkerte heftig mit den Augen und strich sich durchs Haar. »Ich denke nicht. Er war ja ziemlich eifersüchtig. Und wer weiß …« Sie stockte, schluckte. »Aber das spielt ja jetzt keine Rolle mehr.«

»Kannten Sie Gerry?«

»Nicht persönlich. Aber Yvonne hat mir natürlich viel von ihm erzählt. Sie hat ihn auf einer Heilpraktiker-Fortbildung kennengelernt und wie blöd von ihm geschwärmt.«

»Heilpraktiker-Fortbildung? Ich dachte, sie war Chefsekretärin?«

»Sie hatte überlegt, sich neu zu orientieren. Das hatte auch damit zu tun, dass Erol als Kleinkind an einer ziemlich starken Neurodermitis litt. Yvonne ging von Arzt zu Arzt, keiner konnte ihr helfen. Als sie sich eingehender mit alternativen Heilmethoden beschäftigte, wurde es mit Erols Krankheit deutlich besser. Das hat sie angespornt, sich mehr mit dem Thema auseinanderzusetzen. Und da hat sie Gerry kennengelernt. Ab und zu haben sie sich getroffen. Nicht sehr oft. Hauptsächlich haben sie sich geschrieben. Sie hat mir einige seiner Mails gezeigt. Sie waren – nun ja – sie waren sehr einfühlsam. Und welche Frau bekommt nicht gern solche Briefe?«

Clarissa sah sie nachdenklich an. »Dann war die Ehe der beiden also keine Bilderbuchehe?«

»Na ja, wie das so ist, wenn man lange zusammen ist und sich in- und auswendig kennt.« Nika starrte vor sich hin. Ihre Hand bewegte sich ständig auf dem glänzenden Fell ihrer Katze auf und ab, die behaglich schnurrte. »Da wird eben vieles zur Gewohnheit. Mit Gerry konnte sie tolle Gespräche führen. Er hat sie sehr umschwärmt, hat ihr Komplimente gemacht. Sie war ihm regelrecht verfallen. Was hat die mir vorgeschwärmt von diesem Mann! Aber man kennt das doch! Erst idealisiert man einander und die Hormone spielen verrückt. Dann lernt man sich näher kennen und findet heraus, dass der andere auch nur mit Wasser kocht …« Sie hob die Augen. »Glücklicherweise hat Yvonne bald gemerkt, dass es ein Strohfeuer war und hat Gerry schließlich den Laufpass gegeben.«

Das klang ziemlich abgeklärt. Clarissas Blick streifte die Vase auf dem kleinen Glastisch mit der künstlichen Hyazinthe. Eine echte würde einen betörend natürlichen Duft verbreiten, doch in diesem Raum roch es nach künstlichem Parfüm.

»Was wissen Sie über Gerry?«, forschte Clarissa weiter.

»Dass er offenbar sehr gut aussieht.« Nika schien zu überlegen. Dann lachte sie leise auf. »Eigentlich weiß ich sehr wenig von ihm. Komisch. Dabei hat sie mir doch so viel von ihm erzählt. Aber immer nur, was er für ein toller Liebhaber ist und solche Sachen. Irgendwann ging mir diese Schwärmerei ordentlich auf den Keks. Da hab ich dann gar nicht mehr so richtig zugehört. Ich hab ihr vielmehr gut zugeredet, dass sie nichts aufs Spiel setzen soll. Schließlich hat sie die Konsequenzen gezogen. Und hat Schluss gemacht.«

Die Katze hatte offenbar genug Streicheleinheiten erhalten. Sie richtete sich auf, sprang von Nikas Schoß herunter und trollte sich.

»Wo haben die beiden sich denn getroffen?«

»Niemals bei ihr zu Hause. Da war sie sehr vorsichtig. Ich glaube, einmal war sie bei ihm in der Wohnung. Aber das war wegen Erol etwas kompliziert, weil es nicht gerade um die Ecke war. Einfacher waren Treffen in einem Hotel in der Nähe.«

Clarissa erinnerte sich daran, dass in den Mails mehrmals der Name einer Hotelkette gefallen war. »Wo war er denn zu Hause?«, forschte sie weiter.

Nika überlegte. Hob die Schultern. »In irgend so einem Kaff. Ich glaube, in der Nähe von Ransbach-Baumbach.«

»Den Namen wissen Sie nicht?«

»Tut mir leid. Den hab ich mir nicht gemerkt. Fand ich auch nicht wichtig.«

»Hat Gerry denn so einfach hingenommen, dass Schluss war?«

»Es blieb ihm ja nichts anderes übrig. Er wusste von vornherein, dass er sich mit einer verheirateten Frau eingelassen hat. Yvonne hat sich darüber beklagt, dass er danach ständig versuchte, sie auf dem Handy zu kontaktieren. Als sie sich ein neues zugelegt hat, war das dann vorbei.«

»Und Sie haben wirklich keinen vollständigen Namen oder andere Anhaltspunkte?«

Nika runzelte die Stirn. »Warum ist das denn so wichtig? Meinen Sie, er hat was mit der Sache zu tun?« Sie schien einen Moment zu überlegen, dann schüttelte sie den Kopf. »Nein, das glaub ich nicht. Das kann nicht sein. Das wäre ja …« Sie beendete den Satz nicht.

Clarissa musterte sie mit einem langen, prüfenden Blick. »Haben Sie vielleicht ein Foto von Gerry? Wissen Sie, wie er aussieht? Wusste sonst noch jemand von der Beziehung?«

Nika verneinte jede dieser Fragen. »Yvonne hat das äußerst geheim gehalten. Besonders ihr Mann sollte nichts davon mitbekommen. Ihre Eltern natürlich auch nicht. Und gesehen habe ich ihn nie.«

»Auch nicht auf einem Foto?«

»Wie gesagt, sie war sehr vorsichtig. Darf ich Sie um etwas bitten?«

Clarissa hob fragend die Augenbrauen.

»Es wäre nicht gut, wenn Yvonnes Mutter im Nachhinein von der Sache erfährt. Dazu ist sie zu unwichtig.

Das würde nur das Bild beschädigen, das sie von ihrer Tochter hat.«

»Ich will sehen, was sich machen lässt.« Clarissa wurde den Gedanken nicht los, dass Nika ihr etwas verheimlichte.

35. KAPITEL

Diesmal saß ein uniformierter Beamter vor dem Krankenzimmer. Franca grüßte den Kollegen, klopfte an und trat ein.

Scholten schien es wesentlich besser zu gehen als bei ihrem letzten Besuch. Das Kopfteil war hochgeschoben. Er saß im Bett und las. Bei ihrem Eintreten sah er auf und legte sofort die Zeitung beiseite.

»Die Frau Kommissarin«, rief er aus. Es klang belustigt und passte nicht so recht zu dem Blick aus diesen irritierenden Augen.

»Guten Tag, Herr Scholten.«

»Was führt Sie diesmal zu mir?«, fragte er höflich.

»Dasselbe wie beim letzten Mal.«

»Da war ich nicht besonders freundlich zu Ihnen«, meinte er schuldbewusst.

Oh, das waren ja ganz neue Töne. Mit diesem Sinneswandel hatte sie nicht gerechnet.

»Sie müssen entschuldigen, ich hatte starke Schmerzen und stand unter dem Einfluss von Medikamenten. Mir war kurz zuvor etwas Schreckliches passiert. Etwas, das mir unendlich leid tut und das ich zutiefst bedauere. Was würde ich dafür geben, diesen Unfall ungeschehen zu machen.« Seine Stimme hatte einen traurigen Unterton bekommen und zu zittern begonnen.

Franca sah diesen Mann an, dem offenbar jetzt im Krankenhaus, wo er viel Zeit hatte, über das Geschehene nachzudenken, das Ausmaß und die Folgen seines Tuns bewusst geworden waren. Fast hatte sie ein wenig Mitleid mit ihm. Bis die Bilder der Unfallopfer in ihrem Kopf aufblitzten und ihr Mitgefühl überlagerten.

»Dann stand plötzlich auch noch die Kripo vor mir. Als ob ich ein Schwerverbrecher wäre.« Er zog geräuschvoll Luft durch die Nase.

Sie schob einen Stuhl neben sein Bett, setzte sich und suchte seinen Blick. Er wich ihr nicht aus.

»Sie sind also bereit, mit mir zu reden?«

»Natürlich. Fragen Sie«, meinte er gönnerhaft. »Fragen Sie nur.«

»Mich würde als Erstes interessieren, wo Sie den Silvesterabend verbracht haben.«

Er hob die Schultern. »Ich war unterwegs. In Koblenz. Da ist mehr los als im Westerwald, wie Sie sich vorstellen können.« Er lachte. »Ich bin von Kneipe zu Kneipe gezogen, wie das so ist an solch einem Abend.«

»Haben Sie sich mit Freunden getroffen?«

Er sah sie an, blinzelte. »Ich habe keine Freunde in Koblenz. Aber ich bin durchaus ein geselliger Mensch, hab mich mal mit dem, mal mit jenem unterhalten.«

»Gibt es jemanden, der das bestätigen könnte?«

»Nun. Ich hab niemanden nach seinem Ausweis gefragt.« Er sah sie verständnisheischend an. »Das kennen Sie doch auch. Man unterhält sich nett mit Menschen. Und das war's dann. Die sieht man nie wieder. Das weiß ich, das wissen die.«

»Sie haben kaum Alkohol getrunken.«

Er hob belustigt die Augenbrauen. »Wollen Sie mir das zum Vorwurf machen?«

»Wo haben Sie das Feuerwerk angesehen?«

»Am Plan in der Altstadt.«

»Kann das jemand bestätigen?« Eine müßige Frage. Auch sie hatte öfter am Plan Silvester gefeiert. Früher, als sie noch jünger war. Da spielte eine Band und die Stimmung war immer gut gewesen.

Er legte den Kopf schief. »Hunderte. Vielleicht sogar tausend. Ich habe nur das Pech, niemanden persönlich zu kennen.«

»Was war danach?«

»Tja. Was soll ich sagen. Ich war plötzlich ziemlich müde. Da hab ich das Auto irgendwo hingestellt und wollte erst mal ein bisschen schlafen.«

»Wann haben Sie das Auto gestohlen?«

»Ach, Frau Kommissarin. Seien Sie doch nicht so streng. Ich hab es doch nur ausgeborgt. Weil ich damit heimfahren wollte. Taxi kriegt man ja keins an so einem Tag. Und wie soll man sonst in den Westerwald kommen, no?«

Hatte er ihr eben zugezwinkert? Was sollte diese Lausbub-Nummer? Dachte er wirklich, er käme damit durch?

Sie holte tief Luft. »Sie meinen also, Sie hatten das Recht, das Fahrzeug zu entwenden.«

Er blickte unschlüssig. »Ja nun. Hat ja keiner ahnen können, dass es nicht heile bleibt.«

Sie glaubte, in seiner Sprache einen ostdeutschen Einschlag ausmachen zu können. Sächsisch war es nicht. Dazu war es zu dezent. Vielleicht stammte er aus Thüringen?

»Wo in Koblenz haben Sie das Fahrzeug abgestellt?«

»Keine Ahnung. Irgendwo auf einem Parkplatz.«

»Es war ziemlich kalt in der Nacht.«

Er blinzelte. »Ich bin nicht sehr empfindlich.«

»Warum sind Sie nicht gleich nach Hause gefahren?«

»Wie gesagt, ich war müde. Und es hatte geschneit. Die Straßen im Westerwald sind tückisch. Das brauch ich Ihnen nicht zu erzählen. Die Reifen waren nicht besonders, und bevor mir was passiert, vielleicht auch mit Sekundenschlaf und so, dachte ich, ruhe ich ein wenig aus. Dass ich bis zum Morgen schlafen würde, hätte ich nicht gedacht. Hat mich auch gewundert. Und ich war dann doch ordentlich durchgefroren.« – Er verschluckte das »R« in den Worten »Morgen« und »ordentlich«. – »Da wollte ich mich ganz normal auf den Heimweg machen. Und dann kamen Ihre Kollegen und haben mich daran gehindert.«

Franca sah ihn ungerührt an. »Warum sind Sie geflüchtet?«

Er stieß ein kehliges Grunzen aus. »Es kann sein, dass ich ein bisschen zu schnell fuhr. Und das Auto – na ja, wie Sie schon sagten, es gehörte mir nicht.« Sein Gesicht nahm einen ernsten Ausdruck an. »Hören Sie. Dass diese junge Frau und ihr kleines Kind gestorben sind, tut mir unendlich leid. So etwas lag bestimmt nicht in meiner Absicht.«

Nun tat er zerknirscht.

Franca hatte ihn genau beobachtet. Seine Mimik. Seine Gestik. Er hatte die ganze Zeit Augenkontakt mit ihr gehalten. Hatte sie aus seinen irritierenden Augen angestarrt. Es war ein Verhalten, das ihr nicht unbekannt war. So verhielt sich ein Mensch, der versuchte, sein Gegenüber von sich einzunehmen. Jemand, der alles tun wollte, um sich herauszureden.

»Können Sie mir sagen, woran es liegt, dass ich Ihnen nicht glaube?«

Er lachte leise auf. »Weil Sie Polizistin sind und in jedem Menschen einen potenziellen Verbrecher sehen?«

»Och nein, so einfach machen wir es uns in der Regel nicht, Herr Scholten.«

Mit einem Mal änderte er sein Verhalten. Von einem Augenblick auf den anderen war sein Gesichtsausdruck abweisend. Argwöhnisch kniff er die Augen zusammen.

»Sie halten sich wohl für etwas Besseres, ja? Macht es Spaß, den Bullen zu spielen und auf einen Menschen loszugehen, der wehrlos im Bette liegt?« Plötzlich spuckte er Gift und Galle. »Schauen Sie sich doch an, Sie alte, vertrocknete, hässliche Fotze. Sie will doch keiner mehr. Nur deshalb haben Sie Ihre Freude dran, unschuldige Menschen plattzumachen.« Ein Sprühnebel begleitete seine Beleidigungen. Es fielen noch mehr krasse Schimpfworte. Er steigerte sich regelrecht in seine Sottise hinein.

Lass dich nicht provozieren, Franca, sagte sie sich, obwohl die Wut in ihr hochkochte. Der will, dass du ausrastest, der will von sich ablenken. Du kennst so was doch. Es gelang ihr, äußerlich cool und gelassen zu bleiben. Das nahm ihm sichtlich den Wind aus den Segeln. Sie erhob sich.

»Klar, jetzt hauen Sie ab!«, stieß er hervor.

»Halten Sie es denn für sinnvoll, dass wir uns weiter unterhalten? Entschuldigen Sie, aber das ist nicht ganz mein Niveau«, sagte sie sanft.

Er stutzte einen Moment. »Dann ist es wohl das Beste, dass mich ab sofort ein Anwalt vertritt«, bellte er.

»Aber gern doch.« Franca schob den Stuhl an seinen Platz zurück und wandte sich zum Gehen.

»Das ist mein gutes Recht«, sagte er zu ihrem Rücken.

Sie drehte sich zu ihm um. »Natürlich. Wir leben ja in einem Rechtsstaat.«

Als sie die Tür hinter sich zuzog, blieb sie einen Moment stehen. Plötzlich war es mit ihrer Beherrschung vorbei. Sie zitterte am ganzen Körper. Der Beamte auf seinem Stuhl sah sie mitleidig an.

»Der da drin hat's drauf, was?« Offenbar hatte auch er seine Erfahrung mit diesem ganz besonderen Patienten gemacht.

»Was für ein Arschloch!«, stieß sie hervor.

36. KAPITEL

Auf dem Flur im Polizeipräsidium begegnete ihr der Chef.

»Na, was erzählt unser Geisterfahrer denn so?«, fragte er.

Noch immer hallte die Stinkwut in ihr nach. Doch sie riss sich zusammen. Vor Osterkorn wollte sie sich nicht auch noch gehenlassen.

»Erst hat er gar nichts gesagt, dann hat er mir eine Lüge nach der anderen aufgetischt. Als ich ihm zu verstehen gab, dass ich ihn durchschaue, wurde er beleidigend. Jetzt will er einen Anwalt.« Sie hob die Schultern.

»Da stehen Sie doch drüber.« Der Chef betrachtete sie mitleidig. »Mit solchen Typen sind wir doch schon öfter fertig geworden, Frau Mazzari, oder? Wissen Sie schon, wer ihn verteidigen wird?«

Franca atmete tief durch. »Wahrscheinlich der Meister, dessen Name am fettesten im Telefonbuch steht. Solche Aufgaben übernimmt der doch besonders gern.«

Das war E.E. Engelbert Eder. Ein Strafrechtler, dem nicht unbedingt der Ruf vorauseilte, ein feinfühliger Diplomat zu sein. Jeder Fall kam ihm zupass, von dem er sich Aufmerksamkeit erhoffte und bei dem er ungehindert gegen Staatsanwaltschaft und Gericht meutern konnte. Dass Scholten der Unfallverursacher war, daran war nicht zu rütteln, aber Verteidigern wie dem Meister Eder fiel da schon noch was Passendes ein, um seinen Mandanten glimpflich davonkommen zu lassen.

Im Büro saß Clarissa am Computer. Als Franca hereinkam, sah sie kurz auf.

»Ist was?«, fragte sie, nachdem sie Franca eingehend gemustert hatte.

Diese winkte ab. »Nicht der Rede wert.« Sie würde es nicht zulassen, dass ein solcher Mensch wie dieser Scholten ihre Stimmungslage beherrschte.

»Dann wird dich das hier sicher interessieren: Unsere IT-Granate hat auch eine Datei mit zusammengefassten Mails von Lover Gerry gefunden. Hör mal«, sagte sie und deklamierte mit theatralischer Stimme:

»Noch spüre ich deinen letzten Kuss auf meinen Lippen. Und sehe das Bild, wie du aussteigst und im Dunkel deines Hauseingangs verschwunden bist. Ich spürte eine seltsame Leere in mir, denn ich wusste, du gehst zu deinem Mann. Und lässt mich zurück. Wie gern hätte ich dich in diesem Moment zurückgeholt und dir laut zugerufen: Du gehörst zu mir.«

Franca verdrehte die Augen. »Muss Liebe schön sein.«

»Das alles hört sich an, als habe er sich mehr von dieser Affäre erhofft. Aber er wusste schließlich, dass sie eine verheiratete Frau ist. Warte mal.« Clarissa scrollte weiter. »Hier, das wollte ich dir vorlesen:

»Ich laufe herum wie Quasimodo – also, das schreibt er – *und hadere wieder einmal mit dem Schicksal.«*

Clarissa kicherte.

»Der Hexenschuss ist schlimmer geworden, aber da ich mich weigere, irgendwelche Pillen zu nehmen, muss ich warten, bis mich ein Orthopäde wieder einrenken kann. Ansonsten musst du mich eben mit dem Bollerwagen über Sylt ziehen. Aber keine Sorge, wir fahren, auch wenn ich nur kriechen kann. Täte mir nur wegen dir leid, meine Süße, dann hättest du so gar nichts von mir.«

»Ja und?« Franca setzte sich an ihren Schreibtisch.

»Sie ist tatsächlich mit ihm nach Sylt gefahren. Darauf beziehen sich beide.«

»Ist da nicht irgendwo der Name eines Hotels oder einer Pension erwähnt?«

»Hab ich noch nicht herausgefunden.«

»Gibt's denn wirklich keine Mailadresse von ihm? Oder wenigstens eine Telefonnummer?«

»Die Mailadresse hat Yvonne offensichtlich jedes Mal vorsorglich gelöscht. Du kannst mir schon glauben, dass ich alles akribisch abgesucht habe. Und unsere Granate ist schon fleißig am tüfteln, ob sie was rekonstruieren kann. Aber wenn Yvonne mit ihm nach Sylt gefahren ist, sollten wir herausfinden, wann genau das war. Vielleicht kriegen wir so seinen vollständigen Namen heraus. Ich hab dir übrigens die Datei rübergeschickt. Seine Texte sind unter dem Namen ›Karat‹ gespeichert.«

»›Karat‹ und ›Traumsilber‹. Hört sich an wie Märchen aus 1001 Nacht.« Franca kopierte beide Dateien auf einen USB-Stick. Den wollte sie mit nach Hause nehmen und sich am Abend eingehend der Lektüre widmen.

Das Telefon klingelte. Franca nahm ab.

»Eder. Tag, Frau Mazzari. Wir hatten ja schon öfter das Vergnügen. Ich bin der Anwalt von Herrn Scholten.«

Meister Eder. Hatte sie sich's doch gedacht.

»Nachdem mein Mandant auf dem Weg der Besserung war, geht es ihm im Moment wieder schlechter. Ihr Besuch hat ihn sichtlich aufgewühlt und geschwächt.«

Ja klar. Nur komisch, dass ich davon nichts bemerkt habe, dachte Franca. Er war anfangs doch so redselig. Bis ich ihm zu verstehen gab, dass ich ihm kein Wort glaube. Doch auch das behielt sie lieber für sich.

»Künftig wird Herr Scholten ohne mich keine Aussage mehr machen. Ich bitte Sie, das zu respektieren.«

»Alles, was Herr Scholten mir bisher mitgeteilt hat, hat er freiwillig und ohne Zwang getan. Und belehrt worden ist er selbstverständlich auch.« Sie versuchte, sich den Ärger, der in ihr aufstieg, nicht anmerken zu lassen.

Rechtsverdreher wie diesen Eder hatte sie gefressen. Sie erinnerte sich an einen Fall von eindeutigem Kindesmissbrauch. Eder hatte seinen Mandanten rausgehauen auf seine eigene bissige Art. Obwohl allen klar war, dass sein Mandant der Täter war. Dafür gab es schließlich genügend Beweise. Nur weil das kindliche Opfer sich in Widersprüche verstrickte und ein paarmal offensichtlich gelogen hatte, zweifelte man ihre gesamte Glaubwürdigkeit an. Eloquent und spitzfindig hatte er den Angeklagten, einen ach so ehrbaren Lehrer, herausgepaukt und erklärt, dass dessen Zukunft durch die ungerechtfertigten Anschuldigungen seiner Stieftochter ein gewaltiges Defizit bekommen hätte. Daran war natürlich die Polizei schuld.

»Können Sie mir schon etwas über Ihre Ermittlungsergebnisse mitteilen?«, fragte Eder jetzt mit zuckersüßer Stimme.

»Ach, Herr Eder. Sie wissen doch, dass das zwecklos ist. Erst einmal will ich die unterzeichnete Vollmacht vor mir liegen haben.«

»Kriegen Sie, Frau Mazzari. So schnell wie möglich.«

»Dass Sie Akteneinsicht nur über die Staatsanwaltschaft bekommen, wissen Sie doch auch ganz genau. Das brauch ich Ihnen nicht mehr zu erklären, oder?« Zuckersüß konnte sie auch.

»Ich halte mich an Ihre Spielregeln. Also bitte halten Sie sich auch an die meinen: keine Befragung meines Mandanten mehr ohne mich.«

Wütend knallte sie den Hörer auf die Gabel. Du mich auch! Ihr Blick fiel auf die aufgeschlagene Zeitung mit einem wenig ermutigenden Artikel, die ihr Clarissa hingelegt hatte.

Seit Tagen gibt es keine weiteren Nachrichten in Sachen Doppelmord in Bad Breisig. Der Grund ist einfach: Es gibt keine neuen Erkenntnisse. Die Polizei tappt mehr oder weniger im Dunkeln. Rund 20 Polizisten durchkämmten erneut systematisch die nähere Umgebung mit Metalldetektoren. Wonach sie genau suchten, ist nicht bekannt. Vielleicht nach der Tatwaffe. Oder eventuell nach Kleidungsstücken, die der oder die Täter ins Gebüsch geworfen haben könnten. Auch Spürhunde waren mit im Einsatz. Wenn der Täter im angrenzenden Wald etwas weggeworfen hat, können die Hunde es möglicherweise aufspüren. Die Befragungen der Nachbarn ergaben ebenfalls keine neuen Erkenntnisse. Ob im Haus etwas gestohlen wurde, darüber schweigt die Polizei. »Das ist Täterwissen. Aus ermittlungstaktischen Gründen geben wir darauf keine Hinweise.« Ebenso wenig wie auf die Situation, in der die beiden Toten aufgefunden worden sind.

Das Telefon stand nicht still. Kurz darauf war der Staatsanwalt am anderen Ende.

»Herr Hansen, was kann ich für Sie tun?« Sie sah Gregor Hansen mit seinem Pilzkopf vor sich und erinnerte sich an eine private Begegnung im Herbst, wo er auf einem Weinfest in einem der Moselorte als Bacchus verkleidet die Weinkönigin flankierte. Fast hätte sie ihn in dem Kostüm nicht erkannt.

»Ich wollte hören, ob es was Neues gibt.«

Mit einem Seitenblick streifte sie den Zeitungsartikel und seufzte. »In welchem Fall?«

»Natürlich in den beiden, die Sie momentan bearbeiten.«

»Weder noch. Außer, dass der Geisterfahrer von Engelbert Eder vertreten wird. Ich denke, das wird Sie freuen.«

Sie hörte ein kurzes Schnauben am anderen Ende. »Hab ich schon vernommen. Und was ist mit dem Silvester-Doppelmord?«

»Leider keine neuen Erkenntnisse.«

»Sie wissen schon, dass uns die Presse im Nacken sitzt? Die wollen Futter. Wir müssen den Fall so schnell wie möglich vom Tisch kriegen.«

Es war immer dasselbe. Als ob Druck die Erfolgsquote erhöhen würde. »Woher nehmen und nicht stehlen«, sagte sie. »Wir machen unsere Arbeit so gewissenhaft wie möglich. Mehr können wir nicht tun. Zaubern hat man uns leider nicht beigebracht.«

Er stieß ein meckerndes Lachen aus. »Sie melden sich sofort, wenn es irgendwas Neues gibt?«

»Aber selbstverständlich.« Das tat sie immer. Und Hansen meinte immer, er müsse sie daran erinnern.

Franca legte auf und betrachtete eine Postkarte, die ihr Georgina aus Australien geschickt hatte. Drei Wochen hatte sie gebraucht, bis sie endlich in Koblenz ankam. Es war eine Ansichtskarte von Ayers Rock. Dorthin hatte Georgina einen Ausflug bei drückender Hitze unternommen, wie sie schrieb. Gut, dass es Skype und WhatsApp gab und man nicht mehr wie früher auf die Papierpost angewiesen war. Ich müsste mich mal wieder bei meinem Mädchen melden, dachte sie. Aber die Tage waren immer so schnell vorbei.

Sie überflog noch einmal die Spurenblätter. Wenn wir wenigstens die Waffe hätten! Dann wüsste man eher, wer geschossen hat. Und könnte somit auch eine eventuell ungerechtfertigte Verdächtigung eines Polizisten-Kollegen ausschließen. Ihre Vermutung war bislang durch nichts zu untermauern. Der Chef der Andernacher PI hatte mitteilen lassen, dass keiner seiner Leute seine Dienstwaffe verlustig gemeldet habe. Sämtliche Waffen überprüfen zu lassen, hielt er für kontraproduktiv. Das Messer erwähnte er nicht.

Franca hatte nichts anderes erwartet.

37. KAPITEL

Ich fühle mich nicht als Testobjekt, sondern als Frau, mit der man vieles ausprobieren kann und die offen ist für alles Mögliche. Und Unmögliche. So etwas wie am vergangenen Wochenende habe ich noch nie erlebt. Ich hab mich immer gefragt, was genau damit gemeint ist, wenn Frauen von ihren tollen Liebhabern schwärmten. Na ja, hab ich gedacht, so what. Aber jetzt durfte ich hautnah erfahren, wovon eigentlich immer die Rede ist.

Ich hatte auch nicht so sehr den Eindruck, dass du mir die Führung überlassen hast. Ich denke schon, dass wir ein tolles Team sind, einmal warst du oben und einmal ich. So sollte es doch sein unter gleichberechtigten Partnern, oder?

Komisch, dass du sagst, du hättest dich von deinen Ego-Wünschen treiben lassen. Ich hab das absolut nicht so empfunden, sondern einfach, dass wir stark aufeinander reagiert haben. Haben wir uns nicht beiderseits unsere Wünsche erfüllt? Und das Neben-dir-Liegen hab ich auch als ganz warmes, wunderschönes Gefühl in Erinnerung behalten. Obwohl ich kaum geschlafen hab, aber es war so schön, dich ganz nah bei mir zu spüren, deinen Arm um mich gelegt, und nicht auf die Uhr sehen zu müssen.

Franca saß auf dem Sofa, den Laptop auf dem Schoß. Vor ihr auf dem Couchtisch stand ein Glas Rotwein, ein Merlot aus dem Trentino, der Heimat ihres vor vielen Jahren verstorbenen Vaters. Sie freute sich jedes Mal, wenn sie eine Erinnerung an ihn ausfindig machte, etwas, das man essen oder trinken konnte. Das kaufte sie dann, verleibte es sich ein und fühlte sich ihrem Vater ganz nah.

Seit Farinelli gestorben war, kam ihr ihre Wohnung ein wenig einsam vor. Es war ein merkwürdiges Gefühl, dass es keinen Kater mehr gab, der sie freudig begrüßte, wenn sie die Tür aufschloss und bettelnd um ihre Beine strich. Das war ihr zwar manchmal etwas lästig gewesen und sie hatte ihn öfter weggescheucht, wenn er gar nicht mehr von ihrer Seite weichen wollte. Doch sie musste eingestehen, dass er ihr fehlte.

Merkwürdig, dass man die Bedeutung eines Lebewesens immer dann erst richtig zu schätzen weiß, wenn es nicht mehr da ist. Was für Tiere galt, galt für Menschen genauso. Manchmal, wenn sie sich in einer melancholischen Stimmung ertappte, fühlte sie sich auf seltsame Weise entwurzelt. Vater und Mutter waren tot. Verwandte gab es nur wenige, die lebten hauptsächlich in Italien, und die sah sie so gut wie nie. Die Einzige mit ihrem Fleisch und Blut, die ihr erhalten geblieben war, war ihre Tochter Georgina. Und die weilte momentan im fernen Australien.

Seufzend wandte sie sich wieder dem Laptop zu.

Die beiden umfangreichen Dateien mit dem Briefwechsel zwischen Yvonne und Gerry hatte Franca auf ihrem heimischen Laptop gespeichert in der Hoffnung darauf, vielleicht irgendwo doch noch einen versteckten Hinweis auf die Identität von Gerry zu finden.

Der Briefwechsel der beiden zeugte von einer innigen Vertrautheit. Sie schienen sehr verliebt ineinander gewesen zu sein, was sie sich gegenseitig in schwelgerischen

Worten mitteilten. Gemeinsame Erlebnisse wurden rekapituliert, wahrscheinlich ausgeschmückt und entsprechend erhöht. Intime Geständnisse wechselten sich ab mit teilweise recht amüsanten Betrachtungen über sich und die Welt.

Sie nippte an ihrem Merlot und las weiter.

Guten Morgen, mein Geliebter, ich hab den Eindruck, mein Wochenende war viel schöner als deins. Weißt du, ich hab einen ganz tollen Liebhaber, der sehr zärtlich und sensibel ist und genau weiß, was mir gefällt. Bist du jetzt eifersüchtig? Solltest du! Er ist nämlich der beste Liebhaber der Welt!

Mit diesen Bemerkungen bezog Yvonne sich spielerisch plänkelnd auf das Wochenende, das sie mit Gerry zusammen auf Sylt verbracht hatte. Doch es gab keinen einzigen konkreten Hinweis auf das Hotel, das sie beide bewohnt oder ein Restaurant, das sie besucht hatten.

Das, was Yvonne ihrem Lover im Rausch der Verliebtheit mitgeteilt hatte, klang vertraut und, doch ja, in gewisser Weise auch schön. Sie hatte sich eine Parallelwelt geschaffen, in die sie sporadisch eintauchte, um ihre offensichtlich nicht so angenehme Realität vergessen zu können. Eine Realität voller Verantwortung, hoher Schulden und wahrscheinlich auch massiver Zukunftsängste. Kleine Fluchten, ach, so etwas war Franca nur allzu vertraut. Und auch das: Mann und Frau spielen glückliches Ehepaar und halten ihre kleinen Geheimnisse voreinander versteckt. Wahrscheinlich waren sie auch noch davon überzeugt, sie führen eine glückliche Ehe. Was sie jedenfalls ihrem gesamten Umfeld vermittelten.

Konnte man ihnen das zum Vorwurf machen? Lebte im Endeffekt nicht jeder Mensch gern in selbst geschaffenen Illusionen? Wie sonst wäre dieses Leben zu ertragen? Und ab und an mal einen Kick, der einen aus dem Alltag heraus katapultierte – dieses Phänomen war Franca ebenfalls nicht unbekannt. Auch nicht, wie verletzlich und bisweilen blind man in solchen Situationen war. Sie wandte sich wieder dem Laptop zu. Diese Mail-Korrespondenz, die konnte einen schon zum Träumen bringen.

Danke, danke, danke für den wunderschönen Strauß, mein Liebster. Woher hast du gewusst, dass gelbe Rosen meine Lieblingsblumen sind? Aber du kannst dir sicher vorstellen, was ich für Schwierigkeiten hatte meinem Mann gegenüber. Er wollte unbedingt wissen, von wem dieser teure Strauß ist. Du weißt doch, wie eifersüchtig er ist. Er vermutete auch prompt einen Liebhaber. Ich hoffe, ich konnte ihn davon überzeugen, der Strauß sei von Nika. Weil ich ihr einen Gefallen getan habe. Ich habe sie entsprechend präpariert.

Ja, ich weiß, du magst es nicht, wenn ich dir von meinem Mann erzähle. Genau deshalb solltest du dich ein bisschen zurückhalten mit deinen Geschenken. Letztens wollte Erol mit dem Pinguin spielen. Das konnte ich natürlich nicht zulassen. Und die CD, die du mir geschenkt hast, kann ich nur heimlich hören. Ich möchte auf keinen Fall, dass Cem misstrauisch wird. Bitte denke in Zukunft dran, wenn du mir wieder Geschenke machst – solche Kleinigkeiten können uns noch das Genick brechen.

Das Genick brechen – eine allgemein gängige Redewendung. Aber im Rückblick auf das Geschehene etwas unheimlich. Yvonne machte ihrem Mann etwas vor. Vielleicht gab es irgendwo einen Hinweis, ob ihr Mann von der Liebschaft erfahren hat, und dass hier eventuell ein mögliches Mordmotiv zu finden war. Franca scrollte weiter. Doch beim flüchtigen Lesen konnte sie nichts erkennen, was darauf verwies.

Das sind so Zeiten, wo ich mir überlege, ob man nicht aus diesem fürchterlich unwirtlichen Deutschland mit seinen vielen grauen Tagen auswandern sollte. In den Mittelmeerraum oder nach Südfrankreich, wo immer die Sonne scheint. Aber vielleicht wäre das auch mit der Zeit ziemlich langweilig – immer Sonne. Kann das ein Mensch überhaupt aushalten? Irgendwie braucht man doch den Wechsel von grau zu blau, von hell zu dunkel. Sonst kann man das Blaue und das Helle gar nicht mehr schätzen, wenn man nie das Graue und Dunkle kennengelernt hat.

Ich weiß so vieles noch nicht von dir, aber einiges eben doch. Deine Erklärung, warum du schon als Kind versucht hast, deine Ängste zu verstecken und zu kompensieren, lösten wahnsinnig viel Liebe in mir für dich aus – und für dieses Kind, das du einmal warst. Jetzt in diesem Augenblick fühle ich mich dir unsagbar nah. Ich hätte dieses Kind so gern in den Arm genommen und getröstet und ihm gesagt, dass es ganz in Ordnung ist, ab und zu mal Angst zu haben.

Weißt du, mein Liebster, ich möchte schon mehr über dein Innenleben erfahren, auch wenn du vielleicht Gedanken hast, die mir nicht gefallen könnten.

Franca wollte die Datei schließen, doch sie blieb an einem Absatz ein paar Seiten weiter hängen.

Ich weiß nicht mehr, was richtig und was falsch ist. Totale Verwirrung. Ich bin es nicht gewohnt zu lügen. Und ich hasse die Lüge. Ich verstelle mich, sage andauernd die Unwahrheit. Es muss aufhören, Gerry. Es muss alles aufhören. Ich bin nicht mehr ich. Diese Angst hab ich doch früher nicht gekannt. Wo kommt sie nur her? Du musst mir helfen, bitte!

Hier endete die Datei. Merkwürdig. Das klang ja fast, als ob sie eine Vorahnung gehabt hätte.

Franca öffnete den anderen Ordner mit Gerrys Texten, der die Bezeichnung »Karat« trug. Unwillkürlich musste sie lächeln. Ob das Yvonnes Synonym war für »Schatz« oder »Juwel«, etwas Wertvolles, das sie in ihm gefunden zu haben glaubte?

Ich habe noch immer deinen Geruch in der Nase. War ja auch ganz nah dran. Ich schaue nun mal besonders gern dorthin, wo man normalerweise nicht gucken soll. Ist das denn schlimm?

Sei nur ja vorsichtig, dass du nicht irgendwelche Wünsche in mir weckst, die du dann nicht erfüllen magst. Das ist weder eine Drohung noch ein Versprechen, sondern einfach nur eine theoretische Möglichkeit …

Die Buchstaben begannen vor ihren Augen zu verschwimmen. Ein Blick auf die Uhr sagte ihr, dass es kurz vor Mitternacht war. Sie blinzelte heftig, nippte nochmals an ihrem Merlot und las weiter.

Ich frage mich, was du machst, wenn ich frühstücke. Wo du bist, wenn ich zu Mittag esse. Und ich freue mich, wenn wieder eine Mail von dir da ist, die ich sofort lese und deine Worte gierig in mir aufsauge.

Was arbeitete Gerry eigentlich? Bis jetzt hatte sie noch keinen Hinweis darüber bekommen. Oh, jetzt wurde es spannend. Er reflektierte seine Kindheit.

Das Leben hat es nicht immer gut mit mir gemeint, das habe ich ja bereits mehrfach angedeutet. Deshalb bin ich so froh, dass ich dich gefunden habe. Ich war kein einfaches Kind, das hat mir meine gesamte Umgebung zu verstehen gegeben. So oft bin ich angeeckt, deshalb hab ich zunehmend begonnen, alles in mich reinzufressen. Ich hab gelernt, den Mund zu halten, wenn es schwierig wurde. Manchmal bin ich vor mir selbst weggelaufen. Eigentlich war ich immer auf der Suche nach meinem Pendant. Nach meiner Seelenverwandten. Umso schöner ist es, dass ich dich gefunden habe. Und eins sollst du wissen: Ich geb dich nicht mehr her!

Du hast sicher schon gemerkt, dass ich nach außen hin gern den coolen Typen spiele, besonders dann, wenn ich nicht will, dass andere merken, was in mir vorgeht. Aber heute belüge ich mich wenigstens nicht mehr selber.

Gerade weil in meinem Elternhaus nicht alles zum Besten war, bin ich manchmal schon ein wenig neidisch auf deine sorglose und schöne Kindheit …

Du weißt schon, warum ich dir den kleinen Pinguin geschenkt habe. Ich habe mich eingehend mit dem Leben der Pinguine beschäftigt. Wenn ein Paar zusammengefunden hat, bleibt es sich ein Leben lang treu …

Irgendwann schreckte Franca auf, blinzelte verwirrt und registrierte, dass sie eingeschlafen war. Sie hatte von Pinguinen geträumt und von einem Liebhaber, der sie nach allen Regeln der Kunst verwöhnte. Es bereitete ihr ein wenig Schwierigkeiten, in die Wirklichkeit zurückzukehren, weil sie versuchte, im Traum zu verweilen und die Bilder, die sie so aufwühlten, mit aller Macht noch einmal heraufzubeschwören. Bilder, die äußerst angenehme Empfindungen auslösten, die ihr Herz zum Klopfen brachten. Sie meinte, sanfte Fingerkuppen auf ihrer Haut zu spüren, so real und gegenwärtig war das Erlebnis.

Sie schloss die Augen, blieb noch eine Weile auf dem Sofa sitzen mit all den schönen Empfindungen in Geist und Körper. Kopfschüttelnd und mit einem Lächeln auf den Lippen klappte sie schließlich den Laptop zu, löschte die Lichter und ging ins Bad.

Das warme Gefühl in ihrem Inneren hallte noch nach, als sie bereits im Bett lag. Empfindungen, die sie seit Jahren nicht mehr gehabt hatte und die sie noch ein wenig auskosten wollte.

In dieser Nacht schlief sie nach langer Zeit endlich wieder einmal durch. Als sie am Morgen auf den Wecker sah, konnte sie kaum glauben, dass sie sechs Stunden am Stück geschlafen hatte. Schnell stand sie auf. Wieder wartete ein langer Tag auf sie.

38. KAPITEL

Hinterhuber hielt einen beigen Hefter in der Hand.

Franca sah ihn fragend an.

»Das ist alles, was ich über den Falschfahrer herausgefunden hab. Er stammt ursprünglich aus dem Osten, aus einer Kleinstadt namens Friedrichroda, wo immer die liegt. Er hat drüben wegen versuchter Republikflucht gesessen. Nach der Wende kam er frei und ging in den Westen. Da hat er sich offensichtlich sehr schwergetan. Momentan ist er Hartz-IV-Empfänger.«

»Danke. Schau ich mir gleich an.« Sie nahm den Hefter entgegen und legte ihn auf den kleinen Stapel neben dem Telefon.

Er stand unschlüssig da.

»Ist noch was?«, fragte sie.

»Ich hoffe, du bist mir nicht böse.«

»Wegen deiner Ambitionen zu Höherem? Ach, Hubi, das müsstest du doch wissen.«

»Ich will ja auch gar nicht weit weg von hier, schon allein wegen Ingrid und den Kindern. Du weißt ja, wie sehr Ingrid an ihrem Elternhaus hängt.«

Hinterhubers Frau war auf einem Weingut in Güls an der Mosel groß geworden, das ihre Eltern noch immer betrieben.

»Du kannst mit meiner Unterstützung rechnen«, sagte sie gönnerhaft, »auch wenn du mir an allen Ecken und Enden fehlen wirst.«

»Danke.« Ein Lächeln stahl sich in sein Gesicht. »Muss los. Gerichtsverhandlung.«

Sie nickte ihm zu. Zunächst stand wieder einmal ein Anruf bei Frau Mattheis an. Franca hatte so etwas wie eine Opferbetreuung übernommen. Natürlich hoffte sie auch, durch den nahen Kontakt als Erste zu erfahren, ob Erol vielleicht von irgendwelchen Beobachtungen erzählte, die er in der Tatnacht gemacht hatte.

»Wie geht es Ihnen?«, fragte Franca.

»Muss ja. So ein Kind stellt Forderungen und bringt einen wieder auf den Boden der Tatsachen zurück. Das Leben geht weiter. Und wir sind natürlich ganz für Erol da.«

Das klang ziemlich abgeklärt, obwohl Franca wusste, wie viel Kraft sie solche Aussagen kosten mussten.

»Hat sich sein Onkel eigentlich mal bei Ihnen gemeldet?«

»Mehmet?« Hedwig Mattheis schnaubte. »Stellen Sie sich vor, der hat doch tatsächlich vorgeschlagen, Erol könne bei ihm und seiner Familie aufwachsen. Na, dem hab ich aber was erzählt! Nur über meine ...« Offenbar erschrocken über ihren eigenen Worte hielt sie inne.

In letzter Zeit fiel Franca immer öfter auf, wie einfach dahingesagte Redewendungen vor dem Hintergrund des Erlebten eine vollkommen andere Bedeutung bekamen.

Sie tauschten noch ein paar Belanglosigkeiten aus, bis Franca sich schließlich der Frage näherte, ob Frau Mattheis über die Liebschaft ihrer Tochter Bescheid wusste.

»Yvonne war im vergangenen Sommer auf Sylt. Das war, warten Sie mal, im Juni oder Juli. Ich hatte den Kleinen so lange bei mir. Sie wollte sich da mit einer Freundin treffen. So zwei, drei Tage war sie dort.«

»Wissen Sie, wie die Freundin heißt?«

»Oh, das weiß ich nicht. Nika war's nicht, die kenn ich ja gut. Es war jemand, die Yvonne aus einem Heilpraktikerseminar kannte, das sie in Frankfurt besucht hatte. Mit der Frau hat sie sich wohl auf Anhieb sehr gut verstanden. Aber an einen Namen kann ich mich nicht erinnern. Tut mir leid.«

»Hat Ihre Tochter erwähnt, in welchem Hotel sie übernachtet hatte?«

»Nein, das weiß ich leider auch nicht. Sie hatte ja ihr Handy dabei. Da war sie immer erreichbar.«

Franca überlegte kurz, ob sie wirklich das heile Bild zerstören sollte, das die Mutter von ihrer Tochter hatte. Doch es blieb wohl keine andere Wahl.

»Sie sind ganz sicher, dass sie von einer Freundin gesprochen hat. Nicht von einem Freund?«

»Na, hören Sie mal. Meine Tochter wäre doch nicht mit einem Mann verreist. Die war schließlich glücklich verheiratet.«

»Frau Mattheis, wir haben konkrete Anhaltspunkte, dass sie mit einem Mann auf Sylt war.«

Einen Moment lang war es am Ende der anderen Leitung still.

»Das kann ich nicht glauben. Sagen Sie, dass das nicht wahr ist.«

»Leider doch. Sie wussten wirklich nicht, dass Ihre Tochter einen Geliebten hatte?«

»Aber nein. Das … das hätte ich ihr nie zugetraut. Niemals. Sind Sie sicher? Ich meine, woher wollen Sie das denn wissen?«

»Wir haben Unterlagen gefunden. Eindeutige Unterlagen. Nur wissen wir keinen konkreten Namen. Nur den

Vornamen oder auch Spitznamen: Gerry. Deshalb hatte ich gedacht, Sie könnten mir da weiterhelfen.«

Aber Frau Mattheis sagte nichts mehr. Sie war sprachlos.

39. KAPITEL

Am Abend hatte Franca sich mit Oliver Reimers verabredet. In der »Schwarzbrennerei Destille«, einem urigen Lokal in Andernach. Sie erinnerte sich, dass sie vor langer Zeit schon einmal dort gewesen war und dass ihr das Lokal ausgesprochen gut gefallen hatte.

Oliver wartete bereits auf sie und ließ sie – ganz Kavalier der alten Schule – vorausgehen. Im Raum half er ihr aus dem Mantel und brachte ihn zur Garderobe. Erfreut nahm sie dies zur Kenntnis. Solche Höflichkeit hatte sie lange nicht erlebt.

Das Lokal hatte sich kaum verändert. Noch immer hingen Gemälde von Musikern an den Wänden, darunter auch eines des verstorbenen Trompeters Miles Davis. Unwillkürlich musste sie daran denken, dass einer ihrer ehemaligen Lover ein glühender Verehrer von Miles Davis gewesen war. In ein sündhaft teures Konzert in Marburg an der Lahn hatte er sie eingeladen. Das musste Ende der 80er-Jahre gewesen sein. Einer der letzten Auftritte, bevor der Jazztrompeter starb.

Oliver hatte vorsorglich einen Tisch bestellt, was sich als vorausschauend erwies, denn das Lokal war bis auf den letzten Platz besetzt.

Sie nahm in einer Nische auf einem gemütlichen Plüschsofa Platz. Oliver setzte sich ihr gegenüber.

»Du bist selbstverständlich eingeladen«, sagte er gönnerhaft und schenkte ihr sein attraktivstes Lächeln. »Wenn du mir schon mal die Ehre erweist, nach Andernach zu kommen.«

»Die Einladung nehme ich gern an. Aber du kannst dir denken, dass mein Besuch nicht ganz uneigennützig ist.«

»Nicht?« Oliver legte den Kopf schief. Ihr fiel auf, dass er noch immer dieses Silberkettchen unter seinem Hemd trug, das wie ein gedrehtes Seil aussah. »Jetzt bin ich aber enttäuscht.« Seine Hände begleiteten lebhaft seine Rede. Es waren schöne, gepflegte Hände. Ohne jeden Schmuck.

Wie hatte sie solch leichtes, flirtiges Geplänkel vermisst. Das nur möglich war in einer solchen Atmosphäre, wo freundliche Menschen miteinander lachten und das Leben brodelte.

»Hier fühlt man sich doch gleich als Teil der Familie«, meinte Oliver, als Piet, der Wirt, persönlich an ihren Tisch kam, herzlich seinen Stammkunden und dessen Begleitung begrüßte und ein paar nette Worte mit ihnen wechselte. Dann wurden ihre Wünsche entgegengenommen.

Oliver empfahl Franca einen Weißburgunder aus dem gegenüberliegenden Leutesdorf, seinen Lieblingswein beim Piet, wie er sagte.

»In Leutesdorf hatte ich auch mal zu tun. Ist noch nicht allzu lange her«, meinte Franca. Zu essen bestellten sie beide »Köstliches aus dem Meer«.

»Wunder dich nicht, du kriegst keinen Teller, sondern eine Riesenplatte. Aber du siehst ja auch aus, als ob du bald vom Fleisch fallen würdest. Also iss, damit du groß und stark bleibst.«

Franca musste laut lachen. Dann erkundigte sie sich nach Marie Kirschbaum.

»Ab und an hör ich was von ihr. Aber eher selten. Sie hat wohl gut zu tun. Wie wir alle.«

»Womit wir beim Thema wären.«

Eine Kellnerin brachte den Wein. Anja, wie Oliver sie nannte, warf dem Polizisten einen kurzen, bewundernden Blick zu und entfernte sich wieder.

»Ach ja? Dann schieß mal los. Aber erst trinken wir darauf, dass du es endlich mal wieder zu uns in die Bäckerjungenstadt geschafft hast.« Er hob sein Glas und lächelte ihr zu. Die Gläser klirrten.

»Ich wollte dich ein bisschen über Cem Aslan ausfragen.«

»Hab ich mir schon gedacht. Also. Was willst du wissen?«

»Wie gut kanntest du ihn?«

»So gut wie man einen Kollegen von derselben Dienststelle eben kennt.«

»Einiges weiß ich ja schon über ihn. Dass er ein guter Kumpel war. Dass man ihm den Türken nicht unbedingt anmerkte. Dass er eine wunderschöne Frau hatte.«

Oliver lachte. »Profiling mäßig erfolgreich absolviert.«

Die beiden Fischplatten kamen. »Oh, das nenn ich aber mal 'ne Portion«, rief Franca aus.

»Friedhelm in der Küche hat sich wieder mal ordentlich Mühe gegeben. Aber das kennt man hier nicht anders«, meinte Oliver.

»Ob ich das alles schaffe?«, fragte sie lachend.

»Klar schaffst du das. Musst dich halt ein bisschen anstrengen. Lass es dir schmecken.«

Franca wusste nicht, wo sie anfangen sollte. Bei den Krabben, beim Lachs, bei den verschiedenen Salaten oder bei den Kartoffelröstis. Alles sah gleichermaßen lecker und appetitlich angerichtet aus.

»Cem war ein Motorradfreak«, erzählte Oliver. »Wenn er ein Bike witterte, gab es für ihn kein Halten mehr. Das hat Yvonne weniger gefallen. Immer war sie in Sorge, wenn er mit dem Motorrad unterwegs war. Aber er war ein sehr sicherer Fahrer. Ich bin gern mit ihm gefahren. Egal, ob mit Auto oder Motorrad.«

»Gehörte er einem Club an?«

»Früher mal. Aber in letzter Zeit fuhr er lieber für sich allein. Vielleicht auch, weil ihm diese Bandenkämpfe zuwider waren. Der Polizist, der damals von den Hells Angels erschossen wurde, war ein guter Kumpel von ihm. Über den Freispruch hat er sich tierisch aufgeregt.«

»Nicht nur er«, sagte Franca.

Vor ein paar Jahren hatte ein Motorradrocker einen Polizisten durch die geschlossene Tür seines Hauses in einem Ort im Westerwald erschossen. Nachdem der Täter vom Koblenzer Landgericht zu neun Jahren Haft wegen Totschlags verurteilt worden war, wurde er nach der Revision in letzter Instanz vom BGH freigesprochen.

»Wir haben uns alle darüber aufgeregt. Jeder sah das als ein falsches Signal an. Ein Freibrief, dass man unsereins ungestraft abknallen darf.«

»Da herrscht richtig Krieg«, empörte sich Oliver. »Und das mit legalen Waffen. Wir fragen uns immer noch, wieso ein hochkriminelles Bandenmitglied eine legale Waffe besitzen durfte.«

»Putativnotwehr nannten die das!« Franca seufzte. »Das ist auch so eine Spitzfindigkeit von diesen Rechtsverdrehern.« Mit diesem Begriff hatte der BGH den Freispruch begründet. Der Täter, der im Besitz einer legalen Waffe war, habe die Voraussetzungen einer Notwehrlage angenommen und hatte somit das Recht zu schießen. »Das ist ja schon bald wie im Wilden Westen, wo jeder glaubt, den anderen ungestraft abknallen zu dürfen, wenn er sich bedroht fühlt.«

Oliver strich sich mit Daumen und Zeigefinger über den Bart. »Ich sag nur: WW. Wie das Autokennzeichen schon sagt: Wilder Westen Westerwald«

»Kommst du nicht auch aus dem Westerwald?«, fragte Franca lächelnd.

»Ich hab Narrenfreiheit. Außerdem gehör ich zu den Guten. Schon vergessen?« Oliver zog eine Grimasse.

Franca blieb ernst. »Das ist nur eines von vielen Urteilen, die mich oft an meiner Arbeit zweifeln lassen.«

»Na, na, na.« Oliver legte seine Hand auf ihren Arm und sah ihr tief in die Augen.

»Hast du nicht auch ab und an solche Gedanken?«

»Schon, aber die vergehen meistens wieder.«

Franca sah ihn eindringlich an, dann wechselte sie das Thema. »Yvonne hatte einen Lover.«

»Was?« Er hielt mitten im Essen inne. »Das glaub ich jetzt nicht.«

»Also hast du das nicht gewusst?«

»Nee. Wirklich nicht.« Er schüttelte den Kopf. »Hätt ich nicht gedacht. Echt nicht.«

»Glaubst du, Cem hat das gewusst?«

Oliver legte die Gabel hin und fuhr sich übers bärtige Kinn. »Wenn er es gewusst hat, war das schlecht für den anderen.«

»Cems aufbrausendes Temperament ist uns ebenfalls zu Ohren gekommen.«

Oliver nickte nachdrücklich. »Ich hab mal einen entsprechenden Disput zwischen ihm und einem ›Kunden‹ mitbekommen. Dem hätte er fast eine reingehauen. ›Das Arschloch will doch eins in die Fresse. Der bittet doch förmlich drum‹, hat er geschrien. Ich konnte ihn grade noch vor dem Schlimmsten bewahren.« Oliver schob die leere Fischplatte in die Mitte des Tisches. Er hatte alles aufgegessen. »Wisst ihr, wer dieser Lover war?«

»Nur den Vornamen. Oder Spitznamen: Gerry. Es gibt einen umfangreichen Briefwechsel, der die Liaison ausführlich dokumentiert.«

»Gerry?« Er legte die Stirn in Falten. »Sagt mir nichts.«

»Wir haben überlegt, ob es ein Kollege sein könnte.«

»Und dann habt ihr weiter überlegt, ob dieser Kollege die beiden umgebracht haben könnte?«

»Manches spricht dafür. Aber Beweise haben wir keine.«

»Ach, deshalb warst du letztens beim Chef.«

»Auch, ja.«

»Und, was hat er gesagt?«

»Dass er sich das nicht vorstellen kann. Dass er für seine Leute die Hand ins Feuer legt.«

»Genau das hätte ich dir auch gesagt. Wenn's drauf ankommt, halten wir zusammen wie Pech und Schwefel.«

Franca sah ihn nachdenklich an. »Du sagtest doch vorhin, dass Cem ausgerastet wäre, wenn er von dem Lover gewusst hätte.«

»Na ja, er war eben heißblütig. Ist dir doch nicht fremd als Halbitalienerin.«

Franca verzog das Gesicht. »Das hab ich irgendwann schon mal gehört. Gab es jemand Bestimmten, den Cem auf dem Kieker hatte? Jemand, dem er das Leben schwer gemacht hat?«

»Du meinst, jemand, der dann zurückgeschlagen hat?«

Sie hob die Schultern.

»Liebe Franca. Cem hatte sich im Griff. Er war temperamentvoll, ja. Und das hat er auch immer mal wieder gezeigt. Auch unter Kollegen. Aber er war ein Vollblutpolizist. Er wusste, wo die Grenzen sind.«

»Bist du dir da so sicher?«

»Ja!« Plötzlich fixierte er Franca mit zusammengekniffenen Augen. Sein Gesichtsausdruck veränderte sich. »Weißt du, was absolute Scheiße ist?«, stieß er heftig hervor.

»Was?«, äußerte sie einigermaßen verwundert. Einzelne Gäste sahen bereits neugierig zu ihnen hin, aber das störte ihn offensichtlich nicht.

»Dass wir einfach so weitermachen, als ob nichts sei. Da fehlt immerhin ein Mensch, ein Kollege. Und wir spekulieren nur rum und alles geht seinen gewohnten Gang. Im Grunde haben wir doch alle ähnliche Probleme. Wir alle klagen über den eklatanten Personalabbau und dass der Arbeitsaufwand für jeden Einzelnen in unerträglichem Maße gestiegen ist. Jeder von uns schiebt zig Überstunden vor sich her. Die Einbruchszahlen sind stark gestiegen, die Anschlagsgefahr erhöht sich andauernd. Der Frust bei uns allen ist groß und wird immer größer. Aber wir sollen die Menschheit wie gewohnt vor all dieser Unbill beschützen. Und was ruft man uns alles nach? Bullenärsche sind wir. Auf die man ruhig draufkloppen kann. Oder auch mal den einen oder anderen abknallen. Einer weniger? Spielt doch keine Rolle. Selbst schuld, wenn wir den Kopf hinhalten. Die Kriminellen lachen sich tot über uns. Und wehe, wir wehren uns. Da hast du gleich ein Verfahren am Hals. Aber wen interessiert das da draußen? Wen?«

Franca sah ihn völlig erstaunt an und sagte erst einmal nichts. Seine Tirade hatte Hand und Fuß, das ja. Jedes seiner Worte konnte sie unterstreichen. Und dennoch – alles war eine Spur zu aufgeregt, zu viel, zu dick aufgetragen. In ihrem Kopf begann etwas herumzuschwirren, etwas Dunkles, das sie nicht richtig zu fassen bekam.

»So, das musste mal gesagt werden.« Er hob sein Glas, sah sie an, lächelte auf eine sehr nette Weise, als ob nichts gewesen wäre.

Nach einem Erdbeben begann man mit den Aufräumarbeiten. Das war der Lauf der Dinge. Sie nahm seinen Gesichtsausdruck in sich auf, in dem sich in diesem Moment so viel spiegelte. Die Fältchen unter seinen Augen waren nicht nur Lachfalten. Davon hatte sie gerade eine Ahnung bekommen.

»Und wie geht's dir so?«, fragte er beiläufig.

Der Moment der Offenbarung war vorbei. Er hatte wieder seine Maske aufgesetzt. Sie sah in das Gesicht eines nicht mehr ganz jungen Sonnyboys, der gern flirtete, sicher nicht nur mit ihr.

»Bist du eigentlich verheiratet?«, fragte sie, anstatt ihm zu antworten.

Er stutzte einen Moment. »Wie kommst du denn jetzt darauf?«

»Bist du?«

»Nein.«

Die Antwort überraschte sie nicht.

40. KAPITEL

»Die Zeitung braucht man nicht mehr zu lesen.« Clarissa legte das Blatt aufgeschlagen auf den Schreibtisch. »Was die schreiben, hört sich an, als ob wir hier nur auf der faulen Haut rumliegen und Däumchen drehen.«

Von wem und warum das Bad Breisiger Ehepaar ermordet wurde, ist noch immer ein Rätsel. Die nach dem Verbrechen gebildete Sonderkommission ist nach wie vor tätig, doch die Auskünfte von Seiten der Polizei sind äußerst spärlich. Man kommt einfach nicht weiter. »Wir wissen, dass die Bevölkerung verunsichert ist und tun alles, um die Tat schnellstmöglich aufzuklären, damit die Leute wieder ruhig schlafen können«, versicherte der Sprecher der Koblenzer Polizei, der sich wieder einmal äußerst zurückhaltend gab.

»Irgendwas müssen die halt schreiben«, meinte Franca. »Die ärgern sich doch nur, dass wir so wenig rauslassen. Außerdem können sie nicht sehen, wie wir hier wirbeln.«

Mehr als 150 Hinweise aus der Bevölkerung waren inzwischen im Fall des Silvester-Doppelmords eingegangen. Hinweise, die zumeist von beflissenen Bürgern stammten, die helfen wollten. Aber auch solche von überspannten Neurotikern, Wichtigtuern und Spinnern waren dabei. Nicht allen Hinweisen konnte man auf den ersten Blick entnehmen, ob sie relevant waren, insofern wurde jeder einzelnen Spur akribisch nachgegangen. Die meisten dieser Spuren waren inzwischen ausgewertet und überprüft. Mit Nummern, Namen und Erledigungsvermerken versehen wurden sie einmal in herkömmlichen Papieraktenordnern gesammelt und zusätzlich in die verschiedenen elektronischen Datenverarbeitungssysteme eingegeben.

Aus dem am Tatort gesicherten Sperma war ein eindeutiges DNA-Muster erstellt worden. Dies, sowie Finger- und Handflächenabdrücke waren im LKA in Mainz ausgewertet worden. Jedoch wurde bis jetzt noch immer kein Treffer gemeldet, obwohl, wie man bestätigte, wirklich alles gewissenhaft untersucht wurde und man zur Sicherheit alles nochmals durchgegangen war.

Auch die Finanzlage der Aslans hatten sie geprüft. Die erwies sich in der Tat als prekär. Offenbar war Cem Aslan dem Versprechen einer dubiosen Venture Capital Holding auf den Leim gegangen, die ihm eine ausgesprochen hohe Rendite zusicherte. Hatte er nicht gewusst, dass diese Art von Geldanlage hochriskant war? Eine Einlage von 20.000 Euro war getätigt worden. Zusätzlich war monatlich ein Betrag von 250 Euro fällig. Doch die versprochene Rendite war ausgeblieben. Und das über mehrere Jahre hinaus. Etliche Briefe und Mails zeugten davon, dass Cem verzweifelt versucht hatte, aus diesem Vertrag herauszukommen und sein Geld zurückzuerhalten.

Der Finanzberater, mit dem seinerzeit der Vertrag geschlossen wurde, konnte nicht ausfindig gemacht werden. Man ging davon aus, dass er sich ins Ausland abgesetzt hatte.

Franca hatte zusammen mit ihrem Team etliche Theorien aufgestellt und wieder verworfen, doch im Grunde waren sie keinen einzigen Schritt weiter gekommen. Alle standen unter extremer Anspannung. Zu dem Druck, den man sich selber machte, kam der Druck von außen hinzu – von den Vorgesetzten, von den Medien und nicht zuletzt von den Angehörigen. Die ständigen Anfragen zerrten an den Nerven.

Nicht nur die analytische Aufarbeitung kostete viel Zeit, auch die zahlreichen Zeugenbefragungen und die Recherchen zu den Opferpersönlichkeiten.

Von einem externen Fallanalytiker war ein Täterprofil erstellt worden, das gerade mal eine halbe DIN-A4-Seite umfasste. Auch er ging davon aus, dass der Täter in irgendeiner Beziehung zu seinen Opfern stand. Cem Aslan sollte – warum auch immer – offenbar schnell aus dem Weg geräumt werden. Dieser Fakt, und auch weil Yvonne Aslans Todeskampf ausgesprochen lange angedauert hatte, ließ eine antisoziale Persönlichkeit vermuten, ein Egomane, der bei hoher Risikobereitschaft rücksichtslos seine Ziele verfolgte. Doch was diese Ziele waren, darauf wusste auch der Profiler nichts Konkretes auszusagen. Auch ihm gab die auffällige Ablagesituation der toten Yvonne Aslan einige Rätsel auf. Warum der Täter die geschändete und schließlich getötete Frau auf solch obszöne und äußerst entwürdigende Weise platzierte, darauf wusste er keine befriedigende Antwort. Man solle sich allerdings davor hüten, den Täter als ein psychisch gestörtes Monster oder eine kranke Bestie abzustempeln. Wer auch immer solches getan hatte, sei uns »normalen Menschen« wahrscheinlich näher als wir wahrhaben wollten, lautete sein Fazit.

Franca wollte noch einmal das Haus der Aslans aufsuchen. Sie hoffte darauf, dass der Tatort mit ihrem inzwischen erweiterten Wissen etwas preisgab, das sie bei ihrer ersten Besichtigung vielleicht übersehen hatte.

Es war ein kalter, sonniger Wintertag. Rechts von ihr lag die blaugraue Fläche des Rheins, der sich mitten durch das Rheinische Schiefergebirge ein Bett gegraben hatte. Sie fühlte sich als Kind des Rheins. In Pfaffendorf, einem Koblenzer Stadtteil auf der anderen Seite des Flusses, war sie aufgewachsen und noch immer verlangte ihr »das strudelnde, helle Herz des Rheins«, wie es der Dichter Stefan Andres beschrieben hatte, eine gewisse Ehrfurcht ab.

Der mächtigste Strom Deutschlands verband etliche europäische Länder miteinander sowohl auf kultureller als auch auf wirtschaftlicher Ebene. Positiv war, dass er sich von der einstigen Kloake zum sauberen Fluss gemausert hatte, in dem sogar wieder Lachse schwammen. Möglich war das, weil nach der großen Sandoz-Katastrophe vor rund 30 Jahren Kläranlagen für sauberes Wasser sorgten. Damals war die Politik regelrecht aufgewacht und hatte effektive Maßnahmen ergriffen. Merkwürdig, dachte sie, dass immer erst eine Katastrophe den Menschen zum Umdenken und Handeln zwingt.

Als sie durch Brohl-Lützing fuhr, erinnerte sie sich daran, dass hier vor nicht allzu langer Zeit ein Tornado eine Schneise der Verwüstung hinterlassen hatte und einen Korbwarenhändler in den Tod riss, der dort auf den Rheinwiesen seinen Standplatz hatte. Solch zerstörerische Luftsäulen, die man eher in den fernen USA verortete als in Deutschland, machten in letzter Zeit immer öfter Schlagzeilen. Das Tückische daran sei, so hatten Wetterdienste mitgeteilt, dass sie sich nicht vorhersagen ließen.

Die B9, die durch den Ort führte, verfügte jetzt nur noch über je eine Fahrbahnspur, man musste auf den Gegenverkehr achten. Vor dem Ortseingang von Bad Breisig verwies ein Schild auf die Fähre nach Bad Hönningen. Kurzentschlossen fuhr sie in die Zufahrt hinein und stellte ihr Auto in einer der Parkbuchten auf der rechten Seite ab, damit sie den Fährverkehr nicht behinderte.

Als sie ausstieg, traf sie die kalte Luft wie ein Peitschenschlag. Noch hatte die Sonne keine wärmende Kraft. Franca vergrub die Hände in ihren Jackentaschen und ging ein paar Schritte den asphaltierten Weg entlang. Ein keuchender Jogger kam ihr entgegen, der dampfende Atemluft ausstieß. Hinter der Brücke, wo der Vinxtbach in den Rhein mündete, führte ein Trampelpfad Richtung Rheinufer, mitten hinein in ein unwirtliches Niemandsland.

Im blaugrauen Wasser schaukelten weiße Möwen hintereinander, wie auf einer Perlenschnur aufgereiht. Der Rhein schwappte ans Ufer, überspülte Steine, Totholz und Abfall. Immer weiter lief sie den Pfad entlang, der von abgestorbenem Unkraut überwuchert war. In den dürren Zweigen eines Holunderstrauchs hing eine zerfledderte Plastiktüte, die sich dort verfangen hatte. Schließlich stand sie vor dem kleinen Kreuz aus Baustahl. »Ela – Treff: Wolke 7« stand da auf einem verwitterten Messingschild.

Das Kreuz hatten Freunde und Verwandte der Andernacher Taxifahrerin Manuela Kettenbach aufgestellt, die man an dieser Stelle an einem Morgen im Mai vor 15 Jahren tot aufgefunden hatte. Franca hob den Blick und sah einem Frachter nach, der tuckernd Richtung Koblenz fuhr.

Sie schloss kurz die Augen und versuchte, sich das damalige Geschehen ins Gedächtnis zu rufen. Ihr Mörder hatte die Taxifahrerin an Händen und Füßen gefesselt hierher geschleift, hatte ihr mehrfach heftig mit einem Stein auf den Kopf geschlagen, so lange, bis sie kein Lebenszeichen mehr von sich gab. Danach hatte er versucht, die blutüberströmte Leiche ins Wasser zu ziehen, wahrscheinlich, um sie zu versenken, was jedoch misslang.

Wie durch einen Schleier hindurch nahm Franca wahr, wie sich das entstellte Gesicht von Yvonne Aslan über das Gesicht der Taxifahrerin schob. Manuela Kettenbachs Konterfei war auf einem Fahndungsplakat abgedruckt gewesen, das lange Zeit im Koblenzer Polizeipräsidium hing. Den Täter hatte man nie ausfindig machen können, obwohl es eine vielversprechende Anzahl von Spuren gab, die allesamt gewissenhaft überprüft worden waren. Auch ein Springmesser mit Anhaftungen war sichergestellt worden, das am Tatort zurückgeblieben war.

Der Fall der Andernacher Taxifahrerin wurde mehrmals in der TV-Sendung »Aktenzeichen XY ungelöst« ausgestrahlt, doch selbst eine aufwendige DNA-Reihenuntersuchung an weit über 2.000 Männern aus der Umgebung war ohne Ergebnis geblieben.

Was, wenn es uns jetzt genauso geht?, dachte Franca. Was, wenn wir trotz guter Spurenlage den Mörder von Yvonne und Cem Aslan nicht ausfindig machen können?

Sie ging zurück zu ihrem Auto, stieg ein, fuhr durch den Ort und bog in die ruhige Wohnstraße ein, in der das Haus der Aslans stand. Im langsamen Vorbeifahren streifte sie die Häuser mit ihren Blicken. Ein terracottafarbenes mit einem kleinen Anbau und ein hellgelbes mit einem Vordach auf Säulen schienen neueren Datums, während die meisten anderen weiß verputzt waren und Merkmale aus den 50er- und 60er-Jahren aufwiesen, wovon Metallfensterrahmen und metallummantelte Drahtglas-Haustüren mit schmiedeeisernen Griffen zeugten. In einem der Vorgärten stand eine einsame Trauerweide, deren lange, herabhängende Äste eine kleine Idylle von Gartenzwergen, Fliegenpilzen und Rehen eingrenzten. Kein Mensch war auf der Straße zu sehen. Das verlassene Haus der Aslans fügte sich unauffällig in diesen Straßenzug.

Sie ging die kleine Einfahrt hinauf zu der weißen Kunststoffhaustür mit den drei schmalen, untereinander liegenden Milchglasfenstern, brach das Polizeisiegel und öffnete die Tür. Im Hausinneren roch es noch immer unangenehm nach kaltem Rauch. Mit geschärften Sinnen durchschritt sie den Flur und betrat das Wohnzimmer. Allzu deutlich erinnerte sie sich an die beiden Leichen, deren gezeichnete Umrisse noch zu sehen waren. Wie so oft in den letzten Tagen imaginierte sie den langwierigen Kampf einer dunklen Gestalt mit Yvonne Aslan. Hörte Schreie. Sah Hände, die ein Hundehalsband um ihren Hals legten und es festzurrten. Hörte ihr Keuchen, ihr verzweifeltes Luftholen. Sah, wie die Hände das Halsband lockerten. Und wieder zuzogen.

Yvonnes Mann auf dem Sofa sah diesem Martyrium aus weit aufgerissenen Augen zu, den Mund zugeklebt, gefesselt an Händen und Füßen und nicht in der Lage, auch nur das Geringste dagegen zu tun.

Im Geist verfolgte Franca, wie der Zeigefinger der dunklen Gestalt den Hahn der Pistole betätigte und abdrückte. Sie sah das Entsetzen in den Augen der Opfer, das krampfartige Zittern, das durch die beiden Körper am Ende ihres Lebens gefahren war. Wie ein Film lief das schreckliche Geschehen in ihrem Hirn ab.

Sie fühlte sich hilflos und wütend zugleich, wie damals, als sie den Film »Funny Games« bis zum bitteren Ende angesehen hatte.

Dann schüttelte sie heftig den Kopf und versuchte die furchtbaren Bilder zu vertreiben. Ich muss denjenigen finden, der für das Sterben der Bewohner dieses Hauses verantwortlich ist, schwor sie sich.

Sie blinzelte ein paar Mal, straffte die Schultern und betrachtete Monets Seerosenteich an der Wand mit seinem flirrenden Lichterspiel. Die Sonne schien in den Raum und ließ Staub- und Rußpartikel schweben. Ihr

Blick glitt durch das leblos wirkende Zimmer, streifte die verkokelten Möbelstücke, die beiden Sofas, den gläsernen Beistelltisch. Die inzwischen vertrockneten Rosen lagen noch immer verstreut auf dem Boden. Wie viele mochten es sein? 15? 20? Jedenfalls ein größeres Bündel. Es waren gelbe Rosen. Langstielige gelbe Rosen. Sicher nicht ganz billig um diese Jahreszeit.

Champagner und Rosen. Und das bei jemandem, dem die Schulden bis zur Halskrause standen.

Ihr Herz begann stärker zu klopfen. Plötzlich keimte eine Ahnung auf. Da war etwas mit gelben Rosen. Erst kürzlich war sie damit in Berührung gekommen. Wo war das gewesen? Und in welchem Zusammenhang? Sie runzelte die Stirn. Überlegte. Hatte Yvonne nicht in den Briefen an Gerry erwähnt, dass gelbe Rosen ihre Lieblingsblumen waren? Dass er ihr einen Strauß hatte zukommen lassen, der sie in Verlegenheit brachte?

Die Erkenntnis durchfuhr Franca wie ein Blitz. Ein sichtbares Licht am Ende des Tunnels. Sie griff nach ihrem Handy. Rief Frau Mattheis an. »Ich bin gerade im Wohnzimmer Ihrer Tochter.«

»Ja?«, antwortete diese ängstlich. Als ob sie etwas ganz Schlimmes erwarte.

»Auf dem Boden im Wohnzimmer liegen Rosen. Gelbe Rosen. Das muss ein ziemlich großer Strauß gewesen sein. Können Sie sich an diesen Strauß erinnern?«

»Gelbe Rosen?«, rief Frau Mattheis verwundert aus. »Wo standen die?«

»Wahrscheinlich auf dem Beistelltisch zwischen den beiden Sofas. Die Vase ist heruntergefallen.«

»Also da waren keine Rosen, als wir miteinander gefeiert haben. Das wäre mir aufgefallen. Gelbe Rosen waren die Lieblingsblumen meiner Tochter. Und ein großer Strauß, sagen Sie? Wo sollte der denn her gewesen sein? Die mussten doch sparen.«

Genau das hatte Franca hören wollen.

Sie wusste nun, nach wem sie suchen mussten.

41. KAPITEL

Inzwischen hatten sie eine vage Vorstellung, was sich in der Silvesternacht abgespielt haben musste. Die Aslans, Hedwig Mattheis und Otto Braunhage hatten zusammen gefeiert. Der Junge ging kurz nach Mitternacht, nachdem er das Feuerwerk angesehen hatte, schlafen. Er legte sich aber nicht in sein Bett, sondern in das Zelt in seinem Zimmer, das er zu Weihnachten bekommen hatte. Sodass es für den Täter den Anschein haben musste, der Junge sei nicht da.

Vielleicht waren die Aslans im Begriff gewesen, ins Bett zu gehen, nachdem Hedwig und Otto ungefähr um halb eins das Haus verlassen hatten, als noch ein später Besucher klingelte. Womöglich dachten sie, es sei ein Nachbar, der ihnen ein gutes neues Jahr wünschen wollte, und haben ihm arglos die Tür geöffnet. Auf gute Nachbarschaft legte man in dieser Siedlung großen Wert, das war Franca wiederholt bestätigt worden.

Vorher hatte die Familie mit Sekt auf das neue Jahr angestoßen – eine preisgünstige Marke – davon zeugten die leere Flasche in der Küche sowie einige benutzte Sektgläser. Es sah so aus, als habe der späte Besucher nicht nur einen Strauß gelber Rosen mitgebracht, sondern auch die Flasche Champagner, die man zu dritt miteinander leerte.

Franca war sich ziemlich sicher, dass Gerry der späte Besucher war, der Mann, der ein Verhältnis mit Yvonne gehabt und dem sie so glühende Briefe geschrieben hatte. Doch noch war Gerry ein Phantom und hatte kein Gesicht.

Vielleicht kannte Cem diesen Mann und hatte deshalb keinen Argwohn geschöpft? Vielleicht war es tatsächlich ein Kollege, wie sie vermutete? Oder ein sonstiger Bekannter?

Doch wie war es diesem Mann gelungen, Cem zu überwältigen? Einen erfahrenen Polizisten mit entsprechender Ausbildung. Gut, der Täter hatte ein Klappmesser dabei. Aber mit einem Messer allein hält man nicht zwei Menschen in Schach. Oder doch?

Womöglich wusste dieser Mann, dass Cem seine Dienstwaffe im Haus hatte. Weil das öfter vorkam, was ihm Yvonne zuvor mitgeteilt hatte. Wo verwahrte man eine Waffe? In einem Tresor? Sie hatten bei der Durchsuchung keinen Tresor ausmachen können. Im Schlafzimmer? Dort hatten in einer Kommode die oberen Schubladen offen gestanden. Vielleicht war er fündig geworden. Mit der geladenen Waffe in der Hand hatte er alles unter

Kontrolle. Wenn er ein Kollege war, dann wusste er auch genau, wie man eine solche bediente.

Sie konzentrierte sich weiter auf den möglichen Ablauf des Abends. Da Silvester war, war niemand von den Nachbarn durch die Schüsse argwöhnisch geworden. Schließlich hatten die Böller bis weit nach Mitternacht geknallt.

Vielleicht war Gerry ursprünglich nicht in der Absicht gekommen, zu töten, sondern hatte nur eine Aussprache gewollt. Die Dinge entwickelten sich anders als gedacht und er hatte seinen Entschluss zu töten erst gefasst, nachdem ihm Yvonne unmissverständlich zu verstehen gegeben hatte, dass sie bei ihrem Mann bleiben wollte. Womöglich gab es eine heftige Auseinandersetzung? Beleidigungen? Provokationen?

Franca konnte es sich nur so vorstellen, dass der Täter als Freund kam. Und als Mörder ging.

Doch wer war Gerry?

Gerold Kiesewetter, der junge Kollege von Cem Aslan, war nachweislich über Silvester mit seiner Freundin auf Gran Canaria gewesen. Somit hatte sich auch dieser kleine Hoffnungsschimmer als tote Spur erwiesen.

Unvermittelt tauchte das Gesicht von Oliver Reimers vor ihrem inneren Auge auf. Er war ein Kollege. Er hatte Yvonne und Cem gekannt. Er hatte zwar gesagt, er habe nichts von einem Liebhaber gewusst, aber vielleicht entsprach das nicht der Wahrheit. Weil er selbst der geheimnisvolle Gerry war? Seit dem Abend in der »Schwarzbrennerei Destille« geisterte diese Möglichkeit durch Francas Gedankenwelt. Zumal irgendwo in den Briefen die Rede davon gewesen war, dass Gerry im Westerwald lebte. Sie wusste, dass Oliver Reimers in Hillscheid wohnte, einem Ort im Herzen des Westerwaldes. Das ging ihr nicht mehr aus dem Kopf.

Und dann wiederum fragte sie sich, ob sie sich nicht zu sehr verrannt hatte. Weil sie dermaßen unter Zugzwang stand, baldmöglichst einen Täter präsentieren zu müssen.

42. KAPITEL

»Da war nichts als Hass im Spiel. Und wir sollten uns fragen, woher dieser Hass kam. Meiner Meinung nach resultierte er aus der Tatsache, dass Cem ein türkischer Polizist war und der Täter es dem Türken mal so richtig zeigen wollte. Und wenn wir uns endlich bequemen würden, das Kind zu befragen, wüssten wir wahrscheinlich schon viel mehr.« Mit Nachdruck und mit funkelnden Augen hatte Roger Brock seine Strategie zum wiederholten Male vorgetragen.

Franca schüttelte den Kopf. »Du weißt, was ich davon halte. Nämlich nichts.«

»Überhaupt scheint mir deine Theorie gar zu einfach zu sein«, warf Clarissa ein.

»Aha. Dann hast du also was Besseres anzubieten?«, konterte Brock.

»Allerdings. Ich sage, es handelt sich um Intimizid.«

Franca sah hoch. Um sie herum gerunzelte Stirnen und ratlose Mienen.

»Was meinst du damit? Tötung des Intimpartners?«, fragte Hinterhuber.

Clarissa nickte. »Der Gerichtspsychiater Andreas Marneros hat diesen Begriff geprägt. Intimizid. Und alles, was wir bisher wissen, deutet darauf hin.«

»So ein neumodischer Quatsch, wenn ich das nur schon höre«, fiel ihr Brock ins Wort.

»Klar, dass du so denkst. Du mit deinen eingefahrenen Gedankengängen«, Clarissa blitzte Brock an. »Deine Hypothese haben wir ja nun schon zur Genüge gehört und erörtert. Und was ist dabei herausgekommen? Ich hab dich ausreden lassen, also bitte, jetzt lass auch mich ausreden.«

Brock machte eine gönnerhafte Handbewegung, während sein Gesicht Spottlust ausdrückte.

»Jetzt noch mal zum besseren Verständnis«, sagte Hinterhuber. »Die Aslans sind beide überfallen und ermordet worden. Wie kommst du denn da auf Intimizid?«

»Meine Rede.« Brock fühlte sich bestätigt.

Clarissa suchte Francas Blick, die nickte ihr ermutigend zu.

»Ich hab mir alles noch mal angesehen. Die Spurenlage. Die Zeugenbefragungen. Besonders aber die Liebesbriefe, die Yvonne an ihren Lover schrieb. Und natürlich auch die Briefe, die sie von ihm bekam.«

»Mann, die hatte eben ein kleines Techtelmechtel. Du tust grade so, als sei das was völlig Außergewöhnliches«, sagte Brock kopfschüttelnd.

»Es sind sehr viele Mails, die die beiden sich geschrieben haben und die Yvonne zu einer Datei in ihrem Laptop zusammengefasst hat. Da steht natürlich auch viel Schrott drin. Aber wie heißt es so schön? Man muss eine Menge Staub durchwühlen, bevor man Diamanten findet.«

»Und, hast du Diamanten gefunden?«, fragte Brock mit überheblichem Grinsen.

»Kann man so sagen.« Sie sah triumphierend in die Runde. »Zumindest haben wir das Mordmotiv gefunden. Nicht nur ich bin dieser Meinung.« Wieder suchte sie Francas Blick.

»Dann erzähl mal«, forderte Hinterhuber sie auf. »Wie bist du zu dieser Schlussfolgerung gekommen?«

»Also: Aus dem erwähnten Briefwechsel wissen wir, dass Yvonne Aslan ein Verhältnis mit einem Mann namens Gerry aus dem Westerwald hatte.«

»Oh, da pfeift der Wind so kalt.«

Clarissa verdrehte die Augen. »Hast du bis jetzt auch nur irgendwas Nennenswertes zu diesem Fall beigetragen, dass du hier andauernd solche blöden Töne spuckst?«, fauchte sie Brock an.

Der hob abwehrend die Hände. »Bin ja schon ruhig. Wenn man nicht mal einen kleinen Scherz machen darf.«

»Im Übrigen würde es dir nicht schlecht zu Gesicht stehen, dich auch mal ab und an weiterzubilden. Aus der fundierten Fachliteratur kann man nämlich sehr viel lernen. Über Täterverhalten beispielsweise.«

Jetzt nimmt sie aber den Mund ziemlich voll, dachte Franca.

»Ohoho, die Stimme der aufbegehrenden Jugend. Ich sag dir eins, Mädchen. Hab du erst mal so viele Dienstjahre auf dem Buckel wie ich. Dann redest du nicht mehr so geschwollen daher.«

Clarissa zog die Augenbrauen zusammen. Ihre Wangen hatten sich rosarot verfärbt. »Erst einmal wäre ich dir sehr dankbar, wenn du mich nicht ›Mädchen‹ nennen würdest.«

Nun fühlte sich Franca doch genötigt, zu intervenieren. »Lass Clarissa bitte ihren Gedankengang zu Ende führen, Roger. Und zwar ohne unqualifizierte Zwischenbemerkungen, wenn das möglich ist.«

Brock lehnte sich demonstrativ auf seinem Stuhl zurück, schaute gelangweilt und faltete die Hände.

»Ein Täter, der seine Opfer auf eine Weise zurücklässt, wie es unser Täter getan hat, muss eine Beziehung zu ihnen gehabt haben«, begann Clarissa erneut. »Das war kein x-beliebiger Typ, der mal grad an Silvester vorbeikam und zwei Menschen umbrachte. Das war jemand, der es genoss, Macht über seine Opfer auszuüben und daraus einen besonderen Kick bezog. Diese letzte Inszenierung, das Spreizen der Beine, diese obszöne Haltung ist die finale Demütigung schlechthin.«

»Hat hier irgendjemand was anderes behauptet?« Brock rollte mit den Augen. »Um solche Schlüsse zu ziehen, brauch ich keine Fachliteratur. Da genügen vollkommen Berufserfahrung und Menschenkenntnis.«

»Schon so mancher hat Vorurteile für Menschenkenntnis gehalten«, konterte sie und fuhr mit ihrer Erläuterung fort. »Yvonne Aslan wird allgemein als äußerst attraktiv beschrieben. Doch im Tod bestand ihr Gesicht nur noch aus blutiger Haut und Knochen. Auch diese Handlung spricht dafür, dass der Täter sie gekannt haben muss. Und ich meine, sehr gut gekannt hat. Seine Wut muss so groß gewesen sein, dass er sie vernichten wollte. Regelrecht zerstören. Als Akt der Bestrafung.«

Hinterhuber hatte ihr aufmerksam zugehört. »Okay. Bis dahin kann ich dir folgen. Aber was hat das mit Intimizid zu tun?«

Clarissa ließ sich nicht beirren. Mit einem Seitenblick auf Brock sagte sie: »Ich beschäftige mich, wie ihr wisst, viel mit Profiling. Oder mit Operativer Fallanalyse, wenn euch diese Bezeichnung lieber ist und …«

»Jetzt hör mir doch auf mit diesen Profilern!« Brock konnte es nicht lassen. »Wie oft hab ich schon erlebt, dass die Indizien so zusammenpuzzlen, bis sie ins Bild passen. In unserem Fall haben wir ja auch einen von diesen Pseudowissenschaftlern bemüht – und was hat es uns gebracht?«

»Kann ich jetzt weitermachen, ja?«, fragte Clarissa spitz. »Also: Es gab regelmäßige Treffen, auf die sich Yvonne und Gerry in ihren Briefen beziehen. Daraus ließe sich wahrscheinlich ein Bewegungsprofil erstellen. Aber so weit bin ich noch nicht. Niemand wusste von dieser Beziehung, außer der besten Freundin. Die Affäre der beiden war zwar kurz, aber heftig. Der Mann, Gerry, der charmant und eloquent sein konnte, hat sich offenbar mehr erhofft. Jedenfalls geht aus den Briefen hervor, dass er sich ein Zusammenleben mit ihr wünscht. Und dass er extrem eifersüchtig ist. Als sie ihm schließlich den Laufpass gab, hat er das nicht verkraftet.«

Hinterhuber wiegte mit dem Kopf. »Aber wie ich das verstanden habe, war die Sache längst zu Ende. Und das schon seit zwei oder drei Monaten«, sagte er. »Siehst du da wirklich einen Zusammenhang?«

Clarissa nickte nachdrücklich. »Yvonne war es, die Schluss machte. Er hat das aber nicht akzeptiert. Ich könnte mir vorstellen, dass Gerry von diesem Zeitpunkt an über nichts anderes gebrütet hat als darüber, wie er sie, die ihn wegen eines anderen abgewiesen hat, zurückgewinnen könnte. Stalker-Tendenzen. Kennt man ja.«

»Wo hast du das her?«, fragte Brock. »Gibt es auch nur einen Anruf, eine SMS oder Mail, die das bezeugt?«

»Nika Beckstein, Yvonnes Freundin, hat mir erzählt, dass er sie so sehr belästigte, dass sie sich ein neues Handy anschaffte. Danach war Ruhe. Aber nur scheinbar, wie ich meine. In den Briefen klingt auch so was wie Sadismus an. Ziemlich verklausuliert zwar, aber es ist durchaus da. Und man merkt, dass ihr, also Yvonne, das gefallen hat. Beide verband ein heftiges, nun ja, sexuelles Verlangen …«

Franca hatte der jungen Kollegin schweigend zugehört und sie aufmerksam beobachtet. Die ganze Zeit war sie damit beschäftigt gewesen, ein verdrängtes Ereignis dort zu halten, wo es war. Doch jetzt kam die Erinnerung mit Macht zurück. Franca sah sich selbst, voller Verlangen auf einem Bett räkelnd. Neben ihr ein wundervoller Mann, ein Liebhaber, wie man ihn sich wünschte. Der ihren Körper behandelte, als sei er ein wertvolles Instrument. Der sie mit zärtlichen Worten und Aufmerksamkeiten überhäufte. Sie hörte eine Stimme flüstern: »Ich würde dich gerne fesseln. Glaubst du nicht, dass das eine tolle Erfahrung sein wird?«

Was danach geschah, war äußerst blamabel. Und ausgesprochen demütigend, dass sie die Erinnerung daran in die abgelegensten Tiefen ihres Gehirns verbannt hatte. Doch jetzt, da Clarissa über die Liaison zwischen Gerry und Yvonne referierte, standen ihr diese beschämenden

Szenen deutlich vor Augen. Heftig versuchte sie, die Bilder wegzublinzeln.

»Du glaubst also, der ehemalige Lover spaziert in der Silvesternacht bei seiner Geliebten zur Tür herein und will sie sich holen. Dass da zufällig auch deren Ehemann anwesend ist, kann ja keiner ahnen. Und dann killt er die beiden einfach so?« Brocks Stimme triefte vor Sarkasmus.

»Einfach so ist gar nichts. Das wisst ihr doch auch.« Man merkte Clarissa an, dass sie langsam unsicher wurde.

»Aber du bist felsenfest davon überzeugt, dass der Lover der Täter ist?«, fragte Hinterhuber.

Clarissa biss sich auf die Lippen. »Es ist zumindest ein Ermittlungsansatz, den wir bisher noch nicht näher beleuchtet haben. Wir wissen leider sehr wenig von Gerry. Eben nur das, was er in den Briefen über sich preisgegeben hat. Und die will ich jetzt noch mal ganz genau studieren im Hinblick auf unsere Hypothese. Franca ist nämlich auch dieser Meinung. Nicht wahr, Franca?«

Franca nickte. Zog es aber weiter vor zu schweigen.

»Und warum glaubst du, hat er die Schränke durchwühlt?«, fragte Hinterhuber.

»Weil er den Anschein erwecken wollte, dass ein Raubmord stattgefunden hat«, antwortete Clarissa.

»Ja. Klar.« Brock lächelte sein überhebliches Lächeln.

»Oder weil er auf der Suche nach der Dienstpistole von Cem Aslan war.«

»Ach, und er wusste, dass die Pistole im Haus ist? Wo doch jeder weiß, dass Dienstpistolen nur da sind, wo sie hingehören, nämlich auf der Dienststelle.«

»Ach, Roger. Du hast sicher noch nie deine Dienstwaffe mit nach Hause genommen, nicht wahr?«, fragte Franca süffisant. Langsam erwachte sie aus ihrer Starre.

Brock antwortete nicht.

»Aslans Pistole war weder in seinem Waffenfach in der Andernacher PI noch in seinem Spind«, fuhr Franca fort. »Also ziehen wir mal den nicht unwahrscheinlichen Schluss, dass er sie mit nach Hause genommen hat.«

Brock sah von Franca zu Clarissa. »Und woher wollt ihr das so genau wissen? Oder ist die Waffe inzwischen aufgetaucht?«

Das war der wunde Punkt. Cem Aslans Pistole mit seiner Waffennummer war in der Sachfahndung ausgeschrieben worden. Bisher ohne Ergebnis.

Brock wandte sich wieder an Clarissa: »Gehen wir mal deiner These weiter nach – aber da sind immerhin zwei gegen einen. Cem war ausgesprochen durchtrainiert. Wieso glaubst du, hätte der sich so einfach überrumpeln lassen?«

Das war ebenfalls ein wunder Punkt, wie Franca insgeheim zugeben musste.

»Am Tatort lag ein Messer. Damit hat der Täter die beiden zunächst in Schach gehalten. Vielleicht hat er Yvonne aufgefordert, ihren Mann zu fesseln.«

Brock beeindruckte dies wenig. »Und woher hatte er das Panzertape?«

»Ich weiß es doch auch nicht. Aber irgendwoher musste er es ja haben. Ich denke mir, es hat sein Machtgefühl erhöht, dass gerade ein Polizist sein Rivale war. Da wollte er seine Überlegenheit demonstrieren. Und er hat Cem deutlich vor Augen geführt, dass er mit dessen Frau machen konnte, was er wollte.« Clarissa sah sich unsicher in der Runde um. Das Kinn vorgereckt, als ob sie sich selbst davon überzeugen müsste, dass an ihrer Theorie etwas dran war.

»Du glaubst also, dass der ehemalige Liebhaber in der Nacht vorbeikam. Zunächst hat man zusammen friedlich miteinander Champagner getrunken«, griff Hinterhuber den Faden auf. »Und dann ist die Situation aus dem Ruder gelaufen?«

»Wir haben Hinweise darauf, dass der Täter den Champagner mitbrachte, sowie einen großen Strauß gelber Rosen, Yvonnes Lieblingsblumen, was Gerry wusste«, sagte Franca. »Womöglich kannten er und Cem sich. Ich gehe davon aus, dass der Mord nicht geplant war, sondern dass sich alles auf fatale Weise entwickelt hat. Bis die Situation eskalierte.«

Besonders wenn man einander vertraut, wird man unvorsichtig, dachte Franca. Man liefert sich aus, weil man nicht mit einem Übergriff rechnet. Und mit einem Mal verwandelt sich ein wohlbekanntes Gesicht in ein Teufelsantlitz.

»Was wieder darauf hindeuten könnte, dass es doch ein Kollege war?«, fragte Hinterhuber.

»Vielleicht jemand, den beide kannten.«

»Klar. Der Hausfreund.« Brock lachte meckernd.

43. KAPITEL

Franca biss in eine Pink Lady. »An Apple a day keeps the doctor away.« Sie hatte sich wieder an diese alte Weisheit erinnert und sich vorgenommen, im neuen Jahr etwas bewusster auf vitaminreiche Ernährung zu achten.

»Ich finde es gut, dass du so viel Fachliteratur liest«, sagte sie zu Clarissa, obwohl sie sich fragte, woher die junge Kollegin die Zeit dafür nahm. »Ich bin zwar zu demselben Schluss gekommen wie du, aber ich hätte es nicht Intimizid genannt.«

»Ich hab Professor Marneros mal in einer Fortbildung gehört. Sein Vortrag hat mich fasziniert. Er sagt, wenn eine Frau eine Beziehung beendet, beginnt für sie das größte Risiko, Opfer eines Verbrechens zu werden. Das hab ich mir gemerkt. Und dass es keine Rolle spielt, aus welcher Gesellschaftsschicht der Mann kommt. Auch Männer, die bisher vollkommen unbescholten waren und nie gewalttätige Tendenzen hatten, können sich so verhalten. Wie bei einem Vulkan kochen dann die Gefühle über, meist wird dem Täter erst hinterher klar, was er angerichtet hat. Aber sag so was mal dem Brock. Der mit seiner eingefahrenen Denkweise.«

Franca warf den Apfelstrunk in den Abfallkorb. »Wir haben nichts weiter als diese Briefe. Also schauen wir sie uns noch mal genauer an. Ich kann mir einfach nicht vorstellen, dass es da wirklich nicht den kleinsten Hinweis auf Gerrys Identität geben soll.«

Clarissa hatte bereits die Datei »Karat« aufgerufen und begonnen, sie erneut zu studieren. »Hier, hör dir das mal an«, sagte sie und begann vorzulesen:

»Es zerriss mir das Herz, als du dich von mir verabschiedet hast und ich wusste, du gehst jetzt zu deinem Mann. Ich hätte dich liebend gern zurückgeholt, dir alles auf der Welt geschworen, wenn du nur bei mir geblieben wärst.

Yvonne, du hast mich in so kurzer Zeit erobert. Schon bei unserem allerersten Treffen habe ich gewusst, dass du etwas ganz Besonderes bist. Du hast in mir Wünsche und Vorstellungen geweckt, die ich seitdem nicht mehr richtig kontrollieren kann.

Hörst du, was der schreibt? Und auch das:

Natürlich bin ich eifersüchtig, wenn du von deinem Mann und von deinem Sohn erzählst, eurem tollen Familienglück, dann muss ich sehr an mich halten. Oft frage ich mich, warum ich mir eigentlich das Leben so schwer mache und das Glück mit dir nicht einfach genieße. Einem Menschen bedingungslos vertrauen zu können, passiert einem ja nicht alle Tage. Wir haben uns gefunden. Und ich habe mich dir völlig anvertraut, ja fast schon ausgeliefert.«

Clarissa sah Franca herausfordernd an. »Ist das nicht eindeutig?«

Da war er wieder: Der Begriff »Vertrauen«, über den Franca in letzter Zeit so oft stolperte. Wenn man jemandem vertraute, war man überzeugt von dessen Redlichkeit und ehrbaren Absichten. Man stellte sie nicht in

Frage. Besonders nicht in unsicheren Situationen. Gerade dann wandte man sich an denjenigen, auf den man mit Gewissheit zählte. Was aber, wenn das Vertrauen auf der einen Seite ehrlich und auf der anderen Seite nur gespielt war und entsprechend ausgenutzt wurde? Sie runzelte die Stirn. »Was sagt denn dein Professor Marneros über die Tatsache, dass es ein Kind gab?«

»Vielleicht hat Gerry Erol mit in sein imaginiertes Glück nehmen wollen. Vielleicht hätte er ihn am Ende auch getötet. Wer weiß, aber der Kleine war ja Gott sei Dank so schlau, wegzulaufen.«

Das Telefon klingelte. Frankenstein war dran. Franca betätigte den Lautsprecher, damit Clarissa mithören konnte.

»Heute Morgen ist eine Pistole abgegeben worden. Spielende Kinder haben sie am Rheinufer gefunden.«

»Ja. Und?«

Clarissa bedachte Franca mit einem überraschten, fragenden Blick.

»Was ist mit dieser Pistole?«

»Ihr glaubt es nicht, was das für eine Waffe ist.«

Franca bekam eine Ahnung, wagte aber nicht, darauf zu hoffen. Der Zufall wäre zu groß.

»Nun sag schon.«

»Also … die Waffe ist eine Walther P99 Q und stammt aus rheinlandpfälzischen Polizeibeständen.«

»Nein!«, rief Franca aus. Die Kinnlade fiel ihr herunter.

»Ich kann sogar noch genauere Angaben machen.« Ein triumphierender Frankenstein war am anderen Ende.

»Wie, du meinst doch nicht etwa …?«

»Doch. Es ist die von Cem Aslan. Sie trägt seine Dienstwaffennummer. Aus dieser Pistole wurden fünf

Schüsse abgegeben. Die fehlen im Magazin. Mann, ein Glück, dass die Kinder da nicht mit herumgefuhrwerkt haben, wer weiß, was da alles hätte passieren können. Die Eltern waren so geistesgegenwärtig, die Waffe auf der nächsten Polizeidienststelle abzugeben.«

»Frankenstein, weißt du, was du da sagst?«

»Klar.« Er lachte laut. »Ich bin im Vollbesitz meiner geistigen Kräfte. Und manchmal gibt es ihn halt wirklich, den Kommissar Zufall.«

Clarissa beugte sich über die Sprechmuschel. »Wo haben die Kinder denn die Waffe gefunden?«

»Am Rheinufer zwischen Bad Breisig und Brohl-Lützing. Nicht weit von der Stelle, wo damals diese Taxifahrerin ermordet aufgefunden wurde.«

»Ach«, sagte Franca. »Da war ich erst vor Kurzem.«

»Der Rhein hat seit ein paar Tagen Niedrigwasser. Da kommen noch ganz andere Sachen ans Tageslicht. Alte Sprengkörper aus dem Krieg zum Beispiel. Das ist ganz schön gefährlich. Ich kann mir vorstellen, dass der Täter versucht hat, die Waffe im Rhein zu entsorgen, und jetzt bei dem niedrigen Wasserstand wurde sie gefunden.«

»Wie ist es denn mit Fingerabdrücken oder DNA? Habt ihr da was sichern können?«, fragte Franca.

»Genau das ist unser Problem«, sagte Frankenstein. »Sieht schlecht aus. Bis jetzt konnten wir nur ein paar Fragmente isolieren. Aber mal sehen. Vielleicht kriegt die KTU das Ganze noch ein bisschen deutlicher.«

44. KAPITEL

Mit schlechtem Gewissen dachte Franca daran, dass sie sich dem Geisterfahrer-Fall nicht mit der gleichen Akribie widmete wie dem Doppelmord, der so viel mehr Energie und Arbeitsaufwand erforderte. Osterkorn hatte schon einige Male ungeduldig nachgefragt. Doch immer war etwas anderes wichtiger gewesen.

Auch heute war es wieder spät geworden. Die Unterlagen hatte sie mit nach Hause genommen. Sie hoffte darauf, dass ihr das Arbeiten in entspannter Atmosphäre leichter fiel.

Sie schenkte sich ein Glas Rotwein ein und klappte den Laptop auf. Auf Google Maps ging sie noch einmal die Strecke durch, die Scholten in der Silvesternacht gefahren war, bevor es zu dem fatalen Zusammenstoß kam. Laut seiner Aussage kam er aus Koblenz und wollte nach Hause. Das Auto, mit dem er unterwegs war, war in der Altstadt gestohlen worden. Alsbach, der Ort, in dem Scholten lebte, lag in der Nähe von Ransbach-Baumbach. Der schnellste Weg dorthin führte ein kurzes Stück über die B9 und beim Gewerbepark Nord auf die A48.

Franca betrachtete den Streckenverlauf. Dann sah sie nochmals in ihren Unterlagen nach. Merkwürdig: Der Unfall hatte sich doch weiter westlich in Höhe Mülheim-Kärlich ereignet. Und zwar auf der Gegenfahrbahn. Außerdem hatte Dietz, der junge Polizist, der den Unfall aufgenommen hatte, eine Meldung über einen

Raser auf der B9 in Richtung Koblenz genannt. Folglich kam Scholten ursprünglich nicht aus Koblenz, sondern aus der entgegengesetzten Richtung.

Warum hatte Scholten solchen Blödsinn erzählt? Sie sah nochmals auf die Karte. Folgte mit den Augen dem Streckenabschnitt auf der B9. Hinter Mülheim-Kärlich lag Andernach, dahinter kam Brohl-Lützing. Der nächste Ort war Bad Breisig.

Wann genau war der Unfall passiert? Am Neujahrsmorgen war sie gegen neun Uhr auf der B9 unterwegs gewesen zum Tatort Bad Breisig. Nicht lange danach musste der Unfall passiert sein. Hastig blätterte sie in ihren Unterlagen. Da stand es: 9:20 Uhr.

Ihre Vermutung wurde immer mehr zur Gewissheit: Um 8:37 Uhr war die Meldung über das Feuer eingegangen. Da war der Täter bereits aus dem Haus. Die Feuerwehr war kurze Zeit später vor Ort gewesen. Zeit genug für den Täter, die Pistole am Rheinufer zu entsorgen und dann im Affentempo Richtung Koblenz weiterzufahren? So lange, bis ihn Polizisten zum Anhalten aufforderten.

Franca konnte sich vorstellen, wie er kopflos davonraste und in Panik Dinge tat, die man bei klarem Verstand niemals tun würde. Vielleicht glaubte er, man sei ihm bereits wegen der Morde auf den Fersen. Er war in einem gestohlenen Auto unterwegs. Sein Hirn war nur noch auf Flucht programmiert. Ein Gehetzter, der versuchte, irgendwie zu entkommen. Er bog bei der nächsten Ausfahrt ab und fuhr sofort in falscher Richtung wieder auf. Aber aus welchem Grund war er nicht einfach weiter geradeaus gefahren? Weil er seine Ausweglosigkeit erkannte? Weil er sich umbringen wollte? Weil er sich der Monstrosität seiner Tat mit einem Mal bewusst wurde?

Adrenalin pulste durch ihre Adern. Ihr Herz klopfte. Gleichzeitig war sie unvorstellbar erleichtert, dass der Täter kein Kollege war. Gerry war Notger Scholten, der Unfallfahrer. Aber sollte es wirklich so einfach sein?

Sie reflektierte ihre bisherigen Erkenntnisse.

Scholten stammte aus Friedrichroda in Thüringen. Nach der Wende war er in den Westen gekommen, wie so viele. Noch einmal rief sie Google Maps auf. Suchte den Thüringer Wald. Suchte Friedrichroda. Thüringen grenzte an Hessen. Das Städtchen war nicht allzu weit von der ehemaligen deutsch-deutschen Grenze entfernt. Eisenach lag in der Nähe. Gotha.

Gotha? Hatte sie nicht in Gerrys Briefen von einem Besuch in Gotha gelesen? Mit fliegenden Fingern rief sie nochmals die Datei »Karat« auf. Gab den Suchbegriff ein. Ja, hier stand es.

Ich war vor Kurzem mal wieder in der Heimat. Ist schon merkwürdig, was sich da alles verändert hat. Die Plattenbauten, die früher triste grau waren, hat man bunt angemalt, sie haben jetzt gelbe und grüne Balkone. Gotha hat sich richtig rausgeputzt. Im alten Schlachthaus, dort, wo ich mal gearbeitet habe, finden regelmäßig Events statt. Pop-Konzerte und Partys. Da, wo früher Schweine und Rinder abgemurkst wurden, rockt man heute ab. Von einem solchen Wandel hätten wir niemals zu träumen gewagt.

Franca durchforstete die Briefe weiter.

Je mehr sie las, umso klarer entfaltete sich vor ihren Augen das Täterprofil. Gerry schrieb von sich als einem ungeliebten Kind, das immer alles in sich hineingefressen habe. Das gelernt habe, seine Ängste unter Verschluss zu halten. Auch seine Eifersucht auf Cem artikulierte er mehr als einmal.

Du fragst mich, ob ich fähig wäre, jemanden zu töten? Du stellst vielleicht Fragen. Aber wir wollten ja ehrlich miteinander sein. Ja, im Grunde glaube ich, jeder Mensch ist in der Lage, zu töten. Ich bin da keine Ausnahme. Ich habe den Beruf des Fleischers gelernt. Da muss man töten, es wurde von mir verlangt, obwohl ich das gar nicht wollte. Obwohl mir jedes der Tiere leidtat, musste ich ihm den Garaus machen. Aber noch schlimmer war es bei der Armee. Dort wurde mir jegliche verbliebene Sensibilität ausgetrieben. Dort geht es nur um Befehl und Gehorsam. Die Welt ist eingeteilt in Freund und Feind, das hab ich dort gelernt.

Franca schüttelte wieder und wieder den Kopf. Es stand alles da. Aber sie hatten es überlesen. Und anders interpretiert. Weil sie zunächst nur von einem Lover ausgegangen waren. Nicht von einem Mörder.

Nun, da sie die Hintergründe besser kannte, fanden sich immer mehr Bestätigungen für ihre Theorie.

Kurze Zeit später klingelte ihr Telefon. Erstaunt registrierte sie, dass es Clarissa war. »Entschuldige, dass ich dich mitten in der Nacht anrufe«, sagte sie atemlos. »Aber ich weiß jetzt, wer unser Täter ist.«

»Ich auch«, entgegnete Franca.

45. KAPITEL

Clarissa hatte sich auf den Rand des leeren Bettes gesetzt. Wie ein Wachhund saß Engelbert Eder, Scholtens Verteidiger auf der anderen Seite auf einem Stuhl, die Aktentasche neben sich auf dem Boden.

Scholtens Beinbruch hatte sich als äußerst kompliziert erwiesen und musste mehrfach operiert werden. Fluchtgefahr sei vollkommen ausgeschlossen, sagten die Ärzte.

Franca, die einen Stuhl neben Scholtens Bett geschoben hatte, betrachtete den Mann, von dem sie annahm, dass er nicht nur Yvonne und Cem Aslan getötet hatte, sondern auch eine junge Mutter und ihre kleine Tochter. Er war jemand, der auch noch im Krankenbett ganz manierlich aussah. Der sicher keine Probleme hatte, Frauen aufzureißen, die er mit charmanten Worten zu bezirzen wusste. Warum hatte er sich ausgerechnet die Frau eines Polizisten ausgesucht? Oder war das Teil seines Plans?

»Warum haben Sie Yvonne Aslan brutal vergewaltigt? Eine Frau, die Sie doch geliebt haben? Und das auch noch vor den Augen ihres Mannes?«

Scholten sah seinen Verteidiger mit leidendem Blick an.

»Frau Mazzari!« Ein warnender Unterton schwang in Engelbert Eders Stimme mit. »Nach den vorliegenden Fakten gibt es keinen dringenden Tatverdacht.« Ganz hinterlistiger Fuchs. Und zu Scholten gewandt: »Sie müssen darauf nicht antworten. Sie haben das Recht, die Aussage zu verweigern.«

Doch Scholten schien unschlüssig. Seine Kiefernmuskeln mahlten. Seine Schläfen pochten. Franca glaubte, etwas wie Erleichterung in seinem Gesicht lesen zu können. Es war ja auch äußerst anstrengend, etwas so Monströses wie die von ihm verübten Taten verbergen zu müssen.

Plötzlich stieß er hervor: »Ja, ich habe sie geliebt!«

Eder versuchte, ihn zurückzuhalten, doch ungehemmt sprudelte es weiter aus ihm heraus: »Aber sie hat alles kaputt gemacht. Wir hatten Pläne. Wir wollten zusammenziehen. Sie war mit allem einverstanden.«

»Womit war Yvonne Aslan einverstanden?«

»Herr Scholten, Sie müssen nicht …«

»Sie war es doch, die ihren Mann getötet hat«, fiel Notger Scholten seinem Anwalt ins Wort. Er hielt Franca mit seinem Blick fest. Einem Blick aus irritierenden gelbbraunen Augen, die ihr den Eindruck vermittelten, dass sie sehr viel gesehen hatten, das irgendwo in seinen Gehirnwindungen abgespeichert war. Hinter denen sich eine Welt verbarg, die ihr für immer verschlossen bleiben würde.

»Sie ist hoch ins Schlafzimmer und hat die Dienstpistole aus der Kommode geholt. Dann kam sie wieder runter und hat auf den Kopf ihres Mannes gezielt und eiskalt abgedrückt. In dem Moment war mir natürlich sonnenklar, die Polizei würde mich beschuldigen.« Kleine Schweißperlen bildeten sich auf seiner Stirn. »Ich war nicht mehr Herr meiner Sinne. Nicht mehr fähig, klare Gedanken zu fassen. Können Sie sich vorstellen, wie mir zumute war? Wissen Sie, was Panik ist? Als die Polizisten mich dann verfolgten, da wollte ich nur noch weg.«

»Sie hätten sterben können. Wie die junge Mutter und ihr kleines Kind.«

»Ja«, flüsterte er. »Ich hätte sterben können, vielleicht wär das auch ganz gut gewesen.«

Clarissa tauschte Blicke mit Franca. Eder hatte resigniert den Kopf geschüttelt und war schließlich verstummt.

»Wissen Sie, wie man mit einer Pistole umgeht?«, fuhr Franca mit ihrer Befragung fort.

Scholten schüttelte den Kopf. »Ich habe noch nie eine Waffe in der Hand gehalten.«

»Noch nie? Auch nicht bei der Armee?«

Er ruckte herum. »Das ist doch wohl was völlig anderes. Dazu wurde ich gezwungen. Ich bin ein friedliebender Mensch. Alles, was geschehen ist, tut mir unendlich leid. Aber es ist wirklich nicht meine Schuld.« Heftig schüttelte er den Kopf. »Nicht meine Schuld.«

Franca hatte nichts anderes erwartet. Es war ein ihr allzu bekanntes Verhalten: Alles von sich weisen. Die Schuld auf andere schieben.

Menschen wie ihm konnte man kein Wort glauben. Sie waren Meister darin, andere zu manipulieren. Sie modellierten sich die Wirklichkeit zurecht und versuchten dann glaubhaft zu versichern, was sie sich selbst lange genug eingeredet hatten.

»Herr Scholten. Auf der Pistole, die wir am Rheinufer gefunden haben, konnte DNA nachgewiesen werden. Ihre DNA.« Sie bluffte. Die DNA hatte nicht vollständig identifiziert werden können. Doch Scholten fiel drauf rein. Mit schmerzerfülltem Blick sah er Franca an.

»Klar. Ich wollte ihr ja die Pistole aus der Hand reißen. Aber da hatte sie schon geschossen.« Theatralisch schlug er die Hände vors Gesicht und schluchzte.

»Und dann haben Sie sie an die Leine genommen wie

einen Hund und haben sie vergewaltigt?«, sagte Franca ungerührt.

»Nun ist es aber genug!«, rief sein Verteidiger aus. »Sie wissen, dass Sie damit nicht durchkommen! Weder ist mein Mandant ausreichend über seine Rechte belehrt worden, noch ist er nach der schweren Operation in der Lage, klar zu denken.«

Franca stand auf. »Ich glaube, wir haben genug gehört«, sagte sie zu Clarissa. Manchmal war es besser abzuwarten und die Dinge sacken zu lassen. Es würde noch genug Gelegenheit geben, Scholten mit den Ungereimtheiten seiner Story zu konfrontieren.

46. KAPITEL

»Hier haben Sie alles wunderbar dokumentiert. Vom wundersamen Anfang bis zum apokalyptischen Ende, wenn Sie so wollen.« Professor Heinz Augustin tippte auf den großen Blätterberg mit den Ausdrucken des Briefwechsels von Gerry und Yvonne und sah von Clarissa zu Franca. »Ein einsamer Mann, der auf der Suche war nach der Frau seines Lebens. Und als er meinte, sie gefunden zu haben, hat er alles daran gesetzt, sie zu behalten. Offensichtlich hatte er wenig soziale Kontakte. Da bedeutete diese Frau die Nabelschnur zur Welt. Er glaubte, ohne sie nicht mehr leben zu können. Das hat er in seinen Briefen oft mehr oder weniger verschlüsselt so ausgedrückt.« Er strich sich über das schüttere weiße Haar, unter dem die Kopfhaut rosa schimmerte.

»Also ein Narzisst?«, fragte Clarissa.

»Zumindest hatte er narzisstische Tendenzen. Er erträumt sich großartige Ideale, sucht in der Liebe Rettung bei einer Partnerin, die mit ihm verschmilzt und gemeinsam mit ihm zu diesem ›Ich‹ wird, das er in sich nicht spüren kann. Das klappt auch in der Anfangszeit ganz wunderbar. Doch in dem Moment, als sie seine Pläne durchkreuzt und ihm zeigt, dass sie ein eigenständiger Mensch ist, der auch ohne ihn existieren kann, wird es gefährlich für sie. Das empfindet er als Bedrohung seiner Existenz. Und dann ist er bereit, im wahrsten Sinne des Wortes über Leichen zu gehen.«

»Sie meinen, Scholten hat diese Frau wirklich geliebt?«, fragte Clarissa, die den Ausführungen des forensischen Psychiaters, der Scholten begutachtet hatte, aufmerksam lauschte.

»Was seine Welt betrifft, sicher. Obwohl Sie und ich wahrscheinlich bezweifeln würden, dass Menschen seiner Couleur tatsächlich lieben können. Also, was man so landläufig darunter versteht. Aber er war sicher davon überzeugt, dass er sie liebt. Und er hat alles getan, dass sie bei ihm bleibt. In dieser Nacht kam er mit Rosen und Champagner. Obwohl er sich das wahrscheinlich gar nicht leisten konnte als Hartz-IV-Empfänger. Aber er wollte ihr damit imponieren, auch, weil er wusste, dass ihr Mann ihr das nicht bieten kann. In seiner Selbstüberschätzung hat er wohl geglaubt, sie damit zurückerobern zu können.«

Franca wusste um die Anziehungskraft solcher Menschen, die äußerst charmant und einfühlsam sein können, und dennoch tief in ihrem Inneren etwas Wildes und ausgesprochen Bösartiges verborgen halten. Etwas, das besonders dann zum Ausbruch kommen kann, wenn sie sich abgelehnt fühlen. Sie hatte einen solchen Menschen kennengelernt und war seiner Anziehungskraft erlegen, obwohl sie immer geglaubt hatte, ihr könne so etwas nicht passieren.

Clarissa fragte: »Wie konnte dies denn derart eskalieren? Ich meine, wenn man einen Menschen liebt, dann will man doch, dass es ihm gutgeht. Und wie kommt es dann zu diesem Entschluss, denjenigen zu töten?«

»Für solche Menschen wie unseren Täter ist Empathie ein Fremdwort. Sie denken nur an sich. Er fühlte sich durch Yvonnes Zurückweisung zutiefst gekränkt, das hat er nicht ertragen. Um sich stark zu fühlen, demütigt man andere. Ein uralter Ritus. Manche genießen es förmlich, wenn ihr Gegenüber ihre Verachtung schmerzhaft spürt. Vielleicht bedeutete es für ihn einen besonderen Kick, dass ihr Mann ein Polizist war, den er nun in der Hand hatte. Das bedeutete für ihn Macht und eine gewisse Gottgleichheit. Jedenfalls hat Gerry es nicht ertragen, dass die Frau, die er liebte, einen anderen bevorzugte. Er wollte mit dieser Frau ein neues Leben beginnen. Offensichtlich hat sie ihn darin auch ermutigt. Zumindest eine Zeitlang. Aber schon bald muss sie realisiert haben, dass alles nur ein Abenteuer war, ein Ausbrechen aus dem

Alltag. Womöglich hat sie seine Gefährlichkeit gespürt und wollte rechtzeitig die Reißleine ziehen. Sie hatte ja nicht aufgehört, ihren Mann, den Vater ihres Kindes, zu lieben.«

Franca runzelte die Stirn, erwiderte aber nichts.

»Das hört sich jetzt alles nach einer einfachen Erklärung an. Aber im Grunde ist nichts einfach. Das wissen Sie, das weiß ich. Sicher spielen bei diesen Dingen immer bestimmte Konstellationen von Eigenschaften, Persönlichkeitszügen und situativen Umständen eine Rolle, wenn es zum Äußersten kommt. Manchmal kann man in solchen Handlungen einfach nur latent sehen, welche unbewussten Gefühle eine Rolle gespielt haben könnten. Sehen Sie, er ist im Osten geboren und dort in der geschlossenen Gesellschaft aufgewachsen, ein Wendeverlierer, der nichts mehr auf die Reihe kriegte. Alles Mögliche hat er angefangen und nichts zu Ende gebracht. Da haben sich viel Frust, Wut und nicht abgeleitete Aggressionen aufgestaut. Er brauchte unbedingt ein Erfolgserlebnis. Sein Traum war eine Heilpraktiker-Praxis, aber dafür wollte ihm keine Bank Kredit geben. Auch privat war kein Erfolgserlebnis in Sicht. Seine große Liebe war verheiratet. Auch noch mit einem Polizisten. Einem ausländischen Polizisten. Wie eifersüchtig er auf ihn war, und dass er sich für den geeigneteren Partner von Yvonne hielt, steht alles hier in diesen Texten.« Der Psychiater klopfte auf den Papierstapel. Franca registrierte, dass sein Handrücken mit braunen Altersflecken gesprenkelt war. »Gerry hatte sehr hohe Erwartungen in sein neues Leben. Umso tiefer war der Fall. Mit einem Mal sah er alles in Gefahr: seine Zukunft, sein Selbstbild. Er musste sich als Versager wahrnehmen. Jedoch in dem

Moment, als er ihrem Mann zeigen konnte: Das ist *meine* Frau, erlebte er einen Machtrausch. Vergleichen Sie es mit einer Sucht. Er war abhängig von ihr. Er glaubte, ohne sie nicht mehr leben zu können. Deshalb hat er alles drangesetzt, sie zurückzubekommen. Sie war sein Flash, seine Existenzberechtigung. Ohne sie war alles sinnlos. Als sie mit ihm Schluss machte, war er regelrecht auf Entzug. Und da versuchte er, sein Suchtmittel wiederzubekommen. Koste es was es wolle.«

Franca sah ihn unverwandt an und wägte jedes seiner Worte ab.

Offenbar bemerkte Professor Augustin ihren skeptischen Blick. »Das hört sich vielleicht ein bisschen zu theoretisch an, ich weiß. Beschreibt aber in etwa das, was in ihm vorgegangen sein dürfte«, beeilte er sich zu versichern.

»Aber doch nur in seiner Fantasie«, rief Franca aus. »Das alles war doch äußerst unrealistisch.«

»Das spielt keine Rolle. Er lebt in seiner selbstgeschaffenen Welt und da kriegt ihn so schnell keiner raus. Auch nicht die einleuchtendsten Argumente. Er wird immer auf seiner Sicht der Dinge beharren.« Der Professor hob die Schultern, ließ sie wieder fallen.

»Was mir nicht in den Kopf will«, sagte Clarissa, »hat Yvonne denn nicht gleich gemerkt, wen sie sich da angelacht hat? Einen Hartz-IV-Empfänger und einen sagenhaften Großkotz.«

»Sie haben doch auch diese Briefe gelesen. Er konnte sich sehr gut ausdrücken.« Der Psychiater wippte mit den Füßen. »Man darf nicht vergessen: Solche Menschen können sich ausgesprochen gut verstellen. Vielleicht hat er auch das Animalische in ihr angesprochen. Sie wäre nicht die Erste, die auf so was abfährt. Denken Sie nur an Jack Unterweger, der hat sehr viele Frauen, besonders auch Intellektuelle, dazu gebracht, sich für ihn einzusetzen. Oder nehmen Sie die Frauen, die Briefe an Massenmörder im Gefängnis schreiben und sie sogar heiraten wollen. Über dieses Phänomen wundere ich mich immer wieder. Aber das Bedürfnis nach menschlicher Bindung ist eins der stärksten Bedürfnisse überhaupt, und damit auch unser stärkster Antrieb.«

Franca lag noch eine wichtige Frage auf der Seele: »Was glauben Sie: Ist er mit der Absicht gekommen, zu töten?«

»Ich denke, er kam, um sich zu holen, was ihm seiner Meinung nach zustand. Sein Lebenselixier, ohne das er glaubte, nicht weiterleben zu können. Ob er von Anfang an vorhatte zu töten, ist fraglich. Das kann ich Ihnen nicht sagen. Das kann nur er selbst beantworten. Aber aus meiner Praxis weiß ich, dass in vielen Männern der Gedanke vorherrscht: Wenn ich dich nicht haben kann, soll dich auch kein anderer haben. Das ist ein Prozess, der sich verselbstständigt und nicht mehr rational abläuft.«

»Glauben Sie, er hätte auch das Kind umgebracht, wenn er gewusst hätte, dass es da ist?«

»Möglich. In Extremsituationen gibt es für diese Menschen nur noch den Tunnelblick. Sie wollen haben, haben, haben. Koste es, was es wolle.«

Clarissa konnte sich noch immer nicht beruhigen. »Als wir ihn befragten, sagte er: ›Ich liebe sie noch immer.‹ Das ist doch makaber. Er hat sie schließlich umgebracht.«

Professor Augustin lächelte. »Das ist keineswegs makaber. Ein Mord kettet zwei Menschen für immer aneinander. Es ist auch kein Wahn, der Gerry erfasst hatte, sondern nur eine einseitige Interpretation der Welt. So was kann normalerweise korrigiert werden. Aber dazu muss man sich auseinandersetzen. Miteinander reden. Und vor allem andere Meinungen zulassen. Und genau dazu sind Typen wie er nicht in der Lage. Wenn es um die Tiefen ihrer Psyche geht, mauern sie.«

»Wir werden also immer wieder mit solchen Tätern konfrontiert werden?«, fragte Clarissa.

Er nickte und zuckte gleichzeitig die Achseln. »Das Verhalten eines Menschen folgt keinen eindeutigen Kausalitäten. Es gibt keine Formeln, mit denen man sein Verhalten berechnen könnte. Insofern werden wir nie genau erklären können, warum jemand am Ende diese Entscheidung getroffen hat.«

47. KAPITEL

Engelbert Eder verfolgte seine übliche Strategie. Franca hatte nichts anderes erwartet. In seiner arroganten und überheblichen Art übte er harte Kritik am Vorgehen der Polizei und beschuldigte sie, sich ungerechtfertigterweise auf seinen Mandanten eingeschossen zu haben. Notger

Scholten, einen schwer verletzten Mann, habe man ständig am Krankenbett belästigt. Einseitig seien Tathergänge konstruiert worden, ohne anderen möglichen Hinweisen nachzugehen.

Staatsanwalt Hansen verwies darauf, dass diese Kritik nicht angebracht sei. »Die Ermittler sind hier, wie in anderen Fällen auch, allen Anhaltspunkten und Indizien nachgegangen. Sie haben mehr als ihre Pflicht getan und großes Durchhaltevermögen bewiesen. Viel Zeit und Arbeit wurde investiert, die einzelnen Puzzleteile zu einem schlüssigen Ganzen zusammenzufügen und sie gerichtsverwertbar aufzuarbeiten. Den Kollegen, die mit großer Geduld diesen Erfolg erarbeitet haben, gebührt großer Dank. Viel kriminalistische Kleinarbeit war vonnöten. Anhaltspunkte wurden wieder und wieder durchdacht, stets vor dem Hintergrund, ob man nicht etwas Wichtiges übersehen haben könnte. Alle Spurensicherungsmaßnahmen wurden korrekt durchgeführt. Auch konnten wir die Tatvorphase, also die Stunden vor der Tat, rekonstruieren.«

Notger Scholten verweigerte jegliche weitere Kooperation. Er verschloss sich und versuchte, sich keine Gefühlsregung anmerken zu lassen. Es nützte ihm alles nichts. Auch nicht, dass er die Abgabe einer Speichelprobe verweigern wollte, die der Richter angeordnet hatte.

Wie erwartet, stimmte Scholtens DNA mit dem gesicherten Sperma überein. Die Überprüfung seiner Fingerabdrücke wiesen dasselbe Ergebnis auf: Außer ihm war in der Silvesternacht keine weitere fremde Person im Haus der Aslans gewesen.

Franca, die viele Stunden mit den Taten dieses Menschen verbracht hatte, fragte sich nicht zum ersten Mal, wie man mit einer solch schweren Schuld leben konnte.

Erleichtert war sie, dass der Moment gekommen war, in dem sie vor Hedwig Mattheis treten und ihr den Mörder ihrer Tochter und ihres Schwiegersohns nennen konnte.

Hedwig Mattheis hatte versucht, die Nachricht relativ gefasst aufzunehmen. Dennoch war das, was sie zu hören bekam, noch einmal äußerst erschütternd für sie.

»Vier Menschen auf dem Gewissen«, hatte sie geflüstert, »was für eine Bürde.« Dann hatte sie den Kopf gehoben. »Ich danke Ihnen«, sagte sie mit schwankender Stimme und tapferem Lächeln. »Ich weiß, wie viel Sie getan haben. Was sie alles für Hebel in Bewegung gesetzt haben, um das Schicksal meiner Tochter und ihres Mannes aufzuklären. Vielleicht können wir jetzt abschließen. Ich weiß zwar noch nicht genau, wie das gehen soll. Aber ich versuche es.«

»Wie geht es Erol?«, erkundigte sich Franca.

»Niemand kann sich wirklich vorstellen, was er erlitten hat und welche Ängste in ihm stecken. Vielleicht kann er eines Tages darüber sprechen, was er gesehen hat. Wir wissen es nicht.«

Franca drückte ihr mitfühlend die Hand. Sie wusste, dass Frau Mattheis von Gedanken verfolgt werden würde, die sie fast nicht ertragen konnte.

In der Tür drehte sie sich nochmals zu ihr um. Es war nie leicht, in solchen Momenten die richtigen Worte und Gesten zu finden. Doch ihr Job war erledigt. Alles, was folgte, war Sache der Staatsanwaltschaft und der Richter. Sie war froh, dass sie ihr eigenes Leben wiederhatte.

Der Doppelmord von Bad Breisig ist aufgeklärt

Die Staatsanwaltschaft Koblenz gibt endlich den lang ersehnten Durchbruch bekannt: Der ehemalige Geliebte der Frau, ein 51-jähriger Arbeitsloser aus dem Westerwald, wurde festgenommen. Der Ermittlungsrichter am Amtsgericht Koblenz hat Haftbefehl erlassen – wegen Mordes. Der Mann, der nach dem Doppelmord an einem Polizisten und dessen Frau einen schweren Verkehrsunfall verursachte und dabei den Tod einer jungen Mutter und ihres kleinen Kindes verursachte, liegt weiterhin im Krankenhaus, wo er streng bewacht wird. Bekannt gegeben wurde, dass der Beschuldigte früher eine Beziehung mit der später getöteten Frau hatte. Hier sehen die Ermittler auch ein mögliches Motiv: Der Mann habe seine Ex-Geliebte dazu bewegen wollen, zu ihm zurückzukommen. Offensichtlich hat in der Silvesternacht im Bad Breisiger Haus der Familie ein mehrstündiges Martyrium stattgefunden, bei dem der 51-Jährige den Polizisten und dessen Frau in seine Gewalt brachte. Zunächst hat der Beschuldigte die Tat bestritten und unter anderem erklärt, seine ehemalige Geliebte habe ihren Ehemann mit dessen Dienstwaffe, die sich im Haus befand, umgebracht. Dann seien die Dinge eskaliert. Nach dem tragischen Ereignis habe er sich umbringen wollen und sei in Panik über die B9 in Richtung Koblenz geflüchtet. Als er von der Polizei aufgefordert wurde anzuhalten, habe er nicht mehr klar denken können und sei in den Gegenverkehr gerast. Bei der polizeilichen Vernehmung hatte er sich jedoch mehrfach in Widersprüche verwickelt.

EPILOG

Draußen ist dunkle Nacht. Kein Licht in den Fenstern. Alles schläft. Es scheint, als ob sie der einzige Mensch auf der Welt sei, der um diese Zeit schon wach ist. Der Laptop, ihr ständiger Begleiter in den letzten Wochen, liegt geschlossen auf dem Tisch im Wohnzimmer. Franca nimmt ein Bacio aus der blauen, mit silbernen Sternen bedruckten Schachtel, die neben dem Laptop liegt, und wickelt es auf. Als sie den Spruch auf dem schmalen Pergament liest, lächelt sie.

»Dein Leben besteht aus dem, was Du tief in Deinem Inneren glaubst.«

Sie schiebt die Schoko-Nuss-Praline in den Mund und genießt deren schmelzende Süße. Am Abend zuvor hat sie sich wieder einmal ihren Lieblingsfilm »Der englische Patient« angeschaut. Obwohl sie den Film schon mehrmals gesehen hat, war sie aufs Neue erstaunt über diese einzigartige epische Filmkunst, die sich in atemberaubenden Kamerafahrten ausdrückte und Bilder einzufangen vermochte, die eindrucksvoller sind als jede Wirklichkeit. Ebenso faszinierte sie das leidenschaftliche Liebesdrama, das sie beim allerersten Schauen nicht richtig verstanden hatte. Diesmal jedoch achtete sie genau darauf, wie nach und nach scheinbar Vergessenes aus tiefen Schichten der Erinnerung geborgen wird, wie verwischte Spuren sichtbar gemacht werden, wie die beteiligten Personen ihren Gefühlen nachgeben und sich darin verstricken.

Als der Film zu Ende war, spürte sie ein Ziehen in der Herzgegend. Eine Ahnung dessen, wie sehr der Mensch in dem Irrglauben lebt, sein Leben und seine Geschicke ausschließlich selbst bestimmen zu können. Zu vieles von außen stürmt auf uns ein, bedrängt uns, lenkt uns und verleitet uns zu Handlungen, die wir nicht wollten, wären die Dinge anders gelaufen und hätten sich anders entwickelt.

Sie klappt den Laptop auf und fährt ihn hoch. Sucht nach einer bestimmten Datei, die sie länger nicht aufgerufen hat.

»Wer Träume wahrmacht, muss mit ihnen leben« – so hat sie diese besondere Datei benannt. Sie beginnt zu lesen.

Da bist du. Der Fremde, der in mein Leben getreten ist und der mir immer vertrauter wird. Für den ich eine Zärtlichkeit verspüre, die fast schon wehtut.

Da bist du. Mein Gegenüber, mein Reflektor. Erst stand über diesem Text »Seit ich dich kenne«, aber das stimmt nicht. Ich kenne dich nicht. Noch lange nicht. Ich habe lediglich angefangen, dich kennenzulernen und dieser Anfang birgt wie jeder Anfang einen gewissen Zauber in sich, aber auch sehr viele Ungewissheiten.

Wo werden wir beide enden? Wird es eine kurze Begegnung, ein kurzes Kennenlernen – oder eines, das nie aufhört? Das andauert, weil das, was wir uns geben können, so unglaublich bereichernd ist?

Sie hält einen Moment inne. Sieht flüchtige Bilder vor ihrem inneren Auge vorüberziehen. Versucht, sich genau daran zu erinnern, wie es war, als sie diese Zeilen geschrieben hat, sich in die damalige Stimmung zu versetzen.

Der Mann, den diese Zeilen betreffen, hat eine ungeheure Anziehungskraft auf sie ausgeübt, doch er hat sie belogen und betrogen. Aber das hat sie im Rausch ihrer Verliebtheit nicht erkannt. Vielleicht wollte sie es nicht erkennen? Neigt der Mensch nicht dazu, das Unangenehme auszublenden und nur dem Schönen nachzujagen? Manchmal so lange, bis es zu spät ist?

In seiner charmanten, eloquenten Art hat er ihr romantische Höhenflüge vorgespielt und leidenschaftliche Gefühle vorgegaukelt. Aber das hat sie nicht gemerkt, weil sie blind war. Und weil sie an diese wunderbare Liebe glauben wollte, die ihr Leben so reich machte. Sie vertraute ihm bedingungslos. Und sie glaubte fest daran, dieses Vertrauen beruhe auf Gegenseitigkeit. Viel zu spät hat sie erkannt, dass sie nach allen Regeln der Kunst manipuliert wurde.

Seelenverwandte seien sie, die sich endlich nach langer Suche gefunden haben, hat er ihr ins Ohr geflüstert. Er hat ihr eine Ahnung vermittelt, von dem, was zwischen zwei Menschen möglich ist, die füreinander geschaffen sind. Sie hat sich eingebildet, dass seine Gedanken die ihren aufgriffen und sie widerspiegelten. In diesem Glauben hat sie sich ganz nah an einen Abgrund heranführen lassen, bis er sie schließlich gezwungen hat, hinabzuschauen.

Wer Träume wahrmacht, muss mit ihnen leben, und manchmal kommen sie als Albträume zurück. Diese Erfahrung hat sie damals gemacht.

Hin und wieder träumt sie noch von ihm. Dann wacht sie verwirrt und erschrocken auf und versucht sekundenlang, in die Wirklichkeit zurückzukehren.

Sie hebt den Blick und sieht hinaus in die Schwärze

der Nacht. Zunächst kann sie keine Konturen ausmachen, doch je länger sie hinsieht, umso deutlicher zeichnet sich ein schmaler heller Streifen über der Silhouette des gegenüberliegenden Daches ab.

Sie richtet den Blick wieder auf den Bildschirm und liest weiter von einer verliebten Frau, die sich einem Menschen vollkommen anvertraute. Dem sie ihre innersten Gedanken mitteilte. Heute erscheint ihr das alles so fremd. Und doch erkennt sie ihre Sehnsucht wieder nach dem, was die Welt Liebe nennt. Dass dies in irgendeiner Form möglich ist, möchte sie weiterhin gern glauben. Aber die Sache mit der Seelenverwandtschaft, die hat sie ad acta gelegt. Jeder Mensch ist ein Individuum. Auch noch in der innigsten Partnerschaft. Davon ist sie fest überzeugt.

Und immer wieder der Gedanke: Sollte es wirklich möglich sein? Sollte es so sein, dass sich da zwei begegnet sind, die sich ähnlich sind in ihrem Hunger, mehr zu erfahren – und die sich selbst doch treu bleiben? Ist es ein Paradoxon, sich nach dem Anderen, dem Pendant, dem komplementären Yin, zu sehnen, den Wunsch nach Verschmelzung zu haben und sich trotzdem nicht zu verlieren, Individuum zu bleiben, Grenzen zu überschreiten und gleichzeitig Grenzen zu definieren? Die Angst, vereinnahmt zu werden, sich aufzugeben, ist tief verwurzelt. Aber trotzdem dies unbedingt wollen: Die totale Hingabe. – Sag mir, wo führt das hin?

Komm, aber komm mir nicht zu nah. Oder doch, komm mir nah, aber verbrenn mich nicht. Zeige mir die Möglichkeiten, die in mir stecken, geh mit mir auf Entdeckungsreise, aber gib mir nicht die Richtung vor. Die will ich selbst erkunden – aber ich will sie gern mit dir teilen. Sofern du dies zulässt.

Diese Worte schrieb sie, als sie sich am Anfang einer ganz großen Liebe glaubte. Einer Liebe, die sich als schreckliches Missverständnis erwies und die sie fast das Leben gekostet hätte. Weil der Mann ein vollkommen anderer war als er sie glauben machte. Aber damals wollte sie sich von nichts und niemandem in ihrer Liebe beirren lassen.

Ich habe noch nie so tief in die Seele eines Menschen geschaut. Ich denke an die Nacht, in der ich geweint habe wie ich nie geweint habe in den letzten Jahren. Da war dieses Gefühl, dass etwas ganz Großes auf mich zukommt und dass das Tränen des Glücks waren. Keine der Trauer.

Sie schließt die Datei, die in den Tiefen ihres Laptops verschwindet, um irgendwann einmal wieder hervorgeholt und mit neuen Augen betrachtet zu werden – oder auch nicht. Die schlimme Erfahrung, die sie damals gemacht hat, als sie sich in einen Mörder verliebte, wird sie stets begleiten. Sie ist eins der vielen Puzzleteilchen, die es ausmachen, das Leben.

Wie in Zeitlupe weicht das Dunkel. Über den Dächern draußen geht der Himmel in ein geheimnisvoll schimmerndes Blau über. Die Welt erwacht und nimmt langsam ihre natürlichen Farben an. Ein neuer Tag beginnt.

Graublau der Himmel jetzt. Vereinzelte dunkle Wolkenschlieren schwimmen in dem immer heller werdenden Blau.

In der gegenüberliegenden Wohnung geht das Licht an. Ein Schatten huscht am Fenster vorbei. Sie weiß nicht, wer dort wohnt. Sie kennt diesen Menschen ganz in ihrer Nähe nicht. Aber wer kennt schon seine Nächsten?

NACHBEMERKUNG UND DANK

Sämtliche handelnden Personen sind auch in diesem Roman erfunden. Aber sie bewegen sich in einer Welt, die so oder so ähnlich existiert, auch wenn sich die Autorin einige dichterische Freiheiten herausgenommen hat.

Einige von den Ereignissen, die in diesem Roman erwähnt werden, entsprechen dennoch den Tatsachen. Dies betrifft vor allem die regionalen Gegebenheiten. Das Haus am Rand von Bad Breisig wird jedoch niemand weder auf dem Stadtplan noch in der Realität ausfindig machen können.

So fließen auch in diesem Roman Wahrheit und Fantasie ineinander. Die Mantrailer-Hündin Angelina gibt es wirklich. Frank Grandpre, ihr Herrchen und Vorsitzender der ehrenamtlichen Rettungshundestaffel Mantrailer-Andernach e.V., hat mir gestattet, bei einer Trainer-Stunde dabei zu sein und erklärte mir ausführlich seine Arbeitsweise.

Im Jahr 2006 hat tatsächlich ein tödlicher Tornado bei Brohl-Lützing einen Mann mitsamt seinem Wohnwagen hinweggefegt, der am Rheinufer seine Korbwaren ausstellte.

Der Mord an der Andernacher Taxifahrerin, der im Roman erwähnt ist (ihren Namen habe ich verändert), ist wirklich geschehen. Trotz aufwendiger DNA-Reihenuntersuchung konnte er bis heute nicht aufgeklärt werden. Das kleine Stahlkreuz mit der Inschrift »Ela – Treff: Wolke 7 – 20.05.2000« befindet sich am Rheinufer zwischen Bad Breisig und Brohl-Lützing.

Auch die erwähnte Tötung eines Polizisten durch einen Angehörigen der »Hells Angels« sowie dessen Freispruch entspricht den Tatsachen, wie sie in den Zeitungen wiedergegeben wurden.

Das urige Andernacher Lokal »Schwarzbrennerei Destille« mitsamt dem genannten Personal ist ebenfalls nicht erfunden – und vollkommen legal.

Viele Menschen haben mich mit ihrer Fachkompetenz bei diesem Roman unterstützt, die hier nicht alle genannt werden können oder dies nicht wollen.

Mein besonderer Dank geht an Walter Günther, Erster Kriminalhauptkommissar a. D. und ehemaliger Leiter der Koblenzer Kriminaltechnik, der sich viel Zeit genommen hat, meine speziellen Fragen, insbesondere zu Schusswaffen und Munition, ausführlich zu beantworten.

Einigen Aufschluss zur Ermittlungsarbeit hat auch diesmal wieder mein Kollege, der ehemalige Fahnder Jörg Schmitt-Kilian, gegeben.

Ein spezieller Dank gilt Vencke Wassner und den Line Dancern der »Mountain Hawks«, die mir die Besonderheiten der Stadt Gotha nahegebracht und mit mir zusammen die Marienglashöhle bei Friedrichroda im Thüringer Wald erkundet haben.

Der Begriff »Intimizid«, auf den sich Clarissa im Roman bezieht, wurde von Andreas Marneros geprägt. Der Psychiater und emeritierte Professor für das Fach Psychiatrie, Psychotherapie und Neurologie, gilt als Koryphäe auf dem Gebiet von Intim-Tötungen.

Nicht zuletzt möchte ich Marion Theisen und meiner Tochter Elisa Steinmetz sehr herzlich für das wertvolle Vorablesen danken, das mich manche geschilderte Situation neu überdenken ließ.

Andernach, im Februar 2017
Gabriele Keiser

GABRIELE KEISER
Goldschiefer

978-3-8392-1673-6 (Paperback)
978-3-8392-4623-8 (pdf)
978-3-8392-4622-1 (epub)

HOFFEN UND BANGEN In der Nähe eines malerischen Weinortes am Mittelrhein wird das Skelett einer jungen Frau gefunden. Handelt es sich um die im Jahre 1984 verschwundene 19-jährige Mary Lou? Laut Polizei war sie damals von zu Hause weggelaufen. Anlass genug gab es dazu: Ihr Vater, der ihr das Leben zur Hölle machte. Oder Winzersohn Rudolf Freyung, von dem sie schwanger war und den sie unbedingt heiraten wollte.

Wird nun endlich das Rätsel um ihr Verschwinden gelöst?

GMEINER SPANNUNG

WWW.GMEINER-VERLAG.DE
Wir machen's spannend

GABRIELE KEISER
Vulkanpark

978-3-8392-1395-7 (Paperback)
978-3-8392-4111-0 (pdf)
978-3-8392-4110-3 (epub)

LÄHMENDER SCHRECKEN Der idyllische Rauscherpark am Rande der Vulkaneifel ist ein beliebtes Ausflugsziel für Familien. Groß ist das Entsetzen, als im Flüsschen Nette ein Müllsack mit einem toten Jungen gefunden wird. Was wurde dem Kind angetan? Müssen weitere Verbrechen gefürchtet werden? Kommissarin Franca Mazzari und ihr Team fischen lange im Trüben …

Das Neueste aus der Gmeiner-Bibliothek

Unser Lesermagazin

Bestellen Sie das kostenlose Krimi-Journal in Ihrer Buchhandlung oder unter www.gmeiner-verlag.de

Informieren Sie sich ...

www ... auf unserer Homepage:
www.gmeiner-verlag.de

@ ... über unseren Newsletter:
Melden Sie sich für unseren Newsletter an unter www.gmeiner-verlag.de/newsletter

f ... werden Sie Fan auf Facebook:
www.facebook.com/gmeiner.verlag

Mitmachen und gewinnen!

Schicken Sie uns Ihre Meinung zu unseren Büchern per Mail an gewinnspiel@gmeiner-verlag.de und nehmen Sie automatisch an unserem Jahresgewinnspiel mit »mörderisch guten« Preisen teil!

GMEINER SPANNUNG

WWW.GMEINER-VERLAG.DE
Wir machen's spannend